ELLI C. CARLSON

An einem Sonntag im August

Roman

Montlake Romance

Deutsche Erstveröffentlichung bei
Montlake Romance, Amazon Media EU S.à r.l.
38, avenue John F. Kennedy, L-1855 Luxembourg
Juli 2019

Umschlaggestaltung: semper smile, München, www.sempersmile.de
Umschlagmotiv: © deedl / Shutterstock; © Emir Simsek / Shutterstock; © NiklsN / Shutterstock; © Samiran Sarkar / Shutterstock; © Nikolai Zaburdaev / Shutterstock; © Mary Ro / Shutterstock; © Rey Kamensky / Shutterstock; © NiklsN / Shutterstock; © Samiran Sarkar / Shutterstock
Lektorat und Korrektorat: Verlag Lutz Garnies, Haar bei München, www.vlg.de
Gedruckt durch:
Amazon Distribution GmbH, Amazonstraße 1, 04347 Leipzig /
Canon Deutschland Business Services GmbH, Ferdinand-Jühlke-Str. 7, 99095 Erfurt /
CPI books GmbH, Birkstraße 10, 25917 Leck

ISBN 978-2-49670-135-7

www.montlake-romance.de

Was uns im Leben am meisten nottut, ist ein Mensch, der uns zwingt,
das zu tun, was wir können.
Ralph Waldo Emerson

Kapitel 1

März

Die nasse Straße vor ihr schimmert silbern im fahlen Licht der Morgensonne, die kaum die Nacht vertrieben hat, und an den Rändern des Gehwegs türmt sich der schmutzig graue Schneematsch und kämpft tapfer gegen die frühlingshaften Temperaturen an, die die Stadt über Nacht heimgesucht haben. Sie beschleunigt das Tempo und langsam wird ihr warm. Auch wenn das Thermometer knapp unter zehn Grad anzeigt, ist es viel zu ungemütlich, um mit dem Fahrrad durch Berlin zu fahren. Doch sie hat heute noch viel vor: den Wocheneinkauf für sich und ihre beiden Kinder erledigen, die Tageseinnahmen zur Bank bringen und beim Paketshop drei Straßen weiter die sehnlichst erwarteten Kolorierungen aus dem neuen Frühjahrsprogramm abholen, auf die ihre Stammkundinnen sich schon freuen. Warum der Zusteller immer eine halbe Stunde nach Ladenschluss ihre Pakete ausliefert, ist ihr ein Rätsel.

Liesel hebt prüfend ihre spitze Nase aus dem Korb, der vorne am Lenkrad angebracht ist, und sieht sie vorwurfsvoll an. Die kleine Dackel-Mix-Dame mit dem flauschig rotbraunen Fell, in dem sich weiße Tupfen wie Sommersprossen verteilen, mag diese morgendlichen Fahrradtouren überhaupt nicht. Und gibt ihr das auch jedes Mal deutlich zu verstehen. Allerdings wären Liesels Chancen, bei diesem Tempo auf ihren kurzen, etwas krummen Beinen mithalten zu können, auch ziemlich schlecht. Mal ganz davon abgesehen, dass eine kleine Hundedame auf einer viel befahrenen Straße in der morgendlichen Berliner Rushhour gefährlich leben würde. Sie sieht Liesel entschuldigend an und fährt ihr einmal kurz über die weichen Hängeohren.

»Wir sind ja gleich da.«

Dann manövriert sie geschickt das Rad durch die eisigen Überbleibsel des Winters und kommt atemlos vor dem hell erleuchteten Fenster zum Stehen. Ein etwas altmodischer Schriftzug in Schwarz und Gold quer über der großen Glasscheibe verkündet »Schillers Locke«, und die darunterliegende Schere und der Kamm lassen keinen Zweifel aufkommen, was Kunden hier zu erwarten haben.

Sie blickt durch das Fenster ins Innere des Ladens, während sie Liesel aus dem Korb hebt und ihr Fahrrad abschließt. Es ist uralt und zerschrammt und in jeder anderen Stadt würde es vermutlich auch dann nicht geklaut werden, wenn man ein Schild mit *Zu verschenken* dranpappen würde. In Berlin ist das anders. Wie so vieles.

Ein Lächeln erhellt ihr Gesicht, während die klammen Finger mit dem eiskalten Verschluss der Kette hantieren. Niki, ihre einzige Angestellte, kämpft mit einem riesigen Pappaufsteller, den ein aufmerksamer Mitarbeiter der Marketingabteilung ihres neuen Shampoo-Großlieferanten bei der letzten Sendung mitgeschickt hat. Vermutlich hat er es gut gemeint.

Sie kennt Niki seit einer Ewigkeit, und sie sind fast genauso lange beste Freundinnen. Daher weiß sie auch den Gesichtsausdruck zu deuten, mit dem Niki das Ungetüm mustert. Sie steht kurz vorm Explodieren. Die angespannte

Stimmung wird in die Höhe getrieben, als Niki nun mit einer Ecke des Pappschilds hinter sich die sorgsam aufgestapelten Haarkuren und Gels aus dem Regal fegt, während sie vorne versucht, eine Plastikschlaufe durch die passende Lasche zu ziehen.

»Sollten wir das Ding nicht lieber im Altpapier entsorgen? Bevor du alles in Schutt und Asche legst?«

Ihre amüsierte Stimme übertönt das Bimmeln der kleinen Bronzeglocke, die über der Tür angebracht ist und etwas altmodisch neue Kundschaft ankündigt. Im Innern des Ladens ist es angenehm warm. Es riecht nach blumigem Shampoo, Haarspray und dem leicht beißenden Mief von Wasserstoffperoxid, der sich durch jahrelangen Gebrauch in die Polster der Stühle und in den Wänden festgesetzt hat.

»Morgen, Suse. Hi, Liesel.«

Nikis Stimme klingt angestrengt, doch sie schenkt ihr ein unbekümmertes Lächeln und wuschelt dem Hund einmal kurz zur Begrüßung über den Kopf, der freudig bellend auf sie zuspringt.

»Dieses Mistding muss kaputt sein. Das passt doch nie zusammen.« Sie hantiert erneut mit dem Aufsteller herum und ignoriert das Chaos, das sie hinter sich in der Auslage angerichtet hat und das von Liesel neugierig beschnuppert wird.

So ist Niki, denkt sich Suse. Ein Problem lösen und dabei die zehn anderen, die man währenddessen geschaffen hat, ignorieren. Sie kennt wirklich niemanden sonst, dem es gelingt, in rekordverdächtig kurzer Zeit das größtmögliche Chaos anzurichten. Während sie sich aus dem Wintermantel schält, die Mütze vom Kopf nimmt und sich den dicken Wollschal vom Hals wickelt, hebt sie nebenbei die Dosen und Tuben auf und sortiert sie wieder ins Regal.

»Warum willst du das Monstrum überhaupt aufstellen?«

»Sieht todschick aus.«

Niki deutet auf den Werbeprospekt, der gleich neben der Kasse auf der Ladentheke liegt.

»Passt doch prima in die Auslage.«

»Bist du sicher, du kriegst den aufgebaut?« Sie nimmt sich den Prospekt und betrachtet die Fotos kritisch. »Ich meine, bevor unsere Kunden kommen? Nicht, dass noch jemand verletzt wird.«

Für ihren kleinen Laden ist der Aufsteller viel zu groß. Bei gerade mal vierzig Quadratmetern, zwei Becken, die seitlich vor dem großen 20er-Jahre-Sofa stehen und in deren Polster man versinkt und bequem warten kann, den drei Schneideplätzen in der Mitte um einen großen Spiegel herum, der fest im Boden verankert ist, bleibt nicht viel Platz für modernes Marketing.

Niki hält kurz inne, die Stirn empört gekraust.

»Klar krieg ich das hin.«

Suse muss lächeln.

»Wie du meinst. Wird schon passen.«

Wenn sie eins gelernt hat in den letzten Jahren, dann, dass es tatsächlich gut ist, auf Niki zu hören. Irgendwie scheint sie ein untrügliches Gespür dafür zu haben, was bei ihren Kunden ankommt. Suse wäre nie auf die Idee gekommen, ein *Mitternachts-Schneiden* in ihr Programm aufzunehmen. Doch dieses Event, das jeden ersten Freitag des Monats in ihrem kleinen Laden stattfindet, bricht jedes Mal den Umsatzrekord und ist auf Wochen ausgebucht. Das hippe Berliner Partyvolk findet es anscheinend cool, sich frisch gestylt in die nächtliche Clubszene zu stürzen. Und mittlerweile werden sie sogar von den großen und edlen Salons der Stadt kopiert. Nikis Gespür für die Trends der Haarbranche ist also legendär.

»Ich brauch erst mal einen Kaffee.«

»Maschine ist schon vorgeheizt«, verkündet Niki. »Machst du mir bitte einen Latte?«

»Mit Flavour?«

»Haselnuss. Ich brauch heute Morgen was Süßes.«

Als sie keine fünf Minuten später mit den Tassen wiederkommt, hat Niki den Kampf gegen den Aufsteller gewonnen. Zufrieden pustet sie sich eine rote Locke aus der Stirn und stemmt die Hände auf die schmalen Hüften. Mit Anfang dreißig hat Niki immer noch die Figur einer Zwanzigjährigen, wie Suse neidvoll zur Kenntnis nimmt. Andererseits hat Nikis wohlgeformter Körper mit Modelmaßen auch keine zwei Schwangerschaften überstehen müssen. Sie reicht ihrer besten Freundin die Tasse.

»Kannst du heute Nachmittag die Dauerwelle übernehmen? Ich hab noch einen Termin in der Schule.« Vielsagend fügt sie hinzu: »Mit Frau Bönow.«

Niki macht ein sorgenvolles Gesicht und nippt kurz an ihrem Kaffee. Milchschaum bleibt an ihrer Oberlippe hängen und gibt ihr das trotzige Aussehen einer Achtjährigen.

»Oh, oh, oh. Macht Mel mal wieder Stress?«

»Keine Ahnung, was mit ihr los ist. Vor zwei Jahren war sie noch die liebste Elfjährige, die du dir vorstellen kannst. Und heute …« Sie seufzt einmal schwer und schüttelt resigniert den Kopf.

Niki verzieht das Gesicht zu einem Grinsen.

»Mel war nie eine liebe Elfjährige. Auch keine liebe Zehnjährige. Die war mit drei schon eine kleine Terroristin.«

»Deshalb versteht ihr euch ja auch so gut.«

»Auch da liegst du falsch.«

Niki fährt sich mit der Zunge über die Oberlippe, was jetzt auch nicht mehr viel hilft.

»Mel kann mich nicht ausstehen. Was, nebenbei bemerkt, auf Gegenseitigkeit beruht.« Sie überlegt kurz und nippt an ihrem Latte. »Jedenfalls, wenn sie ihre Trotzphase hat. Wir kratzen uns nur deshalb nicht gegenseitig die Augen aus, weil du sonst sauer auf uns bist.«

Niki gibt ihr einen Schmatz auf die Wange und stellt die Tasse auf die Ladentheke.

»Und das könnten wir beide nicht ertragen. Weil wir dich lieb haben.«

Suse muss lachen. Und sie weiß, dass Niki übertreibt. Niki liebt Suses Kinder. Was umgekehrt genauso gilt. Doch seit Mel die angesprochene pubertäre Trotzphase vierundzwanzig Stunden am Tag und sieben Tage in der Woche zur Schau stellt, wird das tägliche Zusammenleben arg strapaziert.

Die Türglocke bimmelt und kündigt den ersten Kunden des Tages an. Auch er wird von Liesel stürmisch und bellend begrüßt.

»Morgen«, tönt eine wohlbekannte Stimme in einer unbekümmerten Tonlage. Suse sieht, wie Niki erneut das Gesicht verzieht.

»Super. Heute Morgen bleibt mir auch nichts erspart.«

Niki verdreht die Augen. Es ist die übliche Reaktion, wenn sie auf Suses Ex-Freund trifft.

»Immer wieder schön, dich zu sehen, Niki.«

Das klingt alles andere als erfreut.

Sie wirft Niki einen mahnenden Blick zu und begrüßt den groß gewachsenen, schlanken Mann, der sie erfreut aus blitzblauen Augen anstrahlt.

»Mike!«

Er schenkt Niki keine Beachtung und kommt mit diesem verführerischen Jungenslächeln auf sie zu, dem niemand widerstehen kann. Und das er Gott sei Dank ihrem gemeinsamen Sohn Benny vererbt hat.

»Ich brauch deine Hilfe, Sonnenschein.«

Er begrüßt sie in alter Vertrautheit mit einem leichten Kuss auf die Wange. Sein Dreitagebart kratzt kurz an ihrer Wange und ruft ein altbekanntes Gefühl hervor. Sie wendet sich ab und flüchtet hinter die Theke. Zu viel Nähe zu diesem Mann hat ihr noch nie gutgetan.

»Falls du Samstag absagen willst – vergiss es. Benny freut sich schon seit Wochen drauf, dass du mit ihm zum Osterfeuer gehst. Und du hast versprochen, Mel mitzunehmen.«

Mike ist so ziemlich der unzuverlässigste Mensch, den dieser Planet jemals hervorgebracht hat, und sie ist nicht in Stimmung für eine Diskussion. Er lässt sich entspannt auf einen der Friseurstühle plumpsen und sieht sie empört an.

»Mit Samstag ist alles gebongt.«

Er fährt sich grinsend mit einer Hand durch die dunklen Locken, die etwas zu lang sind und die ihm auch jetzt im Winter das alterslose Aussehen eines Surferboys verleihen. Obwohl er mit seinen mittlerweile achtunddreißig Jahren Meilen weit davon entfernt ist. Manchmal fragt sich Suse, ob er wohl jemals erwachsen werden wird. Die Chancen stehen schlecht. Doch jetzt strahlt er sie mit diesem Lächeln an, das ihren Widerstand schon immer hat schmelzen lassen wie den Schnee in der Frühlingssonne.

»Ich brauche einen neuen Haarschnitt. Was Cooles, aber doch irgendwie seriös.«

Er macht eine bedeutungsvolle Pause und grinst hinüber zu Niki, die neugierig lauscht und an ihrem Latte nippt.

»Ich hab jemanden gefunden, der bei uns einsteigen will. Mit 'nem richtigen Batzen Geld.«

Sie tauscht einen Blick mit Niki, die tatsächlich überrascht wirkt.

»Hab ich das richtig verstanden?« Niki kneift misstrauisch die Augen zusammen. »Jemand will tatsächlich Geld, also richtiges, echtes Geld, in die Produktion von Glückskeksen stecken?!«

Ehe Suse es verhindern kann, bricht zwischen den beiden Menschen, die ihr am nächsten stehen (von ihren Kindern mal abgesehen), verbal der Dritte Weltkrieg aus.

»Nee, schon klar, dass *du* damit nichts anfangen kannst.«

»Wieso?! Muss man dafür grenzdebil sein?«

»Visionär, Niki. Das muss man sein. Etwas, das du vermutlich noch nicht mal vom Hörensagen kennst.«

»Aufhören! Sofort! Alle beide!«

Sie stellt sich zwischen die beiden und sieht sie streng an. »Ich hab grade keine Nerven, mir euer Gezanke anzuhören, klar?!«

Beide wollen wie zwei Fünftklässler sofort beteuern, dass ja der jeweils andere angefangen hat, doch mit einer Handbewegung bringt sie die Streithähne zum Schweigen.

»Ich geh mal nach hinten. Die Handtücher sortieren«, verabschiedet sich Niki beleidigt. Mike sieht ihr kopfschüttelnd nach.

»Zicke«, murmelt er.

»Hab ich gehört«, schallt es aus der kleinen Abstellkammer, in der auch die Waschmaschine untergebracht ist. »Blödmann.«

»Könnt ihr euch nicht mal fünf Minuten wie ganz normale Menschen unterhalten?« Sie sieht Mike tadelnd an. »Du bist doch sonst nicht so ätzend.«

Mike zuckt mit den Schultern. »Niki drückt einfach die richtigen Knöpfe bei mir.«

Eine Stunde später sieht sie den anerkennenden Blick ihres Ex-Freundes im Spiegel, als er den neuen Haarschnitt begutachtet. Auch sein Dreitagebart ist sorgsam gestutzt und hat nun gepflegte Konturen.

»Super.« Er grinst sie breit an und fährt sich über die Wangen. »So jemandem gibt man doch gern hunderttausend Euro, oder was meinst du?«

Sie legt den Handspiegel weg und beginnt, die abgeschnittenen Locken mit einer weichen Bürste von seinen Schultern und aus dem Nacken zu bürsten.

»Mich darfst du nicht fragen.« Sie lächelt ihn im Spiegel an. »Ich hab dir fünf Jahre meines Lebens geschenkt.«

Sie erkennt in seinem Blick eine gewisse Traurigkeit. Er räuspert sich kurz und weicht ihrem Blick aus den warmen braunen Augen aus, der ihn im Spiegel mustert.

»Wenn's nach mir gegangen wäre, wären's noch mal fünf geworden, Sonnenschein. Mindestens.«

»Du bist ein Träumer, Mike. In so jemanden verliebt man sich vielleicht, aber …« Sie führt den Satz nicht zu Ende. Dafür springt Niki ein: »Aber man zieht ganz bestimmt keine Kinder mit dem groß.«

Niki, die auf der gegenüberliegenden Seite einer Kundin den Pony schneidet, schenkt Mike ein Lächeln, das gar kein echtes Lächeln ist.

Mike will etwas erwidern, doch Suse zieht ihm kurzerhand den Umhang über den Kopf, den sie ihm fürs Schneiden umgelegt hat, und erstickt damit jeglichen Kommentar.

»Sehen wir uns Samstag, wenn du die beiden abholst?«

»Um fünf, ja?«

»Komm lieber eine Stunde früher.« Sie lächelt ihn vielsagend an, »dann ist vielleicht sogar noch was vom Kuchen übrig.«

Suse hat nicht nur ein Händchen fürs Haareschneiden, sie ist auch ein As in der Küche. Und der selbst gebackene Wochenendkuchen gehört zu ihrem kleinen Familienritual.

Mike nickt und zieht sich wieder seine Jacke an. Suse tippt die Rechnung in die elektronische Kasse.

»Macht achtundzwanzig Euro.«

Mike zieht ein Gesicht, als hätte man ihm gerade eine Wurzelbehandlung angekündigt. Sie kennt den zerknirschten Gesichtsausdruck nur zu gut.

»Kannst mir das Geld auch Samstag geben.«

»Danke, Sonnenschein.« Er drückt ihr zum Abschied einen Kuss auf die Wange. »Ich bin pünktlich. Versprochen.«

Sie kann es zwar nicht sehen, aber sie weiß, dass Niki hinter ihr Mike mit einer wenig schmeichelhaften Grimasse verabschiedet.

»Ich will's gar nicht wissen, Niki«, erklärt sie fröhlich, ohne sich umzudrehen. Ein empörtes Schnaufen ist der einzige Kommentar.

Dann wendet sie sich den Wartenden zu, die bei einem Kaffee und den neuesten Klatschblättern auf dem Sofa der Warteecke sitzen.

»So, meine Lieben. Wer ist das nächste Opfer?«

Sie strahlt ihre Kunden fröhlich an, und dieses Lächeln erweicht sogar den größten Griesgram.

Zwei Kolorierungen, einen Kurzhaarschnitt und die Strähnchen von Frau Wagner später, sieht sie abgehetzt auf die Uhr.

»Mist! Ich komme zu spät.«

Es ist bereits halb zwei, und in weniger als dreißig Minuten muss sie vor dem Lehrerzimmer der Geschwister-Scholl-Oberschule stehen und sich von Frau Bönow anhören lassen, wie schwierig Amelie (Frau Bönow weigert sich strikt, irgendwelche Abkürzungen zu benutzen) doch im letzten Jahr geworden ist.

Niki nimmt ihr den Föhn aus der Hand und sieht die Kundin im Spiegel freundlich an.

»Was dagegen, wenn ich Sie fertigmache, Frau Handke?«

Die angesprochene Frau, um die siebzig mit frisch gewelltem grauem Haar, das schon etwas schütter geworden ist, blickt irritiert von der Klatschzeitschrift auf.

»Die Chefin muss kurz mal weg. Is wichtig«, fügt Niki erklärend hinzu.

»Nein, nein. Machen Sie nur, Niki.«

»Danke.« Suse drückt ihrer besten Freundin auch gleich die Bürste in die Hand. »Bist ein Schatz.«

Dann schnappt sie sich eilig Mantel, Mütze und Schal.

»In zwei Stunden bin ich wieder zurück. Spätestens. Ich hol auf dem Rückweg noch die Bestellungen ab.«

»Alles klar.«

Sie winkt rasch, ohne hinzusehen, und als sie die Tür öffnet, muss sie kurz Liesel verscheuchen, die denkt, es geht in den Park. Und dann ist sie auch schon draußen.

Liesel bleibt vor der geschlossenen Tür stehen und blickt so leidend nach draußen, dass Suse sofort ein schlechtes Gewissen bekommt. »Ich bin doch gleich wieder da, Liesel.«

Den kleinen Hund überzeugt das nicht wirklich.

Sie fährt auf dem holprigen Gehweg, weil die Straße an dieser Stelle wegen der Schneehaufen, die den Fahrradstreifen blockieren, viel zu schmal ist. Schnell kann sie ohnehin nicht fahren. Zu viele Passanten sind unterwegs, und sie kurvt zwischen ihnen hindurch, wie ein Slalomfahrer auf der alpinen Piste.

Sie wird zu spät kommen, so viel ist sicher. Was Frau Bönows ohnehin miese Laune garantiert nicht heben wird. Wie sehr sie die Gespräche mit dieser Frau hasst!

An der nächsten Kreuzung steht die Ampel auf Grün, und sie tritt in die Pedale, um noch rüberzukommen und die entscheidenden Minuten zu sparen, die Frau Bönow davon abhalten werden, ihr und ihrer renitenten Tochter den Rest des Jahres das Leben zur Hölle zu machen. Den weißen Transporter, der mit viel zu hoher Geschwindigkeit neben ihr auf der Straße fährt und sie überholt, bemerkt sie gar nicht. Genau in dem Moment, in dem ihr Fahrrad den Gehweg verlässt und auf die Straße rollt, biegt er ab in ihre Richtung. Sie spürt einen Schlag, und dann hat sie das Gefühl, jemand hebt sie in die Luft. Sie fliegt, fühlt sich leicht und schwerelos, während sie sich fragt, was gerade mit ihr passiert.

Das Letzte, was sie sieht, ist das entsetzte Gesicht einer unbekannten jungen Frau, die weiß, dass der Fahrer des Lkws auf der gegenüberliegenden Straßenseite sein tonnenschweres Gefährt nicht mehr wird abbremsen können, um die Gestalt, die da mit verdrehten Gliedern auf der Fahrbahn liegt, nicht zu überrollen.

Kapitel 2

Ein Jahr später …
Mai

Es gab eine Menge Dinge, die Suse Schiller mir im Laufe von fast fünfzehn Jahren beigebracht hatte. Und dafür war ich ihr sehr dankbar.

Zum Beispiel wie man eine perfekte Nassrasur mit einem Rasiermesser hinbekommt, ohne ein Blutbad bei seinen Kunden anzurichten.

Oder wie man die siebzigjährige Stammkundin freundlich davon überzeugt, auf die neue Trendfarbe *Coral Pink* zu verzichten und lieber das dezente Kastanienbraun für die nicht mehr ganz so füllige Haarpracht zu wählen.

Und, ganz wichtig, dass man eine Haarkur mindestens dreißig Minuten einwirken lassen sollte, auch wenn es die Kundin schrecklich eilig hat. Am besten wickelt man den Kopf noch ein, am besten gleich mit zwei Handtüchern, damit es darunter auch schön warm bleibt und die Wirkstoffe ihre Wunderkräfte entfalten können, um aus brüchigem mattem Haar eine samtweich schillernde Lockenpracht zu machen.

Doch wer hat heutzutage schon Zeit?

»Wie lange muss ich noch warten? Mein Termin war vor fünf Minuten.«

Die Stimme war etwas schrill, passte allerdings hervorragend zu der jungen Frau, die im schicken Business-Outfit im Chanel-Style nervös mit ihrem iPhone spielte und mich genervt ansah.

Ich hasste es, wenn andere mir vorschreiben wollten, wie ich meine Arbeit erledigen sollte. Ein Umstand, der bereits vor etlichen Jahren dazu geführt hatte, dass meine Prüfer sich strikt geweigert hatten, mir einen Gesellenbrief auszuhändigen. Auch wenn ich ihn meiner Meinung nach mehr als verdient hatte. Und Kunden, die nur alle Jubeljahre mal vorbeikamen, weil sie keinen Termin bei einem anderen Friseur ergattern konnten, die konnte ich erst recht nicht ausstehen.

»Bin gleich bei Ihnen.« Selbst mir fiel im Spiegel auf, wie verlogen mein Lächeln war. Wie hatte Suse es nur hinbekommen, selbst im größten Stress und bei den nervigsten Kunden die Liebenswürdigkeit eines Buddhas auszustrahlen?

Suse …

Bei dem Gedanken füllten sich meine Augen augenblicklich mit Tränen. Das passierte mir ständig, und ich hatte mich schon fast daran gewöhnt. Seit einem Jahr befand ich mich so gut wie jede Minute des Tages (und selbst in der Nacht) am Rande eines Heulkrampfes, und es erforderte jedes Mal eine gehörige Portion Selbstbeherrschung, nicht mitten im Laden, an der Supermarktkasse oder beim Anblick einer Mutter, die ihr Kind an der Hand hielt, nicht spontan in Tränen auszubrechen.

»Einen Moment, ich muss nur schnell was aus dem Lager holen. Setzen Sie sich doch bitte.«

»Wo denn?«

»Wo Platz ist«, gab ich patziger zurück, als ich beabsichtigt hatte, und schloss eilig die Tür des winzig kleinen Klos im hinteren Bereich unseres Salons, der uns gleichzeitig als Lager diente. Ich schnappte mir ein Handtuch aus dem Regal, verbarg mein Gesicht darin, und die weiche Baumwolle, die noch immer etwas nach Haarfärbemittel roch, dämpfte erfolgreich mein Schluchzen.

Fünf Minuten später war die zweite Heulattacke des Tages vorbei und ich betrachtete mein Gesicht im Spiegel. Die letzten Monate hatten Spuren hinterlassen, so viel war sicher. Ich musterte meine Augen kritisch, fand, sie hatten ein langweiliges Blau. Aber Suse war immer der Meinung gewesen, sie erinnerten sie an den wolkenlosen Sommerhimmel über Berlin. Was ich ganz schmeichelhaft fand. Davon abgesehen, dass sie nun ziemlich zugeschwollen und gerötet waren, lagen auch noch dunkle Schatten darunter. Was nicht weiter verwunderlich ist, wenn man nur noch fünf Stunden in der Nacht schlafen kann, weil unbezahlte Stromrechnungen, fehlende Einnahmen, falsche Lieferungen, Hausaufgaben und Frau Bönow einem im Nacken sitzen und erfolgreich den Schlaf rauben.

Ich hielt das Handtuch kurz unter kaltes Wasser und drückte es dann auf mein verquollenes Gesicht. Es machte es zwar nicht besser, aber es verschaffte mir wenigstens etwas Abkühlung. Zu allem Überfluss kündigte sich der Frühsommer in Berlin mit einer rekordverdächtigen Hitzewelle an, und die Temperatur in dem winzigen Kabuff, in dem ich stand, musste die 25-Grad-Marke bereits deutlich überschritten haben.

»Wo ist sie denn hin?«

Verwundert blickte ich mich kurz um. Von der ungeduldigen Kundin, die ich mittlerweile eine Viertelstunde hatte warten lassen, war nichts mehr zu sehen.

»Weg. Schon vor zehn Minuten«, brüllte mich Frau Wagner an. Was hauptsächlich daran lag, dass sie unter einem etwas altersschwachen Lufttrockner saß, der einen Höllenlärm und eine unerträgliche Hitze in dem kleinen Laden produzierte. Ihr Blick war voller Mitleid.

»Wenn de mich fragst, Niki, sei froh, dit die weg is. Die hätt bestimmt an allem wat zu meckern jehabt.«

Womit sie vermutlich nicht ganz unrecht hatte. Allerdings waren mir soeben siebzig Euro Umsatz entgangen. Mindestens. Die arrogante Dame, die es sehr eilig zu haben schien, hatte sich nicht nur für das obligatorische Waschen-Schneiden-Föhnen angemeldet, sondern auch eine neue Tönung am Telefon verlangt, als sie in der Früh einen Termin wollte.

Ich lächelte Frau Wagner dankbar an und reichte ihr noch eine Ausgabe des neuen »Berliner Blitz«, die heute Morgen gekommen war.

»Hier. Bei Ihnen dauert's noch ein paar Minuten. Die hab ich für Sie zurückgelegt.«

»Danke! Bist'n Schatz!«, brüllte Oma Wagner erneut, und ich war mir sicher, dass auch Imre, die Kioskaushilfe von gegenüber, sie klar und deutlich hatte hören können. Frau Wagner war einst Mitarbeiterin der Berliner Verkehrsbetriebe gewesen und hatte auf den Bahnsteigen der Hauptstadt die Ein- und Ausfahrt der Züge angekündigt, als es noch keine digital gesteuerten Lautsprecherdurchsagen gab. Davon abgesehen, hatte sie niemals geheiratet, keine Kinder und lebte nun in der Seniorenresidenz am Ende unserer Straße an dem kleinen Park. Seit einer Silvesterfeier vor zwei Jahren hatte sie mit einem rüstigen 87-Jährigen angebandelt, der ebenfalls im Heim lebte. Als Friseurin hatte man einen sehr guten Überblick über das Leben seiner Kunden. Ob man nun wollte oder nicht. Im Falle von Frau Wagner war das okay. Sie war unsere erste Stammkundin gewesen, und Suse und ich hatten alle drei Monate das schüttere graue Haar der alten Dame in Form gebracht. Zu einem Spezialpreis, der kaum die Kosten deckte. Aber Suse hatte darauf bestanden, dass die alte Dame nicht ihr ganzes, recht knapp bemessenes Taschengeld für ihren geliebten Friseurbesuch ausgab.

So war Suse eben.

Gewesen.

Und schon liefen mir erneut die Tränen aus den Augen. Ich spürte Frau Wagners Hand auf der meinen, die sie tröstend streichelte.

»Ruhig heulen, Kleene, dit muss ja allet raus.«

Ich nickte, schniefte ausgiebig in ein Handtuch, das ich mir kurzerhand aus dem Korb für die Schmutzwäsche schnappte.

»Tut mir leid, ich weiß auch nicht, warum das immer passiert.«

»Da gibt's nüscht leidzutun. Dit is 'ne Tragödie, ist dit.«

Womit sie die Sache auf den Punkt brachte.

Das, was Frau Wagner als Tragödie bezeichnete, war über mich hereingebrochen wie eine gewaltige Naturkatastrophe, der man nicht entrinnen konnte. Suses Unfall, die Tatsache, dass sie von einer Sekunde auf die andere aus dem Leben gerissen worden war, war mir auch jetzt noch, zwölf Monate später, unverständlich. Für Mel und Benny, ihre Kinder, die sie zurückließ, sah die Sache noch schlimmer aus. Viel schlimmer. An diesem Nachmittag im März war Mels und Bennys Welt zusammengebrochen. Hatte sich im trüben Licht der winterlichen Nachmittagssonne aufgelöst, war in der nächtlichen Dunkelheit verschwunden und seitdem nie wieder aufgetaucht. Auch wenn die Tage wieder länger wurden, die Natur ihre grüne Pracht entfaltete und die Maisonne auf uns herunterbrannte, als wolle Berlin Palma de Mallorca Konkurrenz machen. Die beiden hatten das Zentrum ihres Lebens verloren. Und auch der Hinweis des Notarztes im Krankenhaus, der mir versicherte, dass Suse Schiller sofort tot gewesen sei und vermutlich noch nicht einmal bewusst wahrgenommen hatte, was da mit ihr passierte, machte die Sache nicht besser. Und so lebten wir alle drei seit einem Jahr in einem Ausnahmezustand, einer Zwischenwelt, in der die alte Ordnung zerbrochen war und sich eine neue noch nicht zeigen wollte.

Die bronzene Türklingel, die Suse so geliebt hatte (und die mir immer etwas auf die Nerven ging) kündigte neue Kundschaft an. Prima, dachte ich für einen Moment, vielleicht hatte es sich die Kundin ja doch noch anders überlegt. Einen spontanen Termin bei einem Friseur in Berlin zu ergattern, war ungefähr so schwierig wie die Organisation eines Besuchs beim Orthopäden.

»Einen Moment, bin gleich für Sie da.«

Ich pfefferte das Handtuch wieder in die Schmutzwäsche, schaute kurz in den Spiegel (meine rot geweinten Augen sahen immer noch scheußlich aus) und wandte mich mit einem entschuldigenden Lächeln zum Tresen um, vor dem meine neue Kundschaft wartete.

»Oh, Shit …« Es war nicht die geistvollste Begrüßung, aber immerhin brachte ich überhaupt etwas raus.

»Guten Tag, Frau Schmidt. Stören wir, oder hätten Sie vielleicht einen Moment für uns? Dauert auch nicht lange.«

Vor mir standen Pest und Cholera und nicht lange verhieß womöglich nichts Gutes. Ich musste schlucken. Natürlich hießen sie in Wirklichkeit anders.

»Herr Maier.« Selbst mir fiel auf, wie falsch mein Lächeln war, das ich auch seiner Begleiterin schenkte.

»Und Frau Sauerland haben Sie ja auch gleich mitgebracht.«

Herr Maier (mit a i, wie er stets freundlich betonte) und Frau Sauerland waren die hiesigen Vertreter der Industrie- und Handelskammer, Fachgebiet Friseurhandwerk. Eine Einrichtung, mit der ich mich glücklicherweise die letzten Jahre lang nicht mehr hatte beschäftigen müssen. Seit dem Debakel mit meiner Gesellenprüfung. Dies hatte sich in den letzten Monaten drastisch verändert. Genauer gesagt, seit dem Tag beim Nachlassverwalter, der mir eineinhalb Wochen nach Suses Beerdigung eröffnet hatte, dass ich nun alleinige Besitzerin des Friseursalons Schillers Locke war.

Kurz zuvor hatte er mir ebenfalls mitgeteilt, dass mir auch das Sorgerecht für Suses Kinder obliegen würde, wie es meine beste Freundin notarisch verfügt hatte. Falls ich gewillt war, es anzunehmen. Suses Eltern waren früh verstorben und zu dem kleinen Rest ihrer Verwandtschaft hatte sie schon lange keinen Kontakt mehr gehabt.

Es war Suses Vermächtnis an mich: unser gemeinsamer Laden und ihre Kinder. Und nichts auf der Welt hätte mich in diesem Moment davon abgebracht, ihren Letzten Willen nicht zu erfüllen. Auch wenn es mich mittlerweile an den Rand des Nervenzusammenbruchs brachte.

»Wir wollten uns schnell informieren, wie weit Sie denn schon mit Ihren neuen Mitarbeitern gekommen sind.«

Herr Maier sah mich durchaus mitleidig an. Vermutlich ahnte er die Antwort, bevor ich sie aussprechen konnte.

»Nun …«, ich blies überfordert die Wangen auf und zermarterte mir das Gehirn nach einer plausiblen Erklärung. »Bis jetzt hat mir das Jobcenter leider nur völlig ungeeignete Kandidaten geschickt.«

Ich vermied es zu erwähnen, dass durchaus geeignete Kollegen dabei gewesen waren, denen nur leider kein Mensch einen angemessenen Lohn bezahlen konnte. Ich erst recht nicht.

»Verstehe.« Herr Maier tauschte einen kurzen Blick mit seiner Begleiterin, die sich nun ermuntert fühlte, ebenfalls etwas zu sagen.

»Ich kann das so gut verstehen, Niki. Es ist ja so schwer, heutzutage noch gute Leute zu finden.«

Ihre Worte sollten Mitleid erzeugen, doch ihre Augen sagten etwas ganz anderes. Ungefähr das, was ein Geier sagen würde, der sich angesichts einer im Todeskampf befindlichen Gazelle schon auf eine üppige Mahlzeit freute.

»Ja, Birte, das ist echt ein Problem.« Ich wechselte ins kumpelhafte Du und lächelte sie verkrampft an. »Davon kannst du bestimmt ein Lied singen.«

Was durchaus den Tatsachen entsprach. Birte Sauerland war nämlich vor etwas mehr als zehn Jahren auf die brillante Idee gekommen, mit der Kohle ihres Mannes ein Franchise-Friseurgeschäft aufzuziehen, das sich über ganz Berlin verteilen sollte. Zumindest war das ihr großspuriger Plan. Bedauerlicherweise hatte sie damit tatsächlich Erfolg. Mittlerweile gehörten über fünfzehn Läden dazu, die alle gleich minimalistisch ausgestattet waren, die billigsten Pflegeprodukte benutzten, ihre Kunden im Rekordtempo bearbeiteten und dafür einen völlig überteuerten Preis verlangten. Da man die Termine über eine exklusiv für das Unternehmen entwickelte App per Smartphone buchen konnte und sie vermutlich ein Vermögen für irgendwelche Influencer ausgegeben hatte, die ihre Läden auf Facebook und Instagram bejubelten, war ihr Unternehmen beständig gewachsen. Dass sie ihren Angestellten einen Hungerlohn zahlte, Überstunden konsequent ignorierte und einen sekundengenauen Plan erstellen ließ, wie lange man für verschiedene Haarschnitte im Höchstfall brauchen durfte, trug ebenfalls dazu bei, dass sie regelmäßig von der Innung zur Unternehmerin des Jahres gekürt wurde.

Jetzt sah sie sich in unserem Laden um, und die Art und Weise, wie sie einen tiefen Seufzer ausstieß, ließ bereits ahnen, was nun zwangsläufig folgen würde.

»Mein Angebot steht, Niki. Der Laden ist zwar etwas klein und muss natürlich umgebaut werden, aber die Lage ist ganz okay.«

Ich lachte kurz trocken auf – Schillers Locke lag mitten im Szenebezirk von Friedrichshain in einer ruhigen Seitenstraße und war damit eine Spitzenlage, die sich jeder halbwegs intelligente Geschäftsmann unter den Nagel reißen wollte.

Unbeirrt fuhr Birte Sauerland fort: »Ich würde mich freuen, wenn du für mich arbeiten würdest, Niki. Und vielleicht könntest du ja den neuen Laden irgendwann leiten. Nach einer Schulung natürlich.«

Nur über meine Leiche, dachte ich und biss die Zähne zusammen, als mir bewusst wurde, was ich da gerade dachte. Wie man bei Suse hatte sehen können, ging das schneller, als man ahnte.

»Du weißt, dass das nicht geht.«

Ich bemühte mich wirklich um einen netten Tonfall. Aber zwei Damen aus der Hölle an diesem Morgen waren einfach zu viel für mein ohnehin angeschlagenes Nervenkostüm.

»Weil mir nämlich viel an meinen Kunden liegt.« Ich hob entschuldigend die Augenbrauen und lächelte sie an. »Die sind Qualität gewöhnt.«

Herr Maier sog scharf die Luft ein, und Birte Sauerland fixierte mich mit einem Blick, der sensiblere Naturen umgehauen hätte.

»Wie Suse das nur ausgehalten hat mit dir, ist mir ein Rätsel.« Birte Sauerland schüttelte missbilligend ihren perfekt frisierten honigfarbenen Bob. »Na ja, wer dreimal durch die Prüfung fällt, verdient wohl Mitleid.«

Okay – ich *war* dreimal durch die Gesellenprüfung geflogen. Aus Gründen. Mir das aber von einer arroganten Schnepfe in einem unnachahmlich blöden Tonfall unter die Nase reiben zu lassen, war eindeutig zu viel.

»Es ist wirklich besser, wenn du jetzt gehst, weil ich sonst …«, ich kam um die Theke herum, und Herr Maier von der Innung stellte sich geistesgegenwärtig zwischen uns, bevor ich Birte Sauerland an die Gurgel gehen konnte. Sehr bedauerlich.

»Überlegen Sie sich das Angebot von Frau Sauerland doch noch mal ganz in Ruhe. Ja, Frau Schmidt?!«

Mir fiel der leichte Schweißfilm auf, der sich auf seiner Halbglatze gebildet hatte, und vermutete, dass es nicht nur an den wirklich heißen Temperaturen dieses Tages lag. Die Aussicht, mitten in den Zweikampf zweier Furien zu geraten, schien ihn in Panik zu versetzen. Er drehte sich zu Birte um und hielt mich weiterhin auf Distanz.

»Frau Sauerland, ähm … Birte, tja, vielleicht warten Sie einfach am Wagen auf mich, was meinen Sie?! Ich brauche nur noch einen kleinen Moment mit Frau Schmidt hier.«

Birte Sauerland zog arrogant die Augenbraue hoch und nickte knapp. Auf ihren sieben Zentimeter hohen Stilettos, die denkbar ungeeignet für das Friseurhandwerk waren, stolzierte sie aus dem Laden, ohne mich noch eines Blickes zu würdigen.

Herr Maier atmete hörbar auf.

Ich sah ihn schuldbewusst an. »Sorry, aber die ist so was von gestört.«

»Nun, auch wir haben so unsere Probleme mit Frau Sauerland und ihrem Unternehmen. Ich darf doch?« Er nahm sich ein Kleenex vom Tresen und wischte sich den Schweiß von der Stirn. »So leid es mir auch tut, aber ihr Angebot ist das Beste, was Ihnen im Augenblick passieren kann, Niki.« Er lächelte etwas hilflos. »Ich darf doch Niki sagen?«

»Nur zu.« Ich unterstrich meine Worte mit einer Handbewegung und wandte mich wieder Frau Wagner zu, die unter der Haube schon etwas rot angelaufen war.

»Reden Sie einfach weiter.«

Während ich die alte Dame von der Haube erlöste und ihr etwas kühle Luft zufächelte, folgte er mir und war sichtlich bemüht, die Hiobsbotschaften, die er zu verkünden hatte, möglichst freundlich zu formulieren.

»Die Innung schreibt leider ganz genau vor, unter welchen Umständen ein Geschäft, wie das Ihre, betrieben werden darf. Und das geht leider nur mit einem Meisterbrief.«

»Erzählen Sie mir was Neues, Herr Maier«, stieß ich mit zusammengebissenen Zähnen hervor.

»Der Unfall von Frau Schiller ist wirklich tragisch, und ich weiß, dass sie große Stücke auf Sie gehalten hat.«

Ich blickte kurz zu ihm auf und war überrascht, dass Suse mit ihm über mich gesprochen hatte.

»Sie hat sich sehr dafür eingesetzt, dass Sie Ihre Prüfung wiederholen können«, fügte er erklärend hinzu.

Es stimmte, dass ich kurz vor Suses Unfall mit dem Gedanken gespielt hatte, mich erneut um einen Gesellenbrief zu bemühen. Doch das Chaos, das nach ihrem Tod über uns hereinbrach, hatte alle Pläne zunichtegemacht.

»Suse und ich, wir haben den Laden hier zusammen aufgebaut, Herr Maier. Zehn Jahre lang, und Schillers Locke ist der beste Laden im Kiez. Da können Sie alle fragen.«

»Das weiß ich doch. Und es tut mir auch sehr leid für Sie. Aber ohne einen Angestellten, der den Meisterbrief mitbringt, dürfen Sie nicht weitermachen.«

Er sah mich schuldbewusst an.

»Wenn Sie wenigstens die Gesellenprüfung abgeschlossen hätten …«

»Hab ich aber nicht. Und trotzdem mache ich die beste Blondierung, die Sie jemals gesehen haben.«

Ich hörte mich so trotzig an wie eine Fünftklässlerin vor der Klassenlehrerin. Und mit genau dem mitleidigen Blick sah mich jetzt auch Herr Maier an.

»Ich tue, was ich kann, Niki, wirklich. Aber ich kann meine Kollegen nicht mehr länger hinhalten. Sie müssen jemanden einstellen, der einen Meisterbrief mitbringt.«

»Oder ich muss den Laden schließen, stimmt's?«

Er nickte. »Wie gesagt, es gäbe da ja auch noch das Angebot …«

»Sprechen Sie's nicht aus, bitte!«, unterbrach ich ihn aufgebracht.

Er nickte eifrig. Ich atmete tief durch, um mich zu beruhigen.

»Ich werde jemanden finden, Herr Maier. Vier Wochen. Geben Sie mir nur noch vier Wochen. Ich krieg das hin.«

Er zögerte kurz und wich meinem Blick aus.

»Bitte. Tun Sie es für Suse. Nicht für mich.«

Ich sah, wie sich sein Brustkorb mit einem tiefen Seufzer hob.

»Okay. Vier Wochen.«

Er gab mir die Hand, und unser Pakt war besiegelt.

»Ich drücke Ihnen die Daumen, Niki. Und … und Suse wäre bestimmt stolz auf Sie. Wir vermissen sie alle sehr, wissen Sie?!«

Er wandte sich eilig ab, bevor ich noch etwas erwidern konnte, und flüchtete fast aus dem Laden. Frau Wagner hatte unsere Unterhaltung aufmerksam verfolgt und nickte nun ebenfalls bestimmt.

»Da hat er recht mit, Kleene, dit machste hier nämlich bombe.«

Ich musste mich zusammenreißen, um nicht schon wieder in Tränen auszubrechen.

»Danke, Frau Wagner. Und jetzt kümmern wir uns um Ihre Dauerwelle. Soll doch gut aussehen für den nächsten Tanztee.«

Ich lächelte sie im Spiegel an, und diesmal war mein Lächeln echt.

Während ich die Wickler aus dem schütteren Haar löste und versuchte, daraus eine halbwegs akzeptable Frisur zu machen, blickte sie mich nachdenklich im Spiegel an.

»Sage mal, Kleene, musste die *Locke* wirklich dichtmachen?«

Ich nickte.

»Ja, ist leider Vorschrift. Ohne Meister keinen eigenen Laden.«

»Und finden tuste keenen dafür?«

»Finden schon, aber bezahlen kann ich sie leider nicht.«

Frau Wagner schwieg einen Moment nachdenklich. Vermutlich überlegte sie schon, zu welchem Salon sie in Zukunft gehen könnte, wenn ich hier das Handtuch warf. In einen von Birte Sauerlands Franchise-Läden würde sie bestimmt keinen Fuß setzen, so viel war sicher.

Halb scherzend lächelte ich sie im Spiegel an.

»Also falls Sie da einen geeigneten Kandidaten kennen, der so gut wie für umsonst arbeiten möchte, geben Sie ihm einfach meine Nummer.«

Sie lächelte zurück. »Wird jemacht.«

Dann konzentrierte sie sich wieder auf die neuesten Meldungen von Prinz Harry und seiner Meghan. »Sonst loof ick demnächst rum wie en zerrupfter Wischmopp.«

Ich machte mich wieder an die Arbeit und verbannte Herrn Maier und die Innung aus meinen Gedanken. Ein Problem kann ziemlich nervig sein und muss noch nicht einmal Birte Sauerland heißen, um einem so richtig den Tag zu versauen. Zwei Probleme können eine echte Herausforderung sein und einem erfolgreich die Nachtruhe rauben. Wenn man allerdings einen ganzen Haufen dieser lästigen Plagegeister hatte, dann stellte sich irgendwann eine gewisse Gelassenheit ein, die selbst einen buddhistischen Mönch beeindrucken würde. Und im Laufe der letzten Monate hatte ich reichlich Gelegenheit gehabt, mich in dieser Praxis zu üben.

Es war nicht so, als hätte ich nicht ahnen können, was alles auf mich zukommen würde, als ich die Verantwortung für Schillers Locke und Suses Kinder übernahm, ohne auch nur den Bruchteil einer Sekunde zu zögern. Dafür hatte meine eigene Familie gesorgt, die ich in einem Anfall sentimentaler Verbundenheit kurz nach Suses Tod angerufen hatte, in der Hoffnung, sie könnten mich in meiner Trauer trösten. Das taten sie dann auch. Für ungefähr fünf Minuten. Danach gingen sie ohne weitere Umwege direkt zu den üblichen Ermahnungen über, endlich etwas Vernünftiges aus meinem Leben zu machen. Gefolgt von subtilen Vorwürfen und der großen Enttäuschung, die ich ihnen im Laufe meines Lebens bereitete. Als mittleres von zwei weiteren Kindern, die beide Bilderbuchkarrieren vorzuweisen hatten, stand ich mit einer abgebrochenen Friseurlehre ziemlich mies da. Zumindest in ihren Augen, und das ließen sie mich auch jedes Mal spüren, wenn wir Kontakt hatten. Weshalb ich in den letzten Jahren weitestgehend darauf verzichtete, überhaupt mit ihnen zu sprechen. Jetzt ließen sie mich ungefragt wissen, dass es in ihren Augen in einer Katastrophe enden würde, wenn ich Suses Letzten Willen erfüllte, und malten mir Schreckensszenarien aus, auf die ich selbst niemals gekommen wäre. Nach einer halben Stunde hatte ich das Telefonat desillusioniert beendet. Nicht, weil ich ihre Mahnungen ernst nahm. Mir war nur klar geworden, dass ich nun wirklich alleine dastand und garantiert nicht auf ihre Unterstützung, sei sie auch noch so klein, würde bauen können.

Pünktlich um kurz vor drei bimmelte die kleine Bronzeglocke unseres Ladens und ein reichlich deprimiert wirkender Benny betrat den Laden. Für einen mittlerweile fast Neunjährigen war er erstaunlich groß. Was er vermutlich seinem Vater Mike zu verdanken hatte, der ihm auch gleich die dunkle Lockenpracht vererbt hatte. Nur die haselnussbraunen Augen, die ihm einen zauberhaften Rehblick verliehen, waren Suses Verdienst. Diese Augen, die ihrem Träger von Natur aus einen melancholischen und verträumten Ausdruck verliehen, blickten heute noch eine Spur melancholischer und verträumter und verhießen nichts Gutes.

Kurz hinter Benny folgte Mike seinem Sohn in den Laden und hatte dessen Rucksack locker über die Schulter geworfen.

»Wow, du siehst nicht gerade erfreut aus, dafür, dass für heute Schluss mit Schule ist.« Ich wuschelte ihm zur Begrüßung einmal über die Locken und drückte ihm einen Kuss auf die Stirn. »Gab's wieder eine Matheprüfung, die du blöderweise vergessen hast?«

Benny schüttelte den Kopf, seufzte einmal schwer und ließ sich auf einen der Friseurstühle fallen. Seine Beine baumelten knapp über dem Boden. Ich blickte fragend zu Mike, der unheilschwanger die Augen verdrehte und tröstend seinem Sohn eine Hand auf den Arm legte.

»Willst du es ihr sagen, oder soll ich, Kumpel?«

»Lieber du«, kam kleinlaut mit gesenktem Blick von Benny.

Die beiden machten es spannend. Mike öffnete Bens Rucksack, holte einen Brief hervor. Er war von Frau Weiss, Bens Klassenlehrerin. Ich betrachtete den Umschlag irritiert. Mittlerweile war ich ja an die Mitteilungen von Klassenlehrerinnen gewöhnt. Frau Bönow, Mels Klassenlehrerin, rief mich einmal die Woche an, um mir zu berichten, was sie wieder angestellt hatte und dass es so nicht weitergehen könnte. Über Benny hatte ich bislang noch keine Klagen gehört.

Irritiert riss ich den Umschlag auf und überflog die knappen Zeilen. Vater und Sohn tauschten indessen einen verschwörerischen Blick und hofften wohl, dass meine Reaktion nicht allzu heftig ausfallen würde.

»Ach, du liebe Scheiße …«

Ich ließ das Papier in meiner Hand sinken und sah fassungslos zu Benny, der in dem großen Friseurstuhl zu versinken schien. »Bitte, Benny, sag, dass du das nicht wirklich gemacht hast?«

Er wich meinem Blick aus, betrachtete konzentriert die Spitzen seiner Turnschuhe, die schon wieder zu klein wurden und dringend ein Update brauchten.

Ich blickte hoch zu Mike, der sich krampfhaft bemühte, nicht allzu sehr zu grinsen, und nur mit den Schultern zuckte.

Ich hockte mich vor Benny hin, um ihm durch seine dichten Locken hindurch in die Augen zu schauen. »Benny?«

Er hob den Blick und sah mich schuldbewusst an.

»Warum hast du das denn bloß gemacht?«

Er zuckte nur mit den Schultern, was wohl so viel wie »Keine Ahnung« bedeuten sollte.

»Hat dich jemand dazu angestiftet?«

Er schüttelte den Kopf.

»Das war ganz alleine deine Idee?«

Er nickte wieder matt.

Mit einem Seufzer erhob ich mich und sah zu Mike, der seine Erheiterung nun nicht mehr verbergen konnte.

»Es wäre echt hilfreich, wenn du jetzt nicht so breit grinsen würdest«, zischte ich ihn kurz an. Auch er senkte eilig den Blick und sah nun ebenso zerknirscht aus wie sein Sohn.

»Das war wirklich, wirklich eine ganz, ganz blöde Idee, Benny.«

Ich kannte Mike lange genug, um den ironischen Unterton in seiner Stimme deutlich herauszuhören, und blickte ihn erneut mahnend an, was er jedoch ignorierte.

»Die Fische haben echt 'ne Menge Kohle gekostet, Kumpel.«

»Mike!« Langsam wurde ich sauer, was ihn jedoch nicht davon abhielt, weiterzusprechen und die Sache nicht besonders ernst zu nehmen.

»Aber …«

»In diesem Fall gibt's kein Aber«, versuchte ich den kümmerlichen Rest meiner angeschlagenen Autorität zu retten.

»Aber ich muss zugeben, dass die Grundidee dahinter nicht schlecht ist, mein Sohn.« Er sah mich triumphierend an. »Fische gehören ins Meer. Nicht in ein Aquarium.«

»Das mag für irgendwelche x-beliebigen Fische gelten.« Ich hielt ihm wütend das Schreiben von der Schulleitung entgegen. »Aber das gilt ganz bestimmt nicht für Fische, die tausend Euro kosten!«

Ich konnte es einfach nicht fassen.

»Tausend Euro! Was sind denn das für Fische?! Sind die aus echtem Gold, und falls ja, was haben die verdammt noch mal in einer Schule zu suchen?«

Benny sah mich zerknirscht an.

»Das waren Koi-Karpfen. Die hat Leos Papa gespendet für unser Schulaquarium. Und Mel meinte, das wäre grausam, die da drin zu halten, weil die doch echt viel Platz brauchen, um zu schwimmen.«

Langsam begriff ich, wem ich die neueste Katastrophe zu verdanken hatte. Es überraschte mich nicht.

»Mel!«

Wer sonst?!

Benny sah mich nun doch an und erklärte in einem so ernsten Tonfall, als würde er über die Rettung des Regenwaldes sprechen, die Situation.

»Ich hab das auch Frau Weiss erklärt, aber die wollte davon nichts wissen. Also hab ich die Fische gestern nach der Schule rausgeholt, und dann sind wir nach Treptow in den Hafen gefahren und haben sie freigelassen.«

Benny tauschte einen Blick mit Mike, und mir war klar, dass er mir das entscheidende Detail noch immer verschwieg.

»Wir, Benny!? Du hast das also doch nicht alleine gemacht?«

Benny verzog das Gesicht und merkte leider jetzt erst, dass er sich verraten haben musste. Missmutig presste er die Lippen aufeinander und schwieg beharrlich. Ich sah Mike streng an. Der hob abwehrend die Hände.

»Ich habe damit nichts zu tun. Ich schwöre.«

Die beiden mussten nichts mehr sagen. Ich konnte mir längst denken, wer seinem kleinen Bruder bei dieser Aktion helfend unter die Arme gegriffen hatte.

Es kam nicht wirklich überraschend für mich.

Kapitel 3

»Das war eine megacoole Aktion. Ich weiß echt nicht, was du hast.«

Mels Tonfall war schwer gelangweilt, während sie mir dabei zusah, wie ich die Einkäufe des Abends mit Bennys Unterstützung in den Kühlschrank räumte, ehe sie sich einen Joghurtbecher schnappte.

»Benny ist jetzt voll angesagt. Das Video hat schon fünftausend Likes.«

Lässig lehnte sie am Küchenschrank und rührte in dem Joghurt herum.

Ich sah sie fassungslos an, während Benny stolz aufblickte und grinste. »Echt? Fünftausend?«

Mel nickte und klatschte sich mit ihrem kleinen Bruder ab, was normalerweise unter ihrer Würde war.

»Ihr habt das hochgeladen?« Ich schaute sie fassungslos an. Dann explodierte ich. »Habt ihr sie noch alle?«

Benny zuckte zusammen, als ich meine Stimme erhob und sauer das Glas mit Tomatensauce so heftig auf den Küchentisch abstellte, dass es klirrte. Mel schien das weniger zu beeindrucken. Sie löffelte unbeirrt ihren Joghurt weiter und stellte demonstrative Unwissenheit zur Schau. Den Unschuldsengel hatte sie extrem gut drauf. Ich schob mich wütend in ihr Blickfeld.

»Pass mal auf, meine Liebe. Es ist bescheuert genug, dass du Benny dazu anstiftest, Fische im Wert von tausend Euro zu klauen. Das muss man erst mal hinbekommen, ehrlich.« Ich klatschte kurz in die Hände. »Bravo, Mel. Ganz große Klasse.«

Sie ließ nun doch den Löffel sinken und fixierte mich lauernd aus ihren grünen Augen, die, wenn sie sich angegriffen fühlte, an einen dunklen Waldteich erinnerten. Ich ließ mich davon nicht beeindrucken.

»Aber dass du dann auch noch so blöd bist, das Ganze ins Internet zu stellen, ist wirklich …« Ich versuchte mich etwas zu bremsen. »… wirklich … wirklich … dumm!«

Zugegeben, das klang jetzt etwas zu harmlos. Aber ich hatte den verletzten Ausdruck in ihren Augen erkannt, der mich jedes Mal zu Tränen rührte, wenn er erschien. Er machte es mir unmöglich, weiter so wütend auf sie zu sein. Auch wenn ich allen Grund dazu hatte.

»Mel, was hast du dir nur dabei gedacht? Wo sollen wir denn jetzt tausend Euro hernehmen, die die Schule von uns für diese blöden Fische will?«

Mel tauschte einen kurzen Blick mit Benny, der sich betreten an den Tisch gesetzt hat.

»Ich glaub nicht, dass die das dürfen«, kam es etwas kleinlaut von ihr.

»Du glaubst?!«

Mels trotzige Teenagerlogik schlug sich Bahn. und sie nickte entschlossen mit dem Kopf.

»Bestimmt dürfen die das nicht.«

Ich rieb mir etwas überfordert die Stirn. »Ach, und wieso dürfen sie es nicht?«

»Erstens«, sie hob die rechte Hand und zählte an ihren Fingern ab, »die haben diese Karpfen doch selber geschenkt bekommen. Und zweitens: Sie nicht artgerecht gehalten. Das war quasi eine … eine Rettungsaktion. Die können uns gar nichts.«

Ich setzte mich seufzend an den Tisch und forderte sie auf, sich ebenfalls zu uns zu setzen.

»Hier steht leider etwas ganz anderes.«

Ich hatte das Schreiben aus meiner Tasche genommen und auf den Tisch gelegt.

»Die Schulleitung fordert Schadenersatz. Und wenn ich den nicht innerhalb von dreißig Tagen leiste, dann wollen sie rechtliche Schritte unternehmen.« Ich seufzte und zuckte überfordert die Schultern. »Was auch immer das heißen mag.«

Mel hatte nach dem Brief gegriffen und das Schreiben kurz überflogen.

»Dann sollen sie uns doch verklagen. Wir holen uns Hilfe. Bei Greenpeace. Oder so.«

Ich war mir nicht sicher, ob ihre Naivität gespielt war, oder ob sie es tatsächlich ernst meinte.

»Hey, das ist super.« Benny hingegen hatte keine Zweifel an seiner großen Schwester. »Das machen wir, Niki. Wir haben nichts Falsches getan.«

Ich schüttelte den Kopf und starrte vor mich hin.

»Ehrlich gesagt, ich habe keine Ahnung, wie wir das anstellen sollen.«

»Kein Problem. Ich kümmere mich drum.« Mel strahlte wie die heilige Jungfrau von Orleans angesichts ihrer Feinde. Für mich klang es eher wie eine Drohung.

»Bitte nicht, Mel. Tu das bitte, bitte nicht. Denn ich habe das Gefühl, alles wird noch schlimmer, wenn du dich kümmerst.«

Sie sah mich wieder mit diesem verletzten Ausdruck in ihren grünen Augen an.

»Alles klar.« Beleidigt lehnte sie sich auf dem alten Küchenstuhl zurück und verschränkte trotzig die Arme vor der Brust.

»Wenn du dich kümmerst, läuft natürlich alles supi!«

Sie feuerte mir einen Blick über den Tisch hinweg zu, der mich erschaudern ließ.

»Mal ganz im Ernst, Niki.« Ihre Stimme hatte einen ätzenden Tonfall. »Nennst du das hier jetzt echt kümmern?«

Sie deutete mit einer Geste auf das Chaos um uns herum, in dem unsere Küche in letzter Zeit zu versinken schien. In der Spüle türmte sich der Abwasch der letzten vier Tage, die Pfandflaschen stapelten sich in einer Ecke zu einem Turm, der Babel Konkurrenz hätte machen können, und die Zimmerpflanzen auf dem Fensterbrett machten den Eindruck, als würden sie kurz vor dem Kollaps stehen. Ich hatte es leider versäumt, ihnen bei den heißen Temperaturen der Woche lebenspendendes Wasser zu geben. Dass der Fußboden übersät mit Brotkrümeln und undefinierbaren Flecken war, übersah ich lieber geflissentlich. Außerdem sollte Liesels Wassernapf dringend mal entkalkt werden. Mel hatte recht. Hier sah es aus wie in einer Studenten-WG nach einer wilden Party.

Ich war noch nie besonders gut darin gewesen, einen Haushalt zu schmeißen. Nicht in meiner kleinen Ein-Zimmer-Wohnung in Kreuzberg, die ich schon vor Monaten untervermietet hatte, und in dieser riesigen Altbauwohnung erst recht nicht. Der Rest unseres Zuhauses war nämlich in keinem besseren Zustand als die Küche. Es war einfach keine Zeit, sich um Staubsaugen und Wäschewaschen und Aufräumen und Badputzen zu kümmern, wenn ich nebenbei allein den Laden schmiss und es gerade noch schaffte, für mich und die

Kinder einzukaufen, damit wir nicht allein von Döner oder der Standard-Nudelbox vom Thai-Imbiss lebten.

Das schlechte Gewissen, es einfach nicht auf die Reihe zu bekommen, nagte an mir. Und wandelte sich langsam in Wut auf diesen ätzenden Teenager vor mir, der mich mit arrogant hochgezogenen Augenbrauen, die fast durchscheinend wirkten, anschaute. Lässig pustete sie sich eine rotblonde Strähne aus der Stirn.

»Benny und ich machen wenigstens *etwas* hier.« Ich funkelte sie sauer an. »Dein Zimmer sieht aus, als hätte eine Bombe eingeschlagen. Du lässt alles stehen und liegen, egal wo, und räumst nie etwas weg. Nein, die Dame lässt sich lieber nach Strich und Faden bedienen. Oder wann hast du mir zum letzten Mal beim Einkaufen geholfen? «

Abrupt erhob ich mich vom Tisch, schnappte ihr den leeren Joghurtbecher aus der Hand, den sie aufgewühlt mit ihren schlanken feingliedrigen Fingern geknetet hatte, und feuerte ihn in den überfüllten gelben Sack unter der Spüle.

»Ich hab die Schnauze voll, Mel!«

»Echt jetzt?! Wow, was für 'ne Überraschung.« Sie erhob sich ebenfalls und stürmte aus der kleinen Küche. An der Tür blieb sie kurz stehen. Ihre Augen sprühten Blitze.

»Keine Ahnung, warum Mama geglaubt hat, du kriegst das hier gebacken. Du hast doch noch nie was hingekriegt in deinem Leben. Ohne Mama. Du bist 'ne Loserin, Niki.«

Damit rauschte sie raus.

»Mel!« Aufgebracht eilte ich ihr hinterher in den schmalen Flur, der vollgestellt war mit Schuhen und Jacken und allerlei Kram, um den man Slalom laufen musste, um hinauszukommen. Sie hatte bereits in dem Chaos ihre Tasche und eine Jacke gefunden und öffnete die Wohnungstür.

»Ich bin bei Louisa drüben. Die hat wenigstens 'ne Family, die funktioniert.«

»Mel, warte!«

Doch sie war schon draußen und schmiss mit Wucht die Tür ins Schloss. Einen Moment überlegte ich, ihr hinterherzulaufen. Doch der Tag war ätzend genug gewesen, und in diesem Moment überfiel mich eine Müdigkeit, wie ich sie selten in meinem Leben gespürt hatte. Erschöpft lehnte ich mich an den Türrahmen und schloss überfordert die Augen. Und wenn ich ehrlich war, fragte ich mich in diesem Moment genau das Gleiche, was Mel gerade voller Wut angesprochen hatte: Was um alles in der Welt hatte Suse nur davon überzeugt, dass ich für ihre Kinder der passende Mutterersatz sein könnte.

»Niki?!«

Benny zupfte an meinem T-Shirt und sah schuldbewusst zu mir auf.

»Tut mir leid, das mit den Fischen, echt jetzt.«

Ich sah ihn mit schlechtem Gewissen an, während er zu mir aufschaute. Die Tränen in seinen Augen glitzerten wie kleine durchscheinende Perlen. Ich stieß mich vom Türrahmen ab, legte meine Arme um Bennys schmächtige Schultern und drückte ihn fest an mich, während ich ihm einen Kuss auf die dunklen Locken drückte.

»Ist schon okay, Benny. Mir tut's leid, dass ich mich grad so mit Mel gestritten hab.«

Er schniefte kurz und sah mich dann wieder an.

»Mel meint's bestimmt nicht so. Sie ist nur sauer, weil Mama nicht mehr da ist. Glaub ich.«

Ich nickte und drückte ihn wieder an mich. »Ich weiß, Benny.«

Er seufzte einmal schwer und schaute mich dann nachdenklich an. »Keine Ahnung, wie Mama das geschafft hat, aber bei ihr war wirklich alles aufgeräumt und so. Vielleicht kriegen wir das ja auch hin, wenn wir uns richtig Mühe geben.«

Ich musste unwillkürlich lächeln. »Ja, ich glaube, das kriegen wir hin. Vielleicht nicht alles auf einmal. Aber so Stück für Stück, was meinst du?«

Er atmete erleichtert auf.

»Ich kann mit dem Abwasch anfangen.«

»Das ist 'ne Superidee. Wir machen's zusammen, okay?«

Er nickte eifrig.

»Und dann gibt's was zu essen. Nudeln mit Tomatensoße?«

Er nickte erneut und bemühte sich, Begeisterung zu zeigen. Was ihm ganz eindeutig misslang. Neben der Hausarbeit war auch das Kochen etwas, das ich nicht besonders gut beherrschte.

»Aber mit Salat«, fügte ich eilig hinzu. Ein paar Vitamine konnten nicht schaden.

»Ich mach das Dressing«, erklärte Benny schnell. Er kannte meine Kochkünste mittlerweile gut und wusste, dass mein Salatdressing dazu neigte, ungenießbar zu sein.

Zwei Stunden später lagen wir auf der Couch in dem kleinen hellen Wohnzimmer und schauten zum gefühlten hundertsten Mal »Nemo« auf DVD. Es war Bennys Lieblingsfilm, was vermutlich erklärte, warum es ihm so wichtig gewesen war, die Koi-Karpfen, die ein Vermögen kosteten, aus ihrem Gefängnis zu befreien und in die Freiheit der Berliner Spree zu entlassen. Wir hatten gemeinsam die Küche aufgeräumt, den Abwasch erledigt, den Müll rausgebracht, Liesel ihr Futter gegeben und endlich den armen Zimmerpflanzen, die Suse so sorgsam gepflegt hatte, Wasser gegeben. Und ich hoffte, sie würden überleben (gab es eigentlich irgendetwas, das Suse nicht perfekt hinbekommen hatte?). Wir hatten auch gemeinsam die Waschmaschine gefüllt und die Schmutzwäsche sauber nach Farben und Waschtemperatur sortiert. Ich hörte ihr Stampfen und Rumpeln leise aus dem Badezimmer zu uns ins

Wohnzimmer dringen. Liesel lag in ihrem Körbchen zu unseren Füßen und schnarchte mit vollem Bauch vor sich hin.

Nachdenklich beobachtete ich Benny, der in meinem Arm eingekuschelt neben mir lag und gebannt das Geschehen auf dem Bildschirm verfolgte. Ich versuchte nicht zu lachen, als ich sah, wie sich seine Lippen leise bewegten und er lautlos den Dialog der Figuren mitsprach. Dorie und Marlin versuchten gerade den beiden Haien beizubringen, dass Fische kein Futter sind. Er konnte tatsächlich den kompletten Film auswendig aufsagen.

Obwohl er äußerlich ein Miniabbild seines Vaters war, hatte er die Ernsthaftigkeit und die Ordnungsliebe seiner Mutter geerbt. Seine Art, die Welt und das Leben zu nehmen, war der von Suse so ähnlich, dass ich Mühe hatte, die Tränen, die augenblicklich bei diesem Gedanken in mir aufstiegen, zu unterdrücken. Er war ihr so unfassbar ähnlich, dass es schmerzte. Und er vermisste sie unendlich, doch im Gegensatz zu seiner großen Schwester versuchte dieser kleine tapfere Kerl das Beste aus allem zu machen. Und für einen Neunjährigen gelang ihm das erstaunlich gut, wie ich immer wieder verdutzt feststellte. Während Mel ihren Schmerz und ihre Verzweiflung offen zur Schau stellte und alles und jeden zu verfluchen schien, der noch atmete und ein lebender Teil ihres Alltags war, kompensierte Benny seine Trauer damit, alles richtig machen zu wollen. So, als würde Suse unsichtbar an seiner Seite stehen und ihn auffordern, die Tücken des Lebens zu meistern. Ich hatte ihn irgendwann einmal vorsichtig darauf angesprochen und er hatte mir mit ernster Miene versichert, dass er der festen Überzeugung war, Suse würde vom Himmel auf ihn herabblicken und ihn unterstützen. Was zugegebenermaßen eine Vorstellung war, die bei mir Unbehagen auslöste. Konnte man mit dieser Einstellung nicht völlig paranoid werden? Oder noch viel Schlimmeres? Ich sah Benny fünf Jahre in der Zukunft als pubertierender Teenager, der sich mit bewusstseinsverändernden Drogen ins Nirwana beamte, um einer toten Mutter nahe sein zu können. Es hatte eine Panikattacke bei mir ausgelöst. Die Therapeutin, zu der Benny und Mel einmal die Woche gingen und zu der uns das Jugendamt verdonnert hatte, hatte mir allerdings versichert, dass es in diesem Alter ganz normal wäre und es sich mit der Zeit legen würde. Sie hätte da schon ein Auge drauf. Ich betete inständig (auch wenn ich gar nicht an Gott glaubte), sie möge recht behalten.

In den dreiunddreißig Jahren, die ich mittlerweile auf dieser Welt war, hatte ich mir einen Großteil dieser Zeit keine Gedanken darüber gemacht, was es für mich bedeuten könnte, Mutter zu sein. Allein der Gedanke, so wie Suse auch noch die Verantwortung für zwei andere lebende Wesen zu haben, brachte mich ernsthaft ins Schwitzen. Ich bekam es mit Ach und Krach auf die Reihe, für mich zu sorgen. Und ohne Suse an meiner Seite wäre mir auch das vermutlich nicht gelungen. Zumindest in diesem Punkt hatte Mel recht.

Ich hatte Suse vor etwas mehr als fünfzehn Jahren kennengelernt, als sie ihre Meisterprüfung als Jahrgangsbeste bestanden hatte und in dem großen Salon anfing, in dem ich meine Ausbildung absolvierte. Sie war nur fünf Jahre älter als ich, aber all das, was ich mir wünschte zu sein: aufgeschlossen und witzig den Kunden und ihren manchmal nervigen Wünschen gegenüber; kollegial und unterstützend zu uns Auszubildenden und nicht so herablassend und arrogant, wie wir es normalerweise von unseren Kolleginnen und Kollegen gewöhnt waren. Sie war die Einzige, die uns nicht nur die unangenehmen Arbeiten erledigen ließ. Suses Charme, ihr fabelhaftes Aussehen und ihr handwerkliches Geschick machten sie schnell unentbehrlich in dem Laden direkt am Ku'damm, der hauptsächlich von zahlungskräftigen Osteuropäerinnen besucht wurde. Sie ließen ein Vermögen im *Kudamm Style* (so hieß der Laden großspurig) und die Provisionen, die Suse vom Geschäftsführer für ihre Arbeit bekam, waren ein unerreichbarer Traum für mich gewesen. Ich bewunderte sie, wie man einen Superstar auf der Bühne des Lebens bewunderte, und es war mir unbegreiflich, wie sich so eine tolle Frau ernsthaft für eine renitente Achtzehnjährige interessieren konnte, die sich mit allem und jedem anlegte und dreimal durch die Gesellenprüfung rasselte, weil sie sich weigerte, die gestellten Aufgaben lehrbuchmäßig auszuführen und es lieber auf ihre eigene Art, die ihr wesentlich sinnvoller erschien, machte. Was dann auch umgehend zu ihrer, also meiner Entlassung führte. Selbst Suse hatte dagegen nichts mehr ausrichten können.

Nach diesem Debakel schwor ich getroffen dem gehobenen Friseurhandwerk ab und jobbte als Kellnerin in verschiedenen Bars und Restaurants, was auch keine angenehme Erfahrung war. Weder für mich noch für meine Chefs, und erst recht nicht für die Gäste, die es wagten, sich über den mangelhaften Service zu beschweren, der in meinen Augen alles andere als mangelhaft war.

Eines Tages, fast zwei Jahre nach meinem Prüfungsdesaster, stand Suse vor mir in einem der Restaurants, in denen ich gerade jobbte, und wir kamen ins Plaudern. Sie hatte auch bei *Kudamm Style* aufgehört und war gerade dabei, ihren eigenen Laden aufzuziehen. Das Geld, das sie für ihren Salon brauchte, hatte ihr eine verstorbene Großtante vererbt, so erzählte sie es mir. Sie hatte schon ein geeignetes Ladengeschäft gefunden, mitten in Friedrichshain, das damals noch wirklich wild war. Zu meiner völligen Verblüffung fragte sie mich einfach, ob ich nicht bei ihr anfangen wollte. Ich wäre ihr vor Freude fast um den Hals gefallen. Und aus der Übung war ich auch nicht gekommen, dafür hatte ich gesorgt. Ich hatte mir schwarz einen kleinen Stamm von Kunden aufgebaut, die ich nach der Arbeit besuchte, um ihnen in ihrem Badezimmer den passenden Hairstyle zu verpassen. Was natürlich total illegal war, aber es besserte mein karges Einkommen etwas auf.

Kurz darauf erfuhr ich auch, warum Suse lieber selbstständig sein wollte und das Risiko einer Geschäftseröffnung wagte. In den zwei Jahren, in denen wir uns nicht gesehen hatten, war sie Mutter einer sechs Monate alten Tochter geworden, die sich als ziemlich anstrengend herausgestellt hatte: Amelie. Sie schlief keine Nacht durch, raubte Suse den dringend benötigten Schlaf und hatte ständig Koliken, die sie stundenlang durchschreien ließen, bis ihr kleiner Kopf unter dem rotblonden Flaum die Farbe einer reifen Tomate annahm. Zumindest daran hatte sich bis heute nichts geändert. Vermutlich hatte Mel diese weniger entzückende Charaktereigenschaft von ihrem Vater geerbt. Einem Hallodri aus einem kleinen Ferienresort in Thailand, der erst Suse im Urlaub schwängerte und dann sitzen ließ, um irgendwo in seiner finnischen Heimat unterzutauchen. So zumindest hatte es mir Suse an dem Abend im Restaurant gebeichtet. Viel gab es da auch nicht zu berichten, und sie wich mir jedes Mal aus, wenn ich sie auf Amelies mehr oder weniger unbekannten Vater ansprach.

Ich kündigte noch am gleichen Abend den Job als Servicekraft im Restaurant und stürzte mich gemeinsam mit ihr in den Aufbau unseres Ladens. Suses kleine Erbschaft ging hauptsächlich für all die technischen Geräte drauf, die wir für den Betrieb unseres Salons brauchten: doppelte Haarwaschanlagen; gebrauchte Trockner, die schon etwas in die Jahre gekommen waren, aber unschlagbar günstig waren; höhenverstellbare Stühle für die Damen und einen alten französischen Barbierstuhl, den man fast in die Waagerechte verstellen konnte und der bei unseren männlichen Kunden einen Seufzer des Entzückens auslöste, wenn wir ihre plötzlich modern gewordenen Vollbärte in Form brachten.

Das meiste organisierten wir über eBay oder auf Trödelmärkten, und so bekam der Laden einen sehr speziellen Look und ein fast familiäres Ambiente. Allein die Namensfindung kostete uns vier Wochen intensiven Nachdenkens, mehrere Flaschen billigen Wein aus dem Supermarkt und den einen oder anderen Streit, bis schließlich Schillers Locke aus mehr als fünfzig Wortspielen das Rennen machte. Es war übrigens meine Idee gewesen. Suse wollte ja lieber etwas wie »Kopfsache« oder »Haarklein« nehmen, Namen, die es schon überall gab und die so gar nichts mit uns zu tun hatten. Was sie schließlich auch überzeugte.

Keine sechs Wochen später hatten wir das kleine etwas heruntergekommene Ladenlokal gestrichen, das alte Parkett aufgemöbelt und alles eingerichtet.

Dass ich keinen richtigen Abschluss hatte, kümmerte Suse nicht im Geringsten. Sie wusste schließlich aus eigener Erfahrung, was ich alles konnte, und das, was ich noch nicht beherrschte, brachte sie mir bei. Und in all den Jahren hatte es nur selten einen Kunden gegeben, der oder die mit unserer Leistung nicht zufrieden gewesen wäre. Wir hatten tatsächlich Erfolg, und unser Kundenstamm wurde von Monat zu Monat größer. Zwei Jahre später überlegten wir, uns zu vergrößern, so gut lief Schillers Locke mittlerweile. Suse hatte für Amelie einen Kitaplatz gleich um die Ecke ergattert, sodass die Kleine nicht mehr den ganzen Tag bei uns im Laden verbringen musste. Wir waren schon mit der Vorplanung beschäftigt und malten uns ein riesiges Salon-Imperium aus, das flächendeckend Berlin beglücken würde, als Suse Mike über den Weg lief.

Sie lernte ihn im Supermarkt an der Kasse kennen, als ihm fünfzig Cent für seinen Einkauf fehlten. Sie half ihm aus. Am nächsten Tag kam Mike zu uns in den Laden, um seinen dunklen Wuschelkopf in Form bringen zu lassen und seine Schulden zu begleichen. Noch bevor Mike in dem Barbierstuhl Platz nahm und sich von Suse flachlegen ließ, war klar, dass die beiden ein Paar werden würden. Jedenfalls für mich.

Sechs Monate später war meine beste Freundin erneut schwanger, und es folgten fünf aufreibende Jahre, in denen Suse und Mike versuchten, eine Beziehung zu führen, so etwas wie eine Familie aufzubauen und den Alltag nicht komplett im Chaos versinken zu lassen. Was mit Mike leider völlig unmöglich war. Dieser Mann war einfach ein Träumer, immer auf der Suche nach der nächsten tollen Geschäftsidee, mit der man punkten konnte. Er arbeitete eigentlich als Softwareentwickler, hasste aber das Programmieren. Blöd, dass er keine Ahnung hatte, was er stattdessen machen wollte.

Irgendwann zog Suse die Notbremse und die beiden trennten sich. Zumindest räumlich. Denn obwohl Mike alles andere als alltagstauglich war, stand er Suse bei der Kinderbetreuung tatsächlich zur Seite und nahm sogar zwischenzeitlich, wenn das Geld knapp wurde, den verhassten Job als Programmierer in einem der zahlreichen Start-up-Unternehmen an, die in Berlin wie die Pilze aus dem Boden schossen, um im ersten Jahr nach Bennys Geburt für finanzielle Unterstützung zu sorgen und Suse nicht Vollzeit im Laden stehen zu lassen.

Und so gehörte Mike in unser Leben wie ein streunender Hund, der regelmäßig vorbeikam, sich das nahm, was er zum Leben brauchte, Benny und Mel mit den verrücktesten Ideen beglückte und dann wieder im Großstadtgetümmel verschwand. Irgendwann hatte ich begriffen, dass dieser Chaot immer Suses große Liebe bleiben würde, auch wenn sie sich ein Leben an seiner Seite nicht vorstellen konnte. Die kurzen Affären und Flirts, die nach Mike kamen, waren daher auch alles andere als nachhaltig für Suse.

Was ebenfalls auch auf mein Liebesleben zutraf. Diese Stadt, mit ihren fast vier Millionen Einwohnern, schien zwar jede Menge Menschen aus aller Welt anzuziehen. Doch die meisten davon waren ausgesprochene Deppen. Oder fest liiert. Oder schwer verliebt. Leider in eine andere und nicht in mich.

Und so warteten Suse und ich darauf, dass eines Tages vielleicht doch noch unser Traumprinz durch die Tür unseres kleinen Ladens kam und uns auf einem weißen Schimmel mitten ins Himmelreich der immerwährenden Liebe entführte. In der Zwischenzeit versuchten wir, das Beste aus unserem Leben zu machen. Was uns ziemlich gut gelang. Jedenfalls konnte ich mich nicht darüber beklagen, an den Wochenenden oder in den Sommerferien meine Freiheit zu genießen. Wenn wir uns den Luxus erlaubten, für zwei Wochen Schillers Locke zu schließen und ich einen Kurzurlaub auf Mallorca, Kreta oder in die Türkei buchte, war ich einem Urlaubsflirt am Swimmingpool nicht abgeneigt. Etwas Ernsthaftes kam nie dabei heraus. Aber dafür lief unser Laden nach einem kleinen schwangerschaftsbedingten Tief von Jahr zu Jahr besser, und ich hatte tatsächlich mit dem Gedanken gespielt, mich nach mehr als zehn Jahren noch einmal an meine Gesellenprüfung zu wagen. Wenn wir tatsächlich eines Tages mit unserem Laden expandieren wollten, dann brauchte ich schließlich die ordnungsgemäße Legitimation meiner zweifelsfrei vorhandenen Fähigkeiten als Friseurin.

Erst kurz vor dem verhängnisvollen Unfall hatten Suse und ich die alten Pläne wieder aus den Schubladen geholt und uns überlegt, an unserem alten Traum weiterzuarbeiten und aus Schillers Locke ein großes Unternehmen zu machen. Wie schnell man doch von Wolke sieben in die schlimmste Hölle abstürzen konnte!

Während »Nemo« seinen neuen Freunden im Aquarium des Zahnarztes dabei half, einen Ausbruchsversuch zu unternehmen, der sie in die Freiheit und die Weite des Meeres entführen sollte, hörte ich, wie die Wohnungstür aufgeschlossen wurde. Mel war wieder da. Ich schaute auf die Uhr, es war kurz vor neun. Bald würde es Zeit werden, ins Bett zu gehen. Jedenfalls für Benny.

»Mel?!« Ich sah auf, als sie noch immer ziemlich sauer durch den Flur stapfte und in der Tür zum Wohnzimmer stehen blieb. Ich lächelte sie versöhnlich an.

»In der Küche stehen Nudeln mit Tomatensoße für dich, wenn du magst.«

Sie nickte knapp. Und erwähnte mit keinem Wort unsere Putzaktion, die aus dem Chaos tatsächlich wieder so etwas wie eine Wohnung gemacht hatte.

Ich deutete auf den Sessel neben der Couch.

»Setz dich doch mit dem Essen zu uns.« Ich lächelte sie verschwörerisch an. »›Nemo‹-Zeit. So als Abschluss eines denkwürdigen Tages.«

Sie verstand den Witz, und es kam tatsächlich ein zaghaftes Grinsen auf ihre Lippen.

»Okay.«

Kurz darauf hörte ich sie in der Küche herumhantieren, nahm das Brummen der Mikrowelle wahr, als sie die Nudeln reinstellte, um sie aufzuwärmen. Hoffentlich deckte sie sie ab. Ich hatte fast eine Viertelstunde gebraucht, um die angetrockneten Tomatenspritzer der letzten Wochen abzukratzen. Im letzten Moment verkniff ich mir ein mahnendes Rufen. Das zarte Band der Annäherung, das sich gerade zwischen uns gebildet hatte, wollte ich dann doch lieber nicht mit irgendwelchen besserwisserischen Bemerkungen zerreißen.

Benny blickte noch immer konzentriert auf den Bildschirm, sprach weiter leise die Dialoge vor sich hin und war ganz und gar gefangen in dieser magischen Welt, die voller gefährlicher Abenteuer war. Und die auf jeden Fall gut ausgehen würden. Vermutlich liebte er diese Filme deshalb so sehr. Sie waren das kleine Fünkchen Hoffnung, an das er sich klammerte, dass eines Tages in seinem Leben auch alles wieder gut sein würde.

Das Leben war nur leider kein Pixar-Film.

Kurze Zeit später saß Mel mit angezogenen Füßen im Sessel, futterte die Nudeln in sich hinein, und auf dem Bildschirm lief der Abspann. Ich spürte, wie Benny in meinem Arm tief aufseufzte und nur sehr widerstrebend zurück in die Realität wollte.

»Okay, Zähneputzen und dann ab ins Bett.«

Er rührte sich nicht und starrte weiter gebannt auf den Bildschirm.

»Nur noch bis ganz zu Ende gucken.«

Ich wusste, was das bedeutete. Benny wollte noch unbedingt die kurze Szene sehen, in der Mike von der *Monster AG* (ein weiterer Lieblingsfilm von Benny) vorbeischwamm.

»Na, gut. Aber dann ist Schluss.«

Schließlich war der Bildschirm nur noch eine schwarze Fläche, in der wir uns spiegelten. Ich kämpfte mich aus meiner bequemen Position hoch und schubste Benny an die Sofakante, was er nur widerstrebend geschehen ließ. Einen Augenblick starrte er nachdenklich vor sich hin, um dann mit großer Entschlossenheit und der tiefen Überzeugung, wie es nur Neunjährige zustande bringen, zu verkünden: »Egal, was Frau Weiss sagt, den Kois geht's jetzt viel besser.«

Er blickte zu Mel, die den leeren Teller mit Tomatensoßenresten auf den Boden gestellt hatte und sich mit dem Handrücken wenig damenhaft den Mund sauber wischte.

»Stimmt doch, Mel, oder?«

»Ich hab nie was anderes behauptet.« Von ihrer Lässigkeit hätte sich jeder Erwachsene eine Scheibe abschneiden können.

Ich atmete tief durch und widerstand nur mit großer Anstrengung der Versuchung, erneut eine Grundsatzdiskussion darüber anzufangen, ob es wirklich clever war, Fische, die tausend Euro kosteten, einfach in die Spree zu schicken. Außerdem wollte ich nicht weiter darüber nachdenken, woher ich die tausend Euro nehmen sollte, die die Schulleitung nun von uns verlangte. Und wo ich einen Angestellten für Schillers Locke finden könnte, der über einen Meisterbrief verfügte und bei mir für einen Hungerlohn arbeitete. So einen gab es vermutlich nur in einem Paralleluniversum. Vielleicht sollte ich Birte Sauerlands Angebot doch annehmen und ihr den Laden überlassen, mich nicht weiter mit unbezahlten Strom- und Wasserrechnungen rumärgern und einfach als ihre Angestellte den Rest meines Lebens verbringen. Vielleicht würde sie mich ja wirklich eines Tages zur Salonleiterin machen. Wenn ich länger darüber nachdachte, war mir allerdings klar, dass dies niemals geschehen würde. Diese Frau konnte mich nicht ausstehen. Was, nebenbei bemerkt, auf Gegenseitigkeit beruhte.

»Niki?!«

Bennys fragende Stimme riss mich aus meinen Überlegungen. Ich sah verwundert auf seinen dunklen Lockenschopf.

»Glaubst du, dass Mel recht hat?«

Ich sah verwundert von Benny zu Mel, die noch immer zusammengekauert im Sessel saß und mich nun überheblich angrinste.

»Sie hat uns gar nicht zugehört, Benny.«

In ihrer Stimme schwang ein anklagender Ton mit, der mich mürbe machte.

»Natürlich hab ich euch zugehört.« Das war eine reine Notlüge, und ich setzte einen empörten Gesichtsausdruck auf.

Benny sah mich entschlossen an. »Dann machen wir's so, wie Mel sagt?«

»Ähm …«, ich überlegte fieberhaft, was Mel gesagt haben könnte, um nicht vollends mein Gesicht zu verlieren. »Weißt du was, Benny, wir reden morgen früh darüber.« Ich war einigermaßen froh, die Kurve gekriegt zu haben. »Wenn wir … eine Nacht darüber geschlafen haben.«

Er seufzte herzzerreißend und nickte müde. »Okay.«

»Und jetzt ab ins Bad und dann ins Bett. Ich komm gleich noch mal zum Gute-Nacht-Sagen.«

Er schlurfte in Richtung Badezimmer und zog sich bereits sein T-Shirt über den Kopf. Mel musterte mich mit ihren kritischen grünen Augen wissend. Ich sah sie unschuldig an.

»Was denn?«

»Keine Ahnung, auf welchem Planeten du gerade warst, aber bestimmt nicht bei uns.«

Ich gab es auf, Mel etwas vorzumachen. Ich hatte sowieso keine Chance.

»Ja, okay, sorry, du hast wie immer recht.«

Ich stand auf und holte die DVD aus dem Player und stellte den Fernseher aus.

»Falls es dir entgangen sein sollte, Mel – wir haben im Augenblick echt eine Menge Probleme, und da zähle ich diese bekloppten Koi-Karpfen noch nicht mal mit.«

Ich hörte sie nur kurz in ihrem Sessel aufschnauben und blickte mich kurz sichernd nach Benny um. Aus dem Bad kam das surrende Geräusch seiner elektrischen Zahnbürste, trotzdem senkte ich etwas die Stimme.

»Ich hab kaum Geld, um die Einkäufe zu bezahlen. Da reißen tausend Euro ein ziemlich großes Loch in unser Budget.«

Sie zuckte nur mit den Schultern. »Entweder lässt die Weiss Benny in Ruhe oder ich starte 'ne Petition im Netz. Ich kann mir nicht vorstellen, dass die als miese Tierquälerin berühmt werden will.«

Ich lachte humorlos auf. »Ach? So einfach ist das für dich?«

Sie zückte bereits ihr Handy und wischte betont gelangweilt auf dem Display herum. »Is total easy. Chill einfach mal und überlass mir den Rest.«

Ich schüttelte den Kopf und setzte mich auf den äußersten Rand der Couch und sah sie eindringlich an.

»Mel!«

»Was denn?!« Sie blickte noch nicht einmal von ihrem Smartphone auf.

»Komm schon, leg das Ding weg und lass uns reden.«

Sie seufzte theatralisch auf und legte mit großer Geste das Handy in den Schoß.

»Und worüber wollen wir jetzt reden?«

Ich sah sie an und erkannte den verletzten Zug um ihre Mundwinkel, der ihr in letzter Zeit immer einen leicht mürrischen Ausdruck verlieh.

»Über uns. Über dich und mich und Benny und wie wir das hier alles auf die Reihe kriegen wollen.«

Sie schnaufte nur.

»Ich versuche echt mein Bestes, Mel.«

»Ja, klar.«

»Dann sag mir, was dir nicht passt. Rede mit mir.«

Sie schüttelte nur stumm den Kopf. Im nächsten Moment tauchte Benny auf und steckte den Kopf zu uns ins Wohnzimmer. Liesel sprang auf und lief freudig auf ihn zu.

»Bin fertig, Niki. Darf Liesel bei mir schlafen?«

Ich atmete tief durch, sah, wie Mel sich wieder mit ihrem Handy beschäftigte, und stand auf.

»Klar. Bin schon da.«

Dann folgte ich ihm und dem kleinen Hund ins Kinderzimmer.

Als ich eine halbe Stunde später wieder zurück ins Wohnzimmer kam, war Mel längst verschwunden. Auf dem Boden stand noch der schmutzige Teller. Natürlich hatte sie ihn einfach stehen lassen, so, als müsse sie mir demonstrieren, dass sie auf keinen Fall, unter gar keinen Umständen, auch nur ansatzweise etwas dazu beitragen würde, hier ein geordnetes Zusammenleben führen zu wollen. Kopfschüttelnd ging ich mit dem schmutzigen Geschirr in die Küche, dabei kam ich an ihrem Zimmer vorbei. Die Tür war geschlossen und das Bitte-nicht-stören-Schild, das ich vor Jahren mal in einem türkischen Hotel hatte mitgehen lassen und ihr geschenkt hatte, hing demonstrativ am Türgriff. Wenn ich ehrlich war, dann war es mir recht. Ich hatte mich heute eindeutig zu viel und zu lange mit irgendwelchen Zicken rumgeärgert, um noch weiter mit ihr zu streiten. Während ich den Teller unter dem Wasserhahn abspülte und zum Trocknen in den Ständer neben der Spüle stellte, fragte ich mich, wann es mir wohl gelingen würde, wieder an Mel heranzukommen. Sie war nie ein einfaches Kind gewesen, das war mir schon klar, aber immerhin hatte sie mir früher alles erzählt, was sie bewegte und was sie nicht mit Suse besprechen wollte. Seit Suses Tod war sie verstummt. Und ich wünschte mir nichts sehnlicher, als wieder den Zugang zu diesem bockigen Teenager zu finden, der ähnlich stur war wie ich. So, wie es im Augenblick aussah, würde vermutlich eher die Hölle zufrieren, als dass wir beide wieder miteinander klarkamen.

Kapitel 4

»Ich weiß, du willst das nicht hören, aber ich vermute stark, dass sie das von ihrem Vater hat.«

Mikes Stimme drang durch das feuchte, warme Handtuch, das ich ihm übers Gesicht gelegt hatte, um die Haut und seinen mittlerweile üppigen Bart weich und geschmeidig für die Rasur zu machen, die ich ihm gleich verpassen wollte. Er klang ein wenig vorwurfsvoll, wie ich fand.

»Woher willst du das wissen? Du kennst den Typen doch gar nicht. Ich übrigens auch nicht.« Ich sah auf das entspannte Gesicht unter mir. Er hatte die Augen geschlossen und schien die Behandlung zu genießen. »Bist du dir sicher, dass der Bart ab soll?«

Er nickte. »Der fängt an zu jucken bei der Hitze.«

Ich zuckte mit den Schultern. »Okay, wie du meinst.«

Dann schnappte ich mir die Schere und begann, die längeren Barthaare auf ein Minimum zu stutzen. Den Rest würde ich mit einer klassischen Nassrasur und dem antiken Rasiermesser erledigen.

Ich rieb mir kurz über die Augen und versuchte, die Müdigkeit zu bekämpfen, die mich schon den ganzen Tag in eine Art trägen Dämmerzustand versetzt hatte. Ich hatte die halbe Nacht wach gelegen, mir über Mels renitente Art Gedanken gemacht, überlegt, wie ich Bennys fast körperlich spürbare Traurigkeit bekämpfen könnte, woher ich tausend Euro für ein paar verdammte Fische hernehmen sollte und, nicht zu vergessen, die Sache mit dem Meisterbrief.

Während ich Mikes Bart stutzte, redete ich weiter. Normalerweise war es ja umgekehrt, und die Leute gingen zum Friseur, um ihre Probleme loszuwerden. Aber in den letzten Monaten war dieser chaotische Frauenschwarm, der nun ganz entspannt vor mir lag, zu meinem wichtigsten Gesprächspartner geworden. Meine Eltern und meine mit ihren eigenen Familien und Karrieren beschäftigten Geschwister hatten mir ja schon vor Wochen zu verstehen gegeben, dass sie mir bei meinen aktuellen Problemen nicht helfen könnten. Und sie wollten auch nichts davon wissen. Ich war schließlich selber schuld, die Mutter von Benny und Mel spielen zu wollen. Sie hatten mich gewarnt.

Alles, was seit Suses Tod passiert war, hatte ich daher Mike anvertraut. Und umgekehrt war es genauso. Ich konnte mich noch gut an die unfassbare Trauer in seinen hellblauen Augen erinnern, als er von dem Unfall erfuhr, und an die Panik, die ihm kurz darauf ins Gesicht geschrieben stand, als er realisierte, dass es nun wohl an ihm lag, die Verantwortung für seinen Sohn zu übernehmen.

»Vielleicht musst du Mel einfach nur noch ein bisschen Zeit geben, um mit der ganzen Sache klarzukommen.«

»Wie soll sie denn jemals damit klarkommen, Mike? Sie ist gerade fünfzehn geworden und ihre Mutter ist tot.«

»Immerhin hat sie dich und Benny.« Jetzt öffnete er die Augen, und ich sah, wie kleine Lachfältchen sich um seine Augen bildeten. »Und mich.«

»Super. Der Jackpot des Lebens!«

»Im Ernst, Niki. Ich bin für euch da, jederzeit, und das weißt du.«

Ich nickte und schwieg einen Moment deprimiert. Mike hatte zwar keinen Widerspruch eingelegt, als der Nachlassverwalter und das Jugendamt mir das Sorgerecht für Benny und Niki übertragen hatten, war aber tatsächlich von dem Tag an immer für uns da, wenn wir Hilfe benötigten. Während ich mit Benny und Mel im Kino war, hatten er und ein paar seiner Kumpels meine Wohnung ausgeräumt und meine Möbel in seiner kleinen Werkstatt in Lichtenberg untergestellt. Ich war mit zwei großen Reisetaschen bei den Kindern eingezogen. Seitdem schlief ich im Wohnzimmer auf der Couch. Ich brachte es einfach nicht übers Herz, in Suses altem Bett zu schlafen, und so hatten wir ihr Schlafzimmer seit einem Jahr nicht angerührt.

Als ich ein paar Wochen später versuchte, den Salon wieder zu eröffnen, war Mike die Nachmittage bei ihnen geblieben und hatte sie mit irgendeinem Blödsinn bespaßt. Und darin war er wirklich gut. Im Blödsinnmachen.

»Ich weiß nicht, Mike, ich hab das Gefühl, alles geht den Bach runter.«

»Na ja, bis jetzt ist es doch ganz okay gelaufen.«

Er sah mich aufmunternd an, was mir nur ein müdes Lächeln entlockte.

»Okay ist aber nicht gut.« Ich atmete tief durch. »Okay heißt, es ist nur eine Frage der Zeit, bis ich Schillers Locke aufgeben muss und dass ich keine Ahnung habe, wie ich dann die Miete für die Wohnung zahlen soll.«

»Ich bin ja auch noch da.« Zur Bestätigung kramte er in seiner Hosentasche ein Bündel Geldscheine hervor.

»Hier. Ist für die Fische.«

Ich sah ihn überrascht an.

»Sind zwar keine tausend Euro, aber vielleicht geben sie sich ja mit ein paar hundert zufrieden.«

»Wo hast du denn plötzlich so viel Geld her?« Mein Blick war voller Misstrauen, was ihn sichtlich verletzte.

»Ich hab wieder bei Zeero angefangen. Den Sommer über. Mach da die Urlaubsvertretung.«

Es klang alles andere als begeistert.

»Oh!« Ich war tatsächlich überrascht. Mike hasste den Aushilfsjob in dem großen Online-Kaufhaus, dessen futuristische Zentrale nur einen Katzensprung von unserem Laden entfernt am Ufer der Spree lag. Er war mit ungefähr hundert anderen IT-Fachkräften dafür verantwortlich, die Algorithmen des Unternehmens so auf Vordermann zu bringen, dass deren Kunden ständig irgendwelche Dinge angeboten bekamen, die sie garantiert nicht brauchten und dann schließlich doch kauften.

»Und was ist mit deinen Glückskeksen?« Ich seifte seine Bartstoppeln mit Rasierschaum ein. Er hielt die Augen geschlossen. »Wolltest du nicht im Sommer einen neuen Investor finden?«

Ich merkte, wie sich seine breite Brust mit einem langen Seufzer hob.

»Die Presse ist defekt. Irgendwas mit der Hydraulik. Und das verdammte Ersatzteil kommt aus China und kostet ein Vermögen. Ich hab die Produktion erst mal gestoppt.«

»Mist! Tut mir leid für dich.« Ich meinte es ernst. Auch wenn ich die Geschäftsidee, mit individuell gestalteten Glückskeksen die Welt zu erobern, nicht besonders überzeugend fand.

»Tja …«

Jetzt schaute er doch hoch und sah mich an. In diesem Moment hatte er den gleichen sehnsuchtsvollen Ausdruck in den Augen, den ich nur allzu gut kannte. Ein Blick, der vor langer Zeit mal zu einem gigantischen Fehler zwischen uns geführt hatte und an den ich lieber nicht erinnert werden wollte.

»Vielleicht wäre es ja besser, diese Wunder-Glückskeks-Maschine gleich zu verschrotten, anstatt noch mehr Geld zu investieren. Da gibt's doch bestimmt auch neue. Die funktionieren.«

Ich bemühte mich um einen neutralen Tonfall. Mike schloss die Augen wieder und gab sich entspannt der Rasur hin.

»Die kann ich mir leider nicht leisten, solange ich keinen neuen Investor gefunden habe. Und den finde ich wiederum nur, wenn ich auch Glückskekse produziere. Ein Teufelskreis.«

Seine Stimme klang reichlich deprimiert. Ich führte das scharfe Messer sanft an seiner Wange entlang und spannte mit den Fingern der anderen Hand die Haut. Einen Moment schwiegen wir, und mir wurde bewusst, dass nicht nur ich in den letzten Monaten einige berufliche Rückschläge erlebt hatte. Der Investor, der ihm vor knapp einem Jahr hunderttausend Euro Startkapital versprochen hatte, war kurz nach Suses Unfall wieder ausgestiegen, als Mike zwei Termine absagen musste, weil sich unser Leben von einem Moment zum anderen in einen Albtraum zu verwandeln schien.

Ich war damals zwei Wochen lang wie ein Zombie durch die Gegend gelaufen und zu nichts mehr fähig gewesen. Mike war in diesen zwei Wochen, an die ich kaum eine Erinnerung besaß, wie ein Fels in der Brandung gewesen. Hatte sich um die Beerdigung gekümmert, den Papierkram erledigt und uns mit Essen versorgt. Es war erstaunlich, wie jemand, der unter normalen Umständen nicht alltagstauglich war, in Momenten der Krise tatsächlich zu Höchstform auflaufen konnte. Drei Monate später war er dann wieder ganz der Alte gewesen und brach mit Benny und Mel nachts in die Schwimmhalle des Spreespaßbades ein, um seinem Sohn den größten Wunsch zu erfüllen: einmal mit Pinguinen baden. Okay, sie waren nicht wirklich eingebrochen, Mikes Kumpel war bei der Sicherheitsfirma, die das Bad betreute, beschäftigt und hatte sie reingelassen, aber ganz legal war die Sache sicher nicht gewesen. Es war ein Heidenspaß für die drei gewesen, und Benny hatte zum ersten Mal seit Monaten wieder lachen können. Dafür war ich Mike unendlich dankbar.

Mel hatte das Ganze gefilmt, und zum Glück konnte ich im letzten Moment verhindern, dass sie das Video auf ihrem Instagram-Account online stellte. Es hätte sicherlich einige unangenehme Fragen für Mike und seinen Kumpel aufgeworfen.

Einen Moment lang schwiegen wir uns an, und aus den Lautsprechern der kleinen Musikanlage an der Theke erklang ruhige Lounge-Musik zur Entspannung. Gegenüber saß eine Kundin unter dem Infrarot-Wärme-Heizer und ließ ihre Tönung einwirken, und auf dem Sofa wartete bereits eine Kundin darauf, dass ich ihren hippen Kurzhaarschnitt wieder in Form brachte.

»Niki?«

Ich zuckte zusammen, als Mikes Stimme ertönte, was, wenn man ein ultrascharfes Rasiermesser in den Händen hat, nicht so besonders gut ist.

»Musst du mich so erschrecken?«

Er sah kurz auf. »Ich musste gerade an was denken.«

»Und das wäre?«

»Ist dir eigentlich mal aufgefallen, wie wenig Miete ihr für den Salon zahlt?«

Ich schnaufte kurz auf. »Wenig?! Das würde ich nun nicht unbedingt sagen. Ich komme mit den Einnahmen gerade so über die Runden.«

»Was ich meine, ist, für die kleine Halle in Lichtenberg zahle ich fast doppelt so viel, wie du für einen Laden mitten im Szenebezirk.«

Ich zuckte mit den Schultern und legte weiter sein Gesicht unter dem ganzen Rasierschaum frei. »Vor zehn Jahren war das eben noch nicht so eine schicke Gegend. Da waren die Mieten noch viel günstiger.«

»Genau das meine ich. Mittlerweile müsstet ihr doppelt so viel zahlen, wenn nicht gar dreimal so viel.«

Ich hielt inne, und so langsam überkam mich ein ungutes Gefühl.

Mike fuhr vorsichtig fort. »Ich will dich nicht beunruhigen, aber so wie ich das aus den ganzen Unterlagen herausgesehen habe, gab's die letzten zehn Jahre keine einzige Mieterhöhung.«

Mein Herz begann zu rasen, als mir klar wurde, was das bedeuten konnte. Seit Suses Tod hatte sich Mike auch um die Buchhaltung und das Finanzamt gekümmert und hatte vermutlich einen wesentlich besseren Blick auf meine Finanzen als ich. Ich hatte einfach lieber den Kopf in den Sand gesteckt, was nie eine gute Alternative ist.

»Wenn die die Miete erhöhen, dann können wir das nicht zahlen, Mike. Dann kann ich gleich an Birte Sauerland verkaufen.«

Er musste wohl die Panik in meiner Stimme erkannt haben und hob beruhigend die Hände.

»Hey, ganz ruhig bleiben. Du hast ein Messer in der Hand.«

Er versuchte mich aufzumuntern, aber nach seiner Ansprache war mir alles andere als zum Lachen zumute.

»Wie soll ich ruhig bleiben, wenn du mir grade erzählst, dass ich in Zukunft ein Vermögen für die Miete ausgeben muss? Ein Vermögen, das ich nicht habe?«

»Ich hab ja gar nicht gesagt, dass es so weit kommt. Der Vermieter hat zehn Jahre nichts unternommen, warum sollte er jetzt was machen, hm?«

Eine durchaus berechtigte Frage. »Vielleicht, weil ihm endlich auffällt, dass er auf einer Goldgrube sitzt und er uns deshalb rausschmeißen will?!«

Ich wischte den letzten Rest Rasierschaum von seinem Gesicht. Ohne Bart wirkte er auf einmal viel jünger und nicht mehr ganz so verwegen. Jetzt sah er tatsächlich aus wie einer dieser Technik-Nerds, die ihr Leben vor einem Computerbildschirm vergeuden.

»Danke, Mike. Du hast mir grade den Tag versaut.«

»War gar nicht meine Absicht.« Er wirkte tatsächlich etwas zerknirscht und bemühte sich, seinen Fauxpas wiedergutzumachen.

»Was hältst du davon, wenn ich nachher mit Bennys Schulleitung rede und die Sache mit den Fischen kläre? Ich hole ihn doch sowieso ab.« Er sah mich aufmunternd an. »Und außerdem bin ich sein Vater. Wenn er auf dumme Ideen kommt, bin garantiert ich daran schuld.«

Er überraschte mich immer wieder. So viel Selbsterkenntnis hätte ich ihm gar nicht zugetraut.

»Das wäre toll. Aber, bitte, lass es nicht so aussehen, als hätte ich dich vorgeschickt, ja? Die Weiss soll nicht denken, ich drücke mich vor der Verantwortung.« Obwohl ich das liebend gern getan hätte.

»Kein Problem. Und du weißt, wie ich auf Frauen wirke.« Er grinste etwas anzüglich, und in diesem glatten Gesicht sah das plötzlich sehr unpassend aus.

Ich fuhr den alten Barbierstuhl in eine aufrechte Position, und Mike betrachtete sich prüfend im Spiegel.

»Wow! So spießig hab ich seit meiner Konfirmation nicht mehr ausgesehen.«

Ich seufzte und sparte mir einen Kommentar. Dann nahm ich ein wenig Lotion, um seine gereizte Gesichtshaut zu kühlen und zu desinfizieren. Vorsichtig rieb ich sie in seine Haut, die sich glatt und weich anfühlte. Darunter konnte ich seine Wangenmuskeln spüren, die sein kräftiges Kinn umgaben. Er schloss genießerisch die Augen und seufzte wohlig.

»Ich glaube, das kannst du jetzt öfter machen.«

»Vergiss es, Mike! Das kannst du dir nämlich gar nicht leisten. So eine Rasur kostet normalerweise fünfunddreißig Euro.«

Ich sah seinen erschrockenen Blick.

»Keine Panik. Diesmal geht's aufs Haus. Wegen der Fische. Und Frau Weiss.«

Er lächelte erleichtert, und ich befreite ihn vom Umhang. Geschmeidig kam er auf die Füße und reckte seine langen Glieder, die etwas eingeschlafen waren.

»Schade. Daran könnte ich mich nämlich echt gewöhnen.«

Jetzt hatte er wieder diesen Blick drauf, der mir jedes Mal ein leichtes Ziehen in der Magengrube verursachte und den er deshalb lassen sollte.

»Hör auf damit! Sofort!«

»Womit denn?« Er sah mich tatsächlich verständnislos an.

Ich senkte etwas die Stimme.

»Hör auf hier rumzuflirten. Ich bin nämlich nicht irgendeine Barbekanntschaft, der du schöne Augen machen kannst. Ich bin Niki, schon vergessen?«

Ich weiß nicht, ob die leichte Röte auf seinen blassen Wangen daher kam, dass die Haut von der Rasur immer noch ein wenig gereizt war. Oder ob er sich tatsächlich ertappt fühlte. Aber in diesem Augenblick erinnerte er sehr an Benny, wenn der mir etwas Unangenehmes beichten musste.

»Ich flirte nicht. Ich bin nur nett.« Trotzig schnappte er sich seine Computertasche und wollte gehen. »Tschüss. Und Benny hat heute Nachmittag noch Sport-AG. Wir sind erst so gegen vier wieder da.«

Ich nickte. »Alles klar.«

An der Tür zögerte er noch einen Moment, dann ging er hinaus, ohne sich noch einmal umzudrehen. Ich atmete tief durch. Ich war wirklich froh, dass Mike in den letzten Monaten so ein wichtiger Teil meines Lebens geworden war. Dass er sich um Benny kümmerte und es hin und wieder sogar schaffte, Mel aus ihren Trotzphasen herauszuholen. Aber diese Nähe blieb nicht ohne Folgen. Jedenfalls für mich. Und wenn ich dem nicht bald einen Riegel vorschob, dann würde ich mich in einem Dilemma wiederfinden, das ich tunlichst vermeiden wollte. Es war blöd, einmal einen Fehler zu machen. Aber diesen Fehler dann noch mal zu wiederholen, was nicht nur blöd, es war außerordentlich schwachsinnig.

Das Piepen des Infrarottrockners riss mich aus meinen Gedanken und erinnerte daran, dass die Kundin mit der Tönung nach mir verlangte. Ich hoffte inständig, sie würde mir in der nächsten halben Stunde irgendetwas Interessantes aus ihrem Leben erzählen, das mich auf andere Gedanken brächte und mich von diesen blauen Augen und seinem Träger ablenkten.

Gegen zwei hatte ich alle Termine des Vormittags abgearbeitet und gönnte mir eine kleine Pause mit dem abgepackten Obstsalat vom Kiosk gegenüber. Auf dem Bildschirm des Laptops, mit dem ich gleichzeitig unsere Termine und die Lagerbestände verwaltete, forschte ich im Internet nach neuen Kandidaten für die freie Stelle, die wir anzubieten hatten. Warum ich noch immer *wir* dachte, war mir ein Rätsel. Vermutlich würde es sich niemals ändern. Schillers Locke blieb Suses Laden, egal wie viel Zeit verging.

Die Ausbeute war nicht gerade ermutigend. Es waren drei Kandidaten dabei, die einen beeindruckenden Lebenslauf vorzuweisen hatten. Keiner von ihnen war unter fünfundzwanzig, und ich fragte mich, wie die das hinbekommen hatten, mit Mitte zwanzig als Hairstylisten in London, Barcelona und

Kopenhagen gearbeitet zu haben, ihre Meisterprüfung mit Auszeichnung zu bestehen und dabei auch noch so verdammt gut auszusehen. Auf ihren Instagram-Accounts scrollte ich durch ihre Fotos und war schwer beeindruckt. Und frustriert. Keiner von denen würde jemals hier anfangen, so viel war sicher.

Ich war so in Gedanken versunken, dass ich unsere kleine Bronzeglocke überhörte, die neue Kundschaft ankündigte. Erst als mich eine vertraute Stimme ansprach, blickte ich überrascht auf.

»Frau Wagner?!«

Vor mir stand unsere alte Stammkundin, die ich erst gestern bedient hatte. Und sie war nicht allein.

»Stimmt was nicht mit Ihrer Dauerwelle?«

Die alte Dame hatte in all den Jahren, in denen sie zu uns kam, noch nie eine Frisur reklamiert. Allerdings würde es zu meiner momentanen Glückssträhne passen, wenn sie nun damit anfangen würde.

»Allet jut. Wie immer, Kleene.« Sie winkte ab und deutete auf ihren Begleiter, der etwas schüchtern neben ihr stand und sich unwohl in dem Laden umblickte.

»Dit is Herr Michalke.«

Herr Michalke musste an die achtzig sein, groß gewachsen und hager, sodass die Jeans und das Freizeithemd, das er trug, etwas zu groß schienen und um seinen Körper schlabberten. Davon abgesehen, machte er eine gepflegte Erscheinung, war glatt rasiert und auch das bemerkenswert füllige Haar war ordentlich gestutzt. Ich ging davon aus, dass er nicht wegen eines Haarschnitts hier war.

»Guten Tag, Herr Michalke, nett Sie kennenzulernen.«

Ich reichte ihm zur Begrüßung die Hand, die er nahm und eine leichte Verbeugung andeutete.

»Ist mir eine Freude, junge Dame.«

Ich blickte wieder fragend zu Frau Wagner.

»Was kann ich denn für Sie beide tun?«

Sie lächelte breit und entblößte eine Reihe perfekter dritter Zähne.

»Nee, nee, Kleene, dit is die falsche Frage. Wat können wir für dich tun, det is die richtje.«

Ich verstand immer noch nicht so ganz, was sie von mir wollte. Und so setzte sie zu ihrem finalen Triumph an.

»Herr Michalke ist nämlich Friseurmeister. Und der fängt heute bei dir an.«

Vor Verblüffung blieb mir der Mund offen stehen, und ich sah den betagten Herrn ungläubig an. Auch er schien nicht so richtig von Frau Wagners Aktion begeistert zu sein, lächelte jedoch tapfer. So tapfer, wie jemand, der ansonsten ein schlimmeres Schicksal zu erwarten hatte.

»Äh … ja … das ist …« Ich versuchte nicht in Lachen auszubrechen, angesichts eines Herrn, der sicherlich schon in Rente gegangen war, als ich noch die Grundschule besucht hatte. »Also … überraschend.«

»Die Idee kam mir ja schon jestern.« Frau Wagner war stolz wie Berlins legendärer Bolle.

»Aber ich musste dit erst mal mit Herbert klären.« Sie klopfte ihm aufmunternd auf den Arm. »Nicht wahr, Herbert?!« Sie wartete seine Reaktion gar nicht erst ab und redete weiter, als wäre der gute Mann nicht der Sprache mächtig. »Herbert hat sich ja erst wat jeziert. Is ja schon was her, seit der die Schere jeschwungen hat, ne?!«

Nun, daran hatte ich keinen Zweifel.

»Aber dann hat er einjesehn, dit is für alle die beste Lösung, nich wahr, Herbert?!«

Herbert lächelte etwas zu bemüht und nickte eifrig. So wie es schien, war er alles andere als freiwillig hier.

Ich war komplett überrumpelt und musste mich mühsam sammeln.

»Ja, äh, das ist … das ist wirklich … Wie haben Sie sich das denn so vorgestellt?«

»Na, janz eenfach. Du stellst Herbert sofort ein, und ab morjen haste keene Probleme mehr mit de Innung.«

»Ich fürchte, Frau Wagner, ganz so einfach ist das nicht.«

Ich schenkte Herrn Michalke mein strahlendstes Lächeln. »Ich weiß Ihr Engagement wirklich zu schätzen, aber Sie sind doch bestimmt schon in Rente.«

»Jawoll.« Er nickte wieder eifrig. »Seit neunzehnneunundneunzig.«

Ich hob anerkennend die Augenbrauen. »Na, sieh mal einer an. So lange schon.«

Frau Wagner übernahm wieder das Kommando, bevor ich meine Zweifel weiter ausführen konnte.

»Ick weeß, Kleene, wasse sagen willst, aber ick hab mir da mal schlaujemacht.«

Meine Verblüffung musste mir deutlich anzumerken sein.

»Nu kiek mal nicht so erschrocken. Der Herbert hier, der darf nämlich 'nen Minijob haben. Vierhundertfünfzig-Euro-Basis. Wenn du ihm den Mindestlohn zahlst, sind dit nach Adam Riese fuffzig Stunden im Monat.«

Ich hörte ihr fasziniert zu. Oma Wagner hatte es sich offensichtlich ganz genau überlegt.

»Maximal fuffzig Stunden, kann ja och mal weniger werden. Also, höchstens zehn Stunden de Woche. Dit wären zwee Stunden am Tach.«

Ich nickte anerkennend.

»Morjens 'n Stündchen und abends 'n Stündchen. Da kann er dir beim Aufräumen helfen oder vielleicht hier und da die Locken uffdrehn. Oder wat auch immer du so brauchst.«

Ich blickte etwas mitleidig zum armen Herrn Michalke und fragte mich, ob dieser das auch wirklich wollte.

»Nun, Frau Wagner, das hört sich alles ziemlich … gut überlegt an. Aber …«, ich lächelte Herrn Michalke entschuldigend an. »Verstehen Sie mich nicht falsch, Herr Michalke, aber Sie sind ja nun wirklich schon in einem fortgeschrittenen Alter und ob das gesundheitlich so gut für Sie ist, ist …«

»Natürlich ist dit jut«, protestierte Frau Wagner ungefragt. »Der Arzt hat Herbert nämlich schon vor Monaten jeraten, mal mehr zu unternehmen. Nicht immer nur rumsitzen und in die Glotze kieken oder an ’nem Puzzle rummachen mit ’ner Million Teile. Da wird man ja dösig im Koppe, wird man da.«

Ich sah wieder zu Herrn Michalke.

»Sie kennen sich wohl schon länger?«

Er nickte eifrig. »Schon seit 2014. Da bin ich nämlich in die Seniorenresidenz ›Zum goldenen Herbst‹ gezogen.«

Er sah liebevoll auf die alte Dame an seiner Seite, und mir wurde klar, dass der alte Herr auf seine alten Tage sein Herz noch einmal verloren haben musste. Anscheinend war er der Verehrer, von dem mir Frau Wagner schon seit Monaten berichtete.

»Cilly war ja schon da, und wir haben uns auf Anhieb bestens verstanden.«

Ich nickte vielsagend. »Ja, das kann ich mir denken.«

Cilly Wagner strahlte übers ganze Gesicht angesichts ihres ausgefuchsten Masterplans.

»Dit ist doch ’ne Superidee, Kleene, wa?!«

Ich war mir nicht wirklich sicher, ob es tatsächlich eine gute Idee war. Aber immerhin war es eine. Und falls sie recht behielt und ich mit Herrn Michalke einen Friseurmeister an der Hand hatte, den ich tatsächlich auch bezahlen konnte, dann könnte es mir Herrn Maier von der Innung vom Hals halten. Und Birte Sauerland. Ich rieb mir etwas überfordert den Nacken.

»Ich weiß nicht, Frau Wagner. Die von der Innung werden den Braten bestimmt riechen.«

»Na und?! Solln se doch. Machen können die nix.«

Sie zupfte Herbert am Arm. »Komm, Herbert, zeig Niki mal deine Unterlagen.«

Herbert Michalke kam, ohne zu zögern, der Aufforderung nach und kramte aus seiner antiken Ledertasche einen ordentlich verschnürten Plastikordner hervor, um mir seine Zeugnisse zu zeigen.

»Schauen Sie mal, junge Frau. Hier sind alle Unterlagen, die Sie brauchen. Gesellenbrief, Meisterbrief. Mit Auszeichnung. Ich hab ja auch mal einen Laden geführt.« Er blickte mich stolz an. »Unten in Köpenick. Da konnte der Sozialismus auch nix gegen machen.«

Ich winkte freundlich ab. »Danke, Herr Michalke, aber ich glaube Ihnen auch so jedes Wort.«

Die Frage war nur, ob uns Herr Maier und seine Kollegen von der Innung auch glauben würden.

Kapitel 5

»Mit siebenundachtzig will der noch bei dir im Laden stehen? Das ist krass.«

Mel zog anerkennend die Augenbrauen hoch. »Braucht der so dringend die Kohle, oder was?«

»Nein, braucht er nicht.« Ich schenkte ihr einen strafenden Blick, den sie mit Gleichmut quittierte. »Er will uns einfach einen Gefallen tun. Ansonsten müssten wir nämlich Schillers Locke dichtmachen. Und das will schließlich keiner.«

Wir saßen beim Abendessen, und ich hatte Benny und Mel von Frau Wagners nachmittäglicher Überraschung berichtet.

Anscheinend hatten sich auf wundersame Weise im Laufe des Tages zwei meiner dringendsten Probleme in Luft aufgelöst, ohne dass ich das Geringste dazu beigetragen hatte. Was mich an dieser Stelle bereits hätte misstrauisch werden lassen sollen.

»Ist doch cool.« Benny sah mich begeistert an und knabberte an dem Käsebrot, das er sich mit großer Sorgfalt gerade geschmiert hatte. Irgendwie schaffte Benny es immer, alles mit großer Sorgfalt zu machen. Er schluckte den Bissen hinunter und fuhr dann begeistert fort: »Dann hat Niki wenigstens wieder jemanden im Laden, der sie unterstützt.«

Ich lächelte ihn an. Auch er schien erleichtert über die Entwicklungen des Tages zu sein, denn Mikes Charme hatten bei seiner Schulleiterin Frau Weiss tatsächlich Wunder gewirkt. Die zweihundert Euro, die er ihr für die verschwundenen Koi-Karpfen angeboten hatte, trugen vermutlich auch dazu bei. Jedenfalls hatte sie seinen Vorschlag angenommen und wollte das leidige Fische-Problem nicht weiter verfolgen.

»Wenn ihr mich fragt, das ist Ausbeutung.« Mel schien nicht so angetan von meinem verwegenen Plan zu sein, mit Herrn Michalke als Strohmann Schillers Locke durch die Krise zu steuern. Sie stocherte lustlos in dem Salat herum, den ich gemacht hatte, um die beiden mit etwas halbwegs Gesundem zu versorgen.

Tatsächlich sprach Mel einen wunden Punkt an. Ich fühlte mich dem armen Herrn Michalke gegenüber tatsächlich wie eine Ausbeuterin. Schnell schob ich den Gedanken beiseite.

»Der sitzt zwei Stunden mehr oder weniger rum und leistet mir und den Kunden Gesellschaft. Was ist daran bitteschön Ausbeutung?« Meine Stimme klang beleidigter, als ich es beabsichtigt hatte. »Außerdem macht er das gern und kommt mal raus aus seinem Altenheim und ist unter jungen Leuten. Das ist doch belebend. Und dafür wird er auch noch bezahlt!«

Mel hob die Augenbrauen und verzog das Gesicht zu einem ironischen Lächeln. »Ja, klar. Man kann sich die Dinge auch schönreden.«

»Wäre es dir lieber, ich müsste den Salon dichtmachen?«

Statt einer Antwort schob sie sich eine Gabel voll Salat in den Mund und kaute langsam, während sie mich provozierend ansah. Ich atmete tief durch. Was war nur mit ihr los? Was hatte ich ihr getan, dass sie mir und allen anderen das Leben so schwer machen musste?

Einen Augenblick später schüttelte ich innerlich den Kopf und fühlte mich wie eine Idiotin. Es war sonnenklar, was mit ihr los war. Sie vermisste ihre Mutter. Und ganz eindeutig fehlte mir das Talent, diese auch nur ansatzweise zu ersetzen.

Während sie kaute, griff sie zu ihrer Tasche, die auf der kleinen Eckbank in der Küche stand, und holte ein paar Briefe heraus.

»Hier. Hatte ich fast vergessen. Die Post.«

Ich nahm die Briefe entgegen und merkte am Poststempel, dass einige schon seit etlichen Tagen in Mels Rucksack gesteckt haben mussten.

»Die sind doch nicht alle von heute?« Ich überflog den Stapel irritiert.

»Nee.« Mel hatte wieder diesen trotzig, genervten Tonfall, der mich schier in den Wahnsinn trieb.

»Ich hab doch gesagt, ich hab sie fast vergessen.«

In mir stieg Verzweiflung auf, als ich sah, was es für Briefe waren. Der Gasversorger, die Versicherung, ein Schreiben von der Innung und zu guter Letzt auch noch ein Brief von Mels Schule. Meine Hoffnung, die Krisen der letzten Zeit überwunden zu haben, platzte wie eine Seifenblase im Wind.

»Du trägst die Briefe seit Tagen mit dir rum? Mensch, Mel, geht's eigentlich noch?« Ich riss den Brief von Mels Schule auf. »Selbst du kannst dir doch denken, dass die wichtig sind.«

»So wichtig nun auch nicht. Außerdem weiß ich, was drinsteht.« Sie zuckte gleichmütig mit den Schultern und pickte akribisch eine halbe Tomate auf, um sie mit zur Schau gestellter Langsamkeit in ihrem Mund verschwinden zu lassen. Mit vollem Mund sprach sie weiter. »Du sollst zur Elternsprechstunde kommen.«

Das war durchaus korrekt, wie ich erfuhr, als ich das Schreiben überflog. Was Mel jedoch vermied zu erwähnen, waren die nicht unbedeutenden Tatsachen, dass a) ihre Versetzung gefährdet war, sie b) eine lange Reihe von unentschuldigten Fehlstunden in diesem Halbjahr angehäuft hatte und, um dem

Ganzen die Krone aufzusetzen, sie c) dabei erwischt worden war, wie sie mit ein paar zwielichtigen Mitschülern auf dem Schulhof geraucht und Alkopops in sich hineingeschüttet hatte. Alles in allem stand Mel kurz davor, von der Schule zu fliegen, wie mir auf unmissverständliche Weise das Schreiben mitteilte. Unterzeichnet war es mit Frau Bönow. Wem sonst?

Fassungslos ließ ich den Brief sinken. Mel sah mich unbekümmert an.

»Was?«

»Ich fass es nicht.« Ich wedelte mit dem Schreiben vor ihrem Gesicht herum. »Sag mir bitte, dass das alles nur ein blödes Missverständnis ist.«

Sie zuckte mit den Schultern und schob den noch halb vollen Teller von sich und verschränkte trotzig die Arme vor der Brust.

»Ich hab eh keinen Bock mehr auf Schule.«

»Seit wann rauchst du? Und trinkst Alkohol?« Ich schüttelte verständnislos den Kopf. »Herrgott noch mal, Mel, du bist fünfzehn!«

Meine Stimme war laut geworden, und ich hatte wütend das Schreiben auf den Tisch geknallt, sodass unsere Teller und die Gläser klirrten. Aus den Augenwinkeln sah ich, wie Benny erschrocken zusammenzuckte und vor Schreck sein Käsebrot auf den Boden fallen ließ. Mühsam versuchte ich mich zusammenzureißen und hob das Brot auf.

»Sorry, Benny.«

Ich warf das Brot in den Abfall und begann völlig übermotiviert ihm eine weitere Käsestulle zu schmieren. Ich musste irgendetwas tun, um Mel nicht an die Gurgel zu gehen.

»Komm mal wieder runter, Niki.« Sie lehnte immer noch mit verschränkten Armen auf dem Stuhl und musterte mich herablassend.

»Ich hab mal so ’ne E-Zigarette ausprobiert. Mehr nicht. Und die Alkopops haben echt scheiße geschmeckt. Kann ja niemand ahnen, dass die alte Bönow um die Ecke kommt und so ’nen Stress macht.«

Ich schob Benny das neue Käsebrot hin, das er zaghaft nahm, während sein Kopf fast zwischen seinen Schultern verschwand und er sich vermutlich am liebsten unsichtbar gemacht hätte. Ich riss mich zusammen und versuchte so sachlich und ruhig zu bleiben, wie Suse es immer geblieben war. Was angesichts von Mels Renitenz eine schier übermenschliche Herausforderung darstellte. Und ich war nicht Suse.

»Okay, und hast du das Frau Bönow auch so erklärt?«

»Glaubst du, die Alte hört mir zu?«

Ich atmete tief durch. »Und was ist mit den Fehlstunden? Wo kommen die her?«

Sie zuckte erneut mit den Schultern.

»Ich hab doch gesagt, ich hab keinen Bock mehr auf Schule.«

»Du kannst nicht einfach so alles hinschmeißen. Du musst wenigstens die zehnte Klasse zu Ende bringen. Und dann kannst du dir immer noch überlegen, was du sonst machen willst.«

»Muss ich nicht.«

Sie beugte sich vor und legte die Arme auf die Tischplatte. Kämpferisch reckte sie das Kinn.

»Ich fang einfach ’ne Lehre an. Das geht auch so.«

Ich lachte automatisch auf, so absurd war ihre Idee. Was sie dazu veranlasste, die Augen wütend zusammenzukneifen und mich anzugiften: »Du findet das komisch?«

»Allerdings, Mel. Glaub mir, ’ne Lehrstelle zu bekommen ist nicht so einfach, wie auf Insta ’nen Post machen. Ich kenne jedenfalls niemanden, der einem Schulabbrecher mit offenen Armen eine Lehrstelle anbietet. Oder kennst du einen? Du solltest ernsthaft mal einen Reality-Check machen.«

Sie schwieg und blickte mich mit einem amüsierten Funkeln in den Augen an, als würde sie schon längst eine Antwort wissen, aber mich noch ein bisschen zappeln lassen wollen.

»Und was soll das für eine Lehrstelle sein? Du weißt doch noch gar nicht, was du überhaupt machen willst.«

»Doch. Klar hab ich Ahnung.« Sie sah mich wieder mit diesem arroganten Grinsen an, bei dem ich mich augenblicklich wie eine Idiotin fühlte.

»Na dann wirst du uns bestimmt auch gleich verraten, was das sein soll.«

»Klar.« Sie sah verschwörerisch zu Benny, der sie mit offenem Mund anstarrte und gebannt unseren Streit verfolgte.

»Das wird cool, Benny.«

Ich erkannte den triumphierenden Ausdruck in ihren Augen, der mir wohl zu verstehen geben sollte, wie sehr sie mich mal wieder vorgeführt hatte.

»Ich mach 'ne Lehre zur Friseurin. Bei dir im Salon. Hast ja jetzt 'nen Meister.«

Sie grinste so schadenfroh, dass ich nur mühsam widerstehen konnte, ihr nicht augenblicklich den Eistee ins Gesicht zu schütten.

»Niemals!«

Ich hielt wütend ihrem Blick stand. »Nur über meine Leiche!«

Im nächsten Augenblick wurde mir bewusst, was ich da gerade von mir gegeben hatte, und mir stieg vor Scham die Röte ins Gesicht, während ich Bennys Entsetzen erkannte und die Trauer in Mels grüne Augen zurückkehrte.

»Sorry, sorry, ihr beiden, das, das … das hab ich jetzt nicht so gemeint …«

Ich stammelte vor mich hin und suchte verzweifelt einen Weg, den Schaden zu beheben, den ich mit meinen unbedachten Worten gerade angerichtet hatte.

Mel erhob sich vom Küchentisch, und ihre Bewegungen waren steif und etwas sehr beherrscht.

»Nach den Sommerferien geh ich jedenfalls nicht zurück auf diese bekloppte Schule. Da kannst du nichts gegen machen.«

Damit stürmte sie hinaus, und ich sah ihr aufgewühlt hinterher.

»Niki …?« Bennys zaghafte Stimme drang durch meine konfusen Gedanken. »Du lässt uns nicht allein, oder? Auch wenn's grad blöd läuft.« Seine dunklen Augen starrten mich groß an.

»Oh, Benny, nein. Natürlich nicht.« Ich strich ihm eine widerspenstige Locke aus der Stirn und sah ihn entschuldigend an. »Ich hab da grad was Dummes gesagt. Ich werde euch ganz bestimmt nicht allein lassen.«

Er nickte tapfer und starrte auf die halb angebissene Käsestulle auf seinem Teller.

»Mel hat's auch nicht so gemeint. Ganz bestimmt nicht.«

»Ich weiß.«

Er schob die Stulle auf dem Teller hin und her, unschlüssig, ob er sie nun essen sollte oder nicht.

»Nicht böse sein, Niki, aber ich finde die Idee von Mel super. Wäre doch cool, wenn sie auch im Laden ist. Dann seid ihr die ganze Zeit zusammen, und du kannst besser auf sie aufpassen, oder?«

Er sah mich wieder mit dieser Ernsthaftigkeit an, die mich jedes Mal aufs Neue berührte. Zudem war durchaus was Wahres dran, an dem, was er sagte. Allerdings hatte ich so meine Zweifel, dass Mel sich von mir oder Herrn Michalke auch nur die kleinste Kleinigkeit würde sagen lassen. Wenn Mel die Schule abbrach und eine Lehre bei uns anfing, dann würde das in einem zermürbenden Kleinkrieg enden, bei dem es nur Verlierer geben konnte.

»Du hast schon recht, Benny.« Ich versuchte, ihm meine Ablehnung möglichst schonend beizubringen. »Ich fürchte nur, dass Mel das eigentlich gar nicht will, verstehst du? Die Schule abbrechen und Friseurin werden.«

Er sah mich zweifelnd an, und zwischen seinen Augenbrauen erschien eine winzig kleine Falte, die ihm ein entzückendes Aussehen verlieh.

»Wieso sollte Mel das denn nicht wollen? Mama war doch auch Friseurin. Und du bist es auch. Und alle finden dich toll und mögen dich.«

Ich musste unwillkürlich lächeln und fuhr ihm mit einer Hand über die Locken.

»Das war das entzückendste Kompliment, das mir jemals ein männliches Wesen gemacht hat.«

Erleichtert sah ich, wie er stolz lächelte.

»Und wenn Mel das wirklich, also wirklich, wirklich will, dann kann sie bei uns anfangen. Okay?«

Benny nickte erleichtert.

»Okay.«

Ich atmete ebenfalls erleichtert durch. In diesem Moment war ich mir sicher, dass Mel diese Idee nur auf den Tisch gebracht hatte, um mich zu ärgern. Was ihr zugegebenermaßen ziemlich gut gelungen war. Sie würde ganz sicher keine Lehre anfangen. Und wenn sie sich wieder beruhigt hatte und wir in Ruhe sprechen konnten, dann würde sie bestimmt die Schule zumindest bis zur zehnten Klasse weitermachen. In Gedanken ermahnte ich mich, die Angelegenheit beim nächsten Anlauf behutsam anzugehen und nicht sofort auf ihre Provokationen einzusteigen.

Es war weit nach zehn Uhr, und in die geräumige Altbauwohnung war Ruhe eingekehrt, als ich zum Handy griff. Einen Moment lauschte ich von meiner Couch im Wohnzimmer aus, aber aus Mels Zimmer war nichts mehr zu hören, und auch Benny schlief bereits tief und fest, wie ich kurz zuvor festgestellt hatte. Liesel schnarchte wie immer auf ihrem Kissen und blinzelte, träumend, ab und zu. Ich rief die altbekannte Nummer auf.

»Hey, so spät noch auf?« Mikes Stimme tönte aus dem Lautsprecher an mein Ohr. »Gibt's schon wieder eine neue Katastrophenmeldung?«

Ich atmete tief durch, erleichtert, seine Stimme zu hören. Es tat gut, mit ihm meine Sorgen zu teilen.

»Wie man's nimmt. Mel steht kurz davor, von der Schule zu fliegen.«

»Tut sie das nicht schon seit einer Ewigkeit?« Er schien nicht besonders überrascht zu sein.

»Diesmal ist es ernst. Sehr ernst sogar. Sie will alles hinschmeißen.«

»Das wollten wir doch alle in dem Alter. Gib ihr einfach ein bisschen Zeit und dann beruhigt sie sich schon wieder.«

»Ich glaube, Mike, du kennst Mel nicht mehr besonders gut. Wenn die sich was in den Kopf gesetzt hat, dann braucht es schon etwas mehr als gutes Zureden, um sie vom Gegenteil zu überzeugen.«

Er schwieg einen Moment, und ich dachte schon, die Verbindung sei unterbrochen worden. »Was will sie denn machen, wenn sie die Schule schmeißt?«

Ich lachte kurz trocken auf. »Du wirst es mir nicht glauben.«

Die nächsten fünf Minuten berichtete ich über unseren Streit beim Abendessen, wie ich ausgerastet war und dass ich jetzt tatsächlich einen Angestellten hatte, der wundersamerweise auch über einen Meisterbrief verfügte. Als ich meinen Bericht beendet hatte, hörte ich ein fröhliches Lachen vom anderen Ende der Leitung. Es war nicht ganz die Reaktion, die ich erwartet hatte.

»Ich finde das nicht besonders lustig, Mike.«

Er prustete noch immer und versuchte sich mühsam zusammenzureißen.

»Sorry, Niki, aber das muss man ihr lassen. Clever ist die Kleine. Sie hat dich übel auflaufen lassen.«

»Das weiß ich auch so, das musst du mir nicht erklären. Was soll ich denn jetzt machen?«

»Zieh's durch.«

Ich kniff irritiert die Augen zusammen. »Wie meinst du das?«

»Na, lass sie bei dir arbeiten. Den Sommer über. Lass sie ein Ferienpraktikum machen.«

Ich hörte ihm aufmerksam zu und begann nun zu lächeln.

»Ich glaube, ich verstehe, was du meinst.«

»Ich wette, nach zwei Wochen richtiger Arbeit bei dir im Laden wird sie sich zurück in die Schule wünschen.«

Ich sah es bereits vor mir und wusste genau, dass Mel das nicht durchziehen würde.

»Und nach den Ferien wird sie freudestrahlend und glücklich wieder die Schulbank drücken.«

Es war eine clevere Strategie, und das ließ ich ihn auch wissen.

»Aber lass dir bitte nichts anmerken, Niki. Mach ihr den Vorschlag. Aber nur widerstrebend, so als würdest du zähneknirschend nachgeben. Gib ihr das Gefühl, sie hat gewonnen.«

»Das wird mir nicht besonders schwerfallen.«

Ich hörte sein unterdrücktes Lachen am anderen Ende der Leitung.

»Und was war bei dir heute noch so los? Was macht die Arbeit bei Zeero?«

»Ach, ganz okay. Nette Kollegen. Ist ja schon mal was.«

Ich merkte, wie er kurz abgelenkt war.

»Du, ich muss morgen um fünf raus und dringend schlafen. Ich komme nach der Arbeit im Laden vorbei, wenn's für dich passt?«

»Sicher. Schlaf gut.«

»Du auch.«

Dann war die Verbindung unterbrochen, und ich blieb noch eine ganze Weile nachdenklich auf der Couch liegen, während im Fernseher die Nachrichten liefen und ich nichts davon mitbekam. Schließlich machte ich das Licht aus und schlief tatsächlich nach Wochen mal wieder ohne Probleme ein.

Kapitel 6

»Nun, das ist … tja, was soll ich sagen?«

Herr Maier von der Berliner Handwerkerinnung, Bereich Friedrichshain-Kreuzberg, rieb sich etwas überfordert mit einem Kleenex, das ich ihm gereicht hatte, das schweißnasse Gesicht. Unsicher blickte er von den Unterlagen zu mir auf und dann zu Herrn Michalke, der neben uns saß. Ich beschloss einfach frech, in die Offensive zu gehen.

»Na, am besten, dass jetzt alles paletti ist, nicht wahr?!« Meine Fröhlichkeit wirkte zugegebenermaßen etwas aufgesetzt, doch ich wollte auf keinen Fall, dass im letzten Moment noch etwas schiefging und Herr Maier Zweifel bekam.

Ich hatte ihn gleich am nächsten Morgen angerufen und um einen Termin gebeten, um ihm meinen neuen Angestellten – nebst Meisterbrief – zu präsentieren. Am Telefon hatte er mir versichert, dass es kein Problem wäre, wenn Herr Michalke nur als Teilzeitkraft arbeiten würde. Als er schließlich in den Laden kam und einen Blick auf den älteren Herrn warf, gelang es ihm nur sehr mühsam, nicht komplett die Fassung zu verlieren.

Herr Michalke warf mir einen Blick zu und räusperte sich.

»Wie Sie ja sehen können, sind meine Zeugnisse herausragend. Von daher dürfte es ja wohl keine Zweifel an meiner Qualifikation geben.«

»Die Zeugnisse sind das kleinste Problem.« Herr Maiers Stimme klang etwas deprimiert. »Was mir etwas Sorgen macht, ist …«, er blickte etwas hilflos zu mir und rang nach Worten, »bitte verstehen Sie mich nicht falsch, aber Herr Michalke ist schon etwas älter. Richtig alt und ich weiß nicht, ob ich das zulassen kann.«

»Nur weil Herr Michalke hier in der Seniorenresidenz nicht versauern und seine, wie Sie ja selber festgestellt haben, herausragenden Fähigkeiten an den Nachwuchs weitergeben will, wollen Sie ihm seinen größten Wunsch verwehren?« Ich sah ihn empört an und registrierte einen weiteren Schweißausbruch bei ihm. »Das nennt man Diskriminierung! Altersdiskriminierung!«

Herr Michalke bestätigte meine Worte mit einem entschiedenen Nicken.

»Ich bestehe darauf, diese Arbeit anzunehmen! Notfalls gehe ich damit vor Gericht!«

Das war zwar jetzt etwas übertrieben, verfehlte allerdings nicht die Wirkung, wie ich zufrieden feststellen konnte.

Völlig überfordert blickte Herr Maier zwischen uns hin und her.

»Ich denke mal, dass das nicht nötig ist.«

»Gut.« Ich stand entschlossen auf. »Dann dürfte das ja erledigt sein. Damit wird mir die Innung sicherlich keine weiteren Probleme mehr bereiten, oder?«

Unsicher erhob sich Herr Maier. »Na ja, gegen einen Weiterbetrieb Ihres Salons spricht jetzt eigentlich nichts mehr.«

Auch Herr Michalke stand auf und wankte ein wenig, was ich etwas beunruhigt aus den Augenwinkeln beobachtete.

»Bleiben Sie sitzen, Herr Michalke. Ich begleite Herrn Maier hinaus.«

Er ließ sich wieder in das weiche Sofa plumpsen, das normalerweise meinen wartenden Kunden vorbehalten war, und ich wandte mich an Herrn Maier.

»Es ist für alle wirklich die beste Lösung, meinen Sie nicht, Herr Maier? Für mich und für Schillers Locke und für den Herrn Michalke.«

Er sah mich etwas gequält an. Und dann erschien ein zaghaftes Lächeln auf seinem Gesicht.

»Natürlich, Frau Schmidt.«

Ich atmete erleichtert auf. Das war tatsächlich leichter gegangen, als ich gedacht hatte. Dann nahm er mich etwas zur Seite und senkte verschwörerisch die Stimme.

»Vielleicht sollten wir das Alter des Herrn lieber nicht erwähnen. Also, vor den Kollegen der Innung.«

Ich zuckte mit den Schultern. »Okay. Kein Problem.«

»Und hoffen Sie, dass Frau Sauerland nicht Wind von der ganzen Sache bekommt. Die könnte uns beiden nämlich das Leben zur Hölle machen.«

Ich tätschelte ihm aufmunternd die Schultern.

»Lassen Sie das meine Sorge sein. Um Birte Sauerland kümmere ich mich.«

Er lächelte sichtlich erleichtert und reichte mir zum Abschied die Hand.

»Dann viel Glück, Frau Schmidt. Und ich hoffe, wir sehen uns nicht so bald wieder.«

Ich begleitete ihn zur Tür und schloss den Laden hinter ihm ab. Dann drehte ich mich zu meinem neuen Angestellten um und brach in einen Jubelschrei aus.

»Mensch, Herr Michalke, wir haben's geschafft!« Ich stürzte mich auf den alten Herrn und umarmte ihn stürmisch. »Wir haben es echt geschafft! Sie sind 'ne Wucht!«

Der alte Herr ließ meinen Freudenausbruch stoisch über sich ergehen und lächelte schließlich erleichtert.

»Da bin ich wirklich froh, Fräulein Schmidt.«

»Ab jetzt Niki, Herr Michalke. Das Fräulein muss doch nicht sein.« Ich zwinkerte ihm aufmunternd zu. »Und ich bin mir sicher, Ihre Cilly wird mächtig stolz auf Sie sein.«

Was ihm tatsächlich ein seliges Lächeln auf die Lippen zauberte.

Mit Frau Bönow, Mels Klassenlehrerin, hatte ich leider nicht so leichtes Spiel.

Ich hatte kurz mit ihr telefoniert und dann für den darauffolgenden Montag, dem einzigen Wochentag, an dem Schillers Locke geschlossen hatte, einen Termin vereinbart.

Pünktlich um 14 Uhr stand ich im Flur vor dem Lehrerzimmer, und allein dieser typische Geruch nach Reinigungsmitteln, Essen aus der Schulmensa und verstaubten Papierbergen bereitete mir Unbehagen. Es erinnerte mich nur zu gut an meine eigene Schulzeit, die nicht besonders rühmlich verlaufen war. Warum ich im Gegensatz zu meinen beiden Geschwistern eine solche Versagerin war, wenn's ums Lernen ging, war mir ein Rätsel. Vermutlich hatten Jule und Robert einfach alle Gene abbekommen, die meine Eltern zu bieten hatten, um erfolgreiche Karrieren im Berufsleben einzuschlagen. Für mich blieb da nur der Bodensatz übrig. Zumindest aus ihrer Sicht. Eigentlich war ich ja mit meinem Job sehr zufrieden.

»Ah, Frau Schmidt. Da sind Sie ja.«

Die tiefe, rauchige Stimme von Frau Bönow riss mich aus meinen Gedanken und ließ mich augenblicklich Haltung annehmen. Warum mir Lehrerinnen auch nach fast zwanzig Jahren noch solche Angst einjagen konnten, war mir schleierhaft.

»Kommen Se mal mit.« Zielstrebig marschierte Frau Bönow in Richtung Treppenhaus, und ich folgte ihr, ohne zu zögern.

»Klar. Wohin gehen wir denn?«

Statt darauf zu antworten, kam die gute Frau gleich zur Sache.

»Also das mit Amelie kann so nicht weitergehen.«

»Ja, ich weiß«, erklärte ich schuldbewusst, »Sie erwähnten es in Ihrem Brief.«

Ich folgte ihr fast im Laufschritt durch das Treppenhaus bis zu einer verschlossenen Tür, die anscheinend auf das Flachdach des 70er-Jahre-Beton-Schulgebäudes führte. Während sie die Tür aufschloss, redete sie weiter.

»Amelie hat mittlerweile keinen besonders positiven Einfluss auf die anderen Schüler. Wissen Sie das eigentlich?«

Ich schüttelte den Kopf und versuchte, eine Lanze für Mel zu brechen. »Sie ist beliebt bei ihren Freunden. Das ist doch eigentlich was Schönes.«

Schließlich standen wir auf dem kiesbewehrten Flachdach, und Frau Bönow atmete tief durch.

»Hach, hier oben kann man am besten entspannen.«

Ich nickte und ließ meinen Blick über den Horizont schweifen, der, eingestanden, keinen besonders idyllischen Eindruck machte. Gleich gegenüber war die S-Bahntrasse und auf der anderen Seite erhob sich die Silhouette des Heizkraftwerks Neukölln. Die Schule war sicherlich gebaut worden, als die Mauer noch stand und es im Westteil der Stadt viel zu wenig Platz für öffentliche Gebäude gab. Kein Stadtplaner wäre sonst auf die Idee gekommen, hier eine Schule zu bauen, so trostlos, wie die Umgebung war. Kein Wunder, dass die Schüler hier Depressionen bekamen.

Frau Bönow hatte unterdessen ein Zigarillo aus einer Metallbox geholt und zündete es sich genießerisch an.

»Das hab ich jetzt gebraucht.« Sie stieß erleichtert den Rauch aus und nebelte uns augenblicklich ein. Zumindest erklärte dies ihre rauchige Stimme.

Sie musterte mich prüfend und schob wie nebenbei eine der silbergrauen Strähnen, die ihr widerspenstig ins Gesicht fielen, zurück. Sie überragte mich fast um eine Haupteslänge und war von stämmiger Statur. Ihre ganze Erscheinung erweckte den Eindruck, dass man sich besser nicht mit ihr anlegte. Jedenfalls wäre es mir als Schülerin so gegangen. Insgeheim bewunderte ich Mel ein klein wenig dafür, sich von dieser lebenden Walküre nichts sagen zu lassen.

»Ich weiß, dass Mel manchmal etwas anstrengend sein kann. Aber das sind ja wohl alle Teenager mit fünfzehn.«

Ich warte kurz auf eine Reaktion, aber Frau Bönow musterte mich nur stumm und zog an ihrem Zigarillo.

»Wenn ich so daran denke, was ich mit fünfzehn alles angestellt habe. Sie werden's mir nicht glauben.«

Ich versuchte es mit einem Scherz. Er war lahm, und zu meiner Enttäuschung war Frau Bönow nicht zum Scherzen aufgelegt. Sie verzog keine Miene. Die Frau konnte einem wirklich Angst machen.

»Was ich sagen will, ist«, ich rang mit den Händen und versuchte, möglichst souverän zu klingen, »Mel macht noch immer eine schwere Zeit durch. In ihrem Alter die Mutter zu verlieren ist doch eine Katastrophe. Wie soll man sich denn da normal verhalten?«

Zum ersten Mal zeigte diese ruppige Frau eine Gefühlsregung. Sie wandte den Blick ab in Richtung Kraftwerk, als gäbe es dort ein idyllisches Panorama zu bewundern. Für einen Moment herrschte bedrückte Stille. Schließlich sah sie mich wieder an, und ich erkannte ein zaghaftes Lächeln in ihrem Gesicht.

»Reden Sie nur weiter, Frau Schmidt.«

Ich atmete tief durch. »Mel versucht, wirklich irgendwie damit klarzukommen. Wir versuchen alle, damit klarzukommen.

Aber es ist nicht einfach. Es ist jetzt ein Jahr her. Geben Sie ihr einfach noch etwas Zeit.«

»Das würde ich gern, Frau Schmidt. Aber auch mir sind da die Hände gebunden.«

Sie drückte ihr Zigarillo aus, um sich gleich darauf ein neues anzustecken.

»Amelie«, sie weigerte sich noch immer beharrlich, ihren Spitznamen zu verwenden, »wird die Versetzung nicht schaffen. Tut mir leid. Auch da ist nichts zu machen. Ihre Noten in den Hauptfächern sind einfach zu schlecht. Und die Fehlstunden sind auch nicht gerade förderlich.«

Sie sah mich ernst an.

»Vielleicht ist es ganz gut, wenn sie im kommenden Schuljahr in einer neuen Klasse einen Neustart wagt.«

Ich überlegte kurz, ob ich ihr von Mels Plänen, die Schule ganz zu schmeißen, erzählen sollte. Und ließ es dann lieber bleiben.

»Mel wird alles andere als begeistert sein.«

»Was die anderen Sachen betrifft, Frau Schmidt, können wir noch einmal ein Auge zudrücken. Aber das darf sich im kommenden Schuljahr nicht mehr wiederholen. Was Alkohol und Drogen betrifft, da haben wir klare Richtlinien.«

Ich nickte. »Ob Sie's mir glauben oder nicht, Mel macht normalerweise einen großen Bogen um Zigaretten und Alkohol. Das fand sie schon immer blöd. Ich bin mir sicher, dass es eine Ausnahme war.«

»Das hoffe ich.« Sie zog wieder intensiv an ihrem Zigarillo. »Das hoffe ich wirklich.«

Wir blickten wieder beide stumm über die trübe Kulisse Neuköllns.

»Vielleicht wäre ja ein Tapetenwechsel ganz hilfreich für sie.«

Ich hob den Kopf und blickte sie entsetzt an.

»Jetzt schauen Sie nicht so.« Sie klopfte mir mit ihrer riesigen Hand aufmunternd auf die Schulter. »Fahren Sie doch mal mit Mel und ihrem Bruder in den Sommerferien irgendwohin. Mal raus aus Berlin. Raus aus der alten Umgebung. Irgendwohin, wo nichts an ihre Mutter erinnert.«

Ich lachte bitter auf. Ein Urlaub war so ziemlich das Letzte, was wir uns leisten konnten.

»Superidee. Sie kennen nicht zufällig ein tolles Hotel auf Mauritius zum Schnäppchenpreis?« Meine Stimme war bissiger, als ich beabsichtigt hatte. Was mir umgehend einen wenig schmeichelhaften Blick von Frau Bönow einbrachte.

»'tschuldigung.« Ich zog den Kopf ein, wie eine Viertklässlerin im Direktorenbüro. »Es ist nur so, dass wir im Augenblick etwas knapp bei Kasse sind.«

Frau Bönow nickte kurz, warf ihr Zigarillo auf den Boden, drückte es mit dem Fuß aus und scharrte dann ein paar Kieselsteine darüber.

»Ich habe im Lehrerzimmer noch ein paar Broschüren von Jugendeinrichtungen, die Urlaubsreisen finanziell unterstützen. Ich bin mir sicher, da ist was für Amelie dabei.«

Ich hatte da so meine Zweifel. Aber auch wenn ich nicht glaubte, dass es Mel in irgendeiner Weise begeistern würde, einen Versuch war es immerhin wert.

Wie sich am Abend herausstellen sollte, hatte ich mit meiner Einschätzung nicht ganz falsch gelegen.

Mel studierte den Prospekt, den ich von meinem Besuch der Geschwister-Scholl-Oberschule mitgebracht hatte, und schnaubte verächtlich auf.

»Sprachtraining in Schottland?«

Sie schüttelte den Kopf.

»Hast du 'ne Ahnung, wie's da so abläuft?«

Hatte ich nicht. Zu meiner Schulzeit hatte man mir solche Dinge nicht angeboten. Sie hatten wohl Angst gehabt, es wäre rausgeschmissenes Geld gewesen.

»Frida war da im letzten Sommer. Der totale Horror.«

Sie verdrehte theatralisch die Augen, während sie den Tisch fürs Abendessen deckte.

»Die waren in so einem alten Kasten untergebracht, der vermutlich schon seit der Steinzeit vor sich hin modert. Kein WLAN, kein Handyempfang, und es hat die ganze Zeit geregnet. Ununterbrochen. Sie hätte sich fast 'ne Lungenentzündung geholt.«

Ich blickte skeptisch auf das Foto eines graubraunen Steinkastens, der eigentlich ganz idyllisch zwischen den Hügeln des schottischen Hochlands lag.

»Ich würde das sofort machen.« Benny war wie immer begeistert, wenn es um ein Abenteuer ging. »Wenn ich alt genug wäre. Vielleicht ist das ja so wie in Hogwarts.«

Er sah mich verträumt an, und ich verfluchte Harry Potter dafür, Generationen von Kindern eine verzauberte Vorstellung von schottischen Internaten gegeben zu haben.

»Träum weiter, Benny.« Mel wuselte ihm einmal über die Locken. »Britische Internate sind das Letzte, glaub mir. Das Essen ist mies. Du musst blöde Uniformen tragen, und das Schlimmste, das absolut Schlimmste ist …«, sie machte eine theatralische Pause, die ihre Wirkung auf Benny nicht verfehlte. Zugegebenermaßen war auch ich gespannt, was das Schlimmste an britischen Internaten wohl sein könnte. Im wirklichen Leben hatte ich nämlich noch keins von innen gesehen. Mel allerdings auch nicht.

»Was ist das Schlimmste?« Benny sah sie ehrfürchtig an.

»Das Schlimmste, kleiner Bruder, ist, dass deine Mitschüler der reinste Albtraum sind. Die sind nämlich alle total verklemmte Spießer, die am liebsten die Kleinsten und Schwächsten verprügeln.«

Benny schaute sie entsetzt an.

»Woher willst du das eigentlich so genau wissen, Mel?« Ich sah sie empört an. »Soweit ich weiß, warst du noch nie in Großbritannien.«

Sie zuckte nur mit den Schultern. »Kannste alles auf Insta checken. Ich bin da im letzten Jahr einer gefolgt. Ich sag dir … Katastrophe.«

Ich sah ein, dass ich sie damit nicht begeistern konnte, und schmiss den Flyer kurzerhand in den Papierkorb.

»Na denn, tschüss Schottland.«

Einen Moment herrschte deprimiertes Schweigen. Benny seufzte schließlich schwer, stützte eine Hand unter sein Kinn und starrte gedankenverloren vor sich hin.

»Irgendwohin fahren wäre aber schon cool.«

Ich schaute mitleidig zu ihm.

»Ich weiß, Benny. Aber ich fürchte, im Augenblick können wir uns das nicht leisten.«

Er nickte betrübt. »Hab ich mir schon gedacht.«

»Außerdem«, ich sah zu Mel und beschloss, dass hier und jetzt der richtige Zeitpunkt gekommen wäre, um sie über meinen genialen Praktikumsplan zu informieren, »hat Mel in diesem Sommer schon etwas anderes vor.«

Benny blickte überrascht auf, und auch Mel musterte mich misstrauisch.

»Ach?! Hab ich das?«

Ich nickte und schnibbelte weiter die Gurken.

»Wenn du wirklich die Schule abbrechen und eine Lehre machen willst, Mel, dann kannst du im Sommer damit anfangen.«

Vor Verblüffung blieb ihr tatsächlich der Mund offen stehen. Offensichtlich hatte sie nicht damit gerechnet, mich so schnell kleinzukriegen.

»Ich muss echt nicht mehr zur Schule?«

»Na ja, das Jahr musst du schon noch abschließen.«

Sie musterte mich misstrauisch, wie es nur ein Teenager tun kann, der gelernt hatte, dass man bei Erwachsenen lieber vorsichtig sein sollte.

»Und wo ist der Haken an der Sache?«

Ich zuckte mit den Schultern. »Den gibt's nicht.« Ich hob den Blick, um ihr entschlossen und fest in die Augen sehen zu können.

»Allerdings gibt's eine Bedingung.«

»Und die wäre?«

»Du machst vorher für drei Wochen ein Praktikum. Bei mir und Herrn Michalke.«

Sie schüttelte irritiert den Kopf.

»Wieso das denn? Ich kenne Schillers Locke in- und auswendig.«

»Das mag ja sein. Aber du wirst drei Wochen bei uns arbeiten, so wie jede andere auch, die eine Lehrstelle haben will. Und dann können wir sehen, ob du's auch wirklich draufhast.«

»Ob ich's draufhab?!«

Sie lächelte wieder überheblich. »Kein Problem.«

Ich reichte ihr die Hand. »Deal?«

Sie griff zu. »Deal!«

Nun. Das hatte geklappt. Sogar überraschend gut geklappt.

Kapitel 7

Juli

Ich weiß nicht, was ich mir dabei gedacht hatte, Mel das Praktikum in unserem Friseursalon anzubieten. Vermutlich hatte ich mir tatsächlich davon versprochen, dass die alte Nähe und die Vertrautheit, die früher zwischen uns war, wiederaufkommen würde. Was tatsächlich auch gelang. In bescheidenem Ausmaß. Es war nur mit erheblichen Schwierigkeiten verbunden, die ich nicht wirklich hatte kommen sehen. Was ich nämlich nicht dabei bedacht hatte, war die vollkommene Sorglosigkeit eines fünfzehnjährigen hormongesteuerten Teenagers, der sich zudem aus Trauer und Schmerz verpflichtet fühlte, es der Welt und insbesondere seinen Mitmenschen heimzuzahlen.

Schon die erste Woche zu Beginn der Sommerferien war eine Katastrophe. Nachdem sie tatsächlich noch einmal mit Ach und Krach die Versetzung geschafft hatte (Frau Bönow rief mich kurz vor den Sommerferien an, um mir mitzuteilen, dass Amelie in den kritischen Fächern tatsächlich Fortschritte machte und man sie nicht frustrieren wolle), hatte Mel sich wohl gedacht, der Sommer der Freiheit habe für sie begonnen. Was sie mit ausgesprochen großer Kreativität dann auch versuchte, in die Tat umzusetzen.

Sie am Morgen aus dem Bett zu bekommen, damit sie mit mir pünktlich um neun den Salon aufmachen konnte, war schon ein Kraftakt. Sie dazu zu bewegen, die sauberen Handtücher zusammenzulegen (ordentlich!), die schmutzigen in die Wäsche zu geben (nach Farben getrennt!) und den Kunden unfallfrei einen Cappuccino oder Latte macchiato aus unserer kleinen Espressomaschine zu servieren, empfand sie als persönlichen Angriff auf ihre Würde. Vermutlich würde sie die Menschenrechtskommission der Vereinten Nationen anrufen, um mich schwerster Verbrechen anzuklagen.

Zum Glück hatte Herr Michalke ein Auge auf Mel, wenn er da war, und konnte zumindest die schlimmsten Katastrophen verhindern. Allerdings demonstrierte er ihr auch, wie man eine professionelle Haarwäsche durchführte, mit anschließender Kopfhautmassage, und dafür schien sich Mel tatsächlich zu begeistern. Zumindest bei den männlichen Kunden unter zwanzig, die zum Haareschneiden kamen und mit denen Mel ganz ungeniert flirtete. Als ich sie eines Morgens dabei erwischte, wie sie mit einem der Burschen, der bestimmt zehn Jahre älter war, die Telefonnummern und E-Mail-Adressen tauschte, wies ich beide freundlich darauf hin, dass sie das tunlichst unterlassen sollten. Eine der Richtlinien unseres kleinen Unternehmens war nämlich immer gewesen: Fang nie was mit ’nem Kunden an! Mal ganz davon abgesehen, dass sie viel zu alt für Mel waren.

Sie protestierte und maulte und lief den Rest des Tages mit einer so schlechten Laune herum, dass ich befürchtete, wir könnten Schillers Locke nun mangels Kundschaft in absehbarer Zeit schließen. Sie giftete selbst die liebeswürdigsten Damen von der Seniorenresidenz mit ihrer Bissigkeit so an, dass ich sie schließlich um drei nach Hause schickte, um mit Benny ins Schwimmbad zu gehen. Was sie dann auch mit Begeisterung tat.

Benny hatte ich für einen Ferien-Fußball-Kurs auf dem Abenteuerspielplatz gleich nebenan angemeldet, und er verbrachte die meiste Zeit mit seinen neuen Kumpels auf dem Bolzplatz, der eingezäunt von einem hohen Maschendrahtzaun neben dem kleinen Park lag. Wenn Mike Frühschicht hatte, konnte er ihn um drei abholen, und die beiden verbrachten den Rest des Tages meist mit irgendwelchen weiteren Unternehmungen. Musste Mike am Nachmittag arbeiten, kam Benny zu uns in den Laden, setzte sich aufs Sofa und blätterte in irgendwelchen Comics oder guckte auf dem Smartphone einen seiner Lieblingsfilme. Er fiel weniger auf als die große Topfpflanze in unserer Auslage, die mit ihren dicken grünen Blättern unser Schaufenster umrankte.

Nach einer Woche Zusammenarbeit mit Mel begann ich die Tage zu zählen, bis ihr Praktikum zu Ende sein würde. Für den Rest der Ferien wollte ich sie dazu verdonnern, auf ihren kleinen Bruder aufzupassen und irgendetwas mit ihm zu unternehmen, was nicht allzu viel Geld kostete. Davon hatten wir immer noch viel zu wenig, wie ich an jedem Samstagabend, wenn ich die Kasse fertig machte und die Einnahmen und Ausgaben der Woche prüfte, deprimiert feststellen musste. Ich hatte keine Ahnung, wie Suse es geschafft hatte, den Salon zu führen und dabei tatsächlich auch noch so viel Gewinn zu machen, dass sie mich davon hatte bezahlen können. Es war mir ein Rätsel, und es führte dazu, dass ich mich einmal mehr wie eine Versagerin fühlte. Ohne das Trinkgeld, das mir meine zufriedenen Kundinnen zusteckten, wäre ich niemals über die Runden gekommen.

Herr Michalke machte seine Sache wirklich gut. Wenn man bedenkt, dass seine Aufgabe hauptsächlich darin bestand, nicht im Weg zu stehen und die Kundschaft freundlich anzulächeln. Am Anfang hatte er noch versucht, seinen neuen Job ausgesprochen ernst zu nehmen und wollte unbedingt die Blondierungen übernehmen. Eine Schere gab ich ihm lieber nicht in die Hand, nachdem ich gesehen hatte, wie er zittrig löffelweise Zucker in seinen Kaffee kippte. Nach zwei Tagen war er mit seinen Kräften am Ende, und ich schickte ihn vorsichtshalber auf die Ersatzbank, um einen Zusammenbruch zu vermeiden. Er protestierte zwar, aber mit dem Hinweis darauf, dass ich keine Erste-Hilfe-Ausbildung hatte und vermutlich selbst einen Herzinfarkt bekäme, wenn er in unserem Laden umkippte, konnte ich ihn dann doch noch davon überzeugen, etwas kürzerzutreten. Er flehte mich jedoch inständig an, nichts davon seiner Cilly zu erzählen. Er hatte offensichtlich eine Heidenangst davor, vor der Dame seines Herzens schwach und gebrechlich zu wirken.

Die Sommerhitze, die sich bereits im Mai mit rekordverdächtigen Temperaturen angekündigt hatte, drehte pünktlich zum kalendarischen Sommerbeginn mächtig auf und bescherte uns einen strahlend blauen Himmel und dreißig Grad im Schatten. Was nicht nur dazu führte, dass Mel überhaupt keinen Bock mehr hatte, irgendetwas im Laden zu tun, sondern auch unsere Kunden davon abhielt, den längst fälligen Friseurbesuch zu tätigen. Wer ließ sich schon gern bei dieser Hitze die Haare in Form föhnen?

So saßen wir an einem dieser heißen Nachmittage auf der kleinen Bank vor unserem Schaufenster und löffelten ein (völlig überteuertes!) Eis, das Mel aus der kleinen Eisdiele am Park besorgt hatte. Herr Michalke war bereits seit dem frühen Vormittag wieder in seine Seniorenresidenz zurückgekehrt, und zwei Kundinnen, die eigentlich für Blondieren und Strähnchen vorgemerkt waren, hatten im letzten Moment den Termin abgesagt, weil sie es bei der Hitze einfach nicht aus dem Haus schafften. Immerhin hatten sie die Freundlichkeit besessen, anzurufen, und sich tausendmal entschuldigt. Sie wollten gern einen neuen Termin machen, dann allerdings gleich früh am Morgen, wenn es noch nicht ganz so heiß war. Unnötig zu erwähnen, dass diese Termine bei all unseren Kunden sehr begehrt waren.

»Wir könnten den Laden tagsüber schließen und einfach nachts aufmachen, wenn's nicht mehr so heiß ist.«

Mel löffelte ihr Zitroneneis mit großer Begeisterung.

Ich seufzte auf. »Wäre vermutlich nicht die schlechteste Idee.«

Meine Gedanken waren genauso träge wie meine Bewegungen. Außerdem hatte ich eine neue Eissorte gewählt, Maracuja-Basilikum, die mehr Genuss versprochen hatte, als sie tatsächlich halten konnte. Aber da die zwei Kugeln fast fünf Euro gekostet hatten, löffelte ich tapfer weiter.

Mel sah mich von der Seite an. »Ich wette, es gibt bestimmt einen total guten Grund, warum das nicht geht. Hab ich recht?«

Ich zuckte mit den Schultern.

»Gesetzliche Ladenöffnungszeiten.« Ich schenkte ihr einen vielsagenden Blick. »Wurden eingeführt, um Angestellte vor Ausbeutung zu schützen. Was dich demnach freuen müsste.«

Sie schenkte mir nur ein ironisches Lächeln. Ich sah sie einen Moment prüfend an.

»Und? Das Praktikum ist fast rum. Willst du die Lehre immer noch durchziehen?«

Sie zögerte einen Moment zu lange, sodass ich ihre Unsicherheit spüren konnte.

Dann erwiderte sie im lässigen Tonfall: «Bis jetzt find ich's cool. Jedenfalls cooler als Schule.«

»Aha!« Ich nickte nur vielsagend und widmete mich wieder meinem Eis, das scheußlich schmeckte, aber immerhin etwas Abkühlung brachte.

»Nee, im Ernst.«

Jetzt versuchte sie begeistert zu klingen, aber ich durchschaute das Manöver.

»Wenn du mich mal mehr machen lassen würdest als Haarewaschen und Fegen, dann ist das bestimmt ein richtig geiler Job. Voll kreativ und so.«

»Ich hab damals ein Jahr warten müssen, bevor ich meinen ersten Haarschnitt machen durfte.«

»Klar, das war ja auch noch in der Steinzeit.«

»Hahaha!«

Ich schenkte ihr ein beleidigtes Lächeln und fühlte mich tatsächlich steinalt.

Einen Moment schwiegen wir beide wieder träge und blinzelten in der Sonne, während vor uns auf der Straße Einheimische und Touristen schwitzend die Stadt erkundeten.

»Wenn du das wirklich machen willst, Mel, wenn dir das richtig Spaß macht und du es nicht nur willst, weil du glaubst, du kannst mich damit ärgern, dann würde ich mich darüber freuen.«

Sie blickte überrascht auf und musterte mich kritisch aus diesen grünen Augen, in denen immer eine Spur Misstrauen lag. Ich atmete tief durch und wartete auf eine Reaktion. Nach einem langen Moment klang ihre Stimme ernst, ohne den sonst immer bissigen Unterton.

»Du würdest dich freuen?«

Ich nickte. Und dann sagte ich etwas, von dem ich hoffte, es würde sie ebenfalls freuen.

»Suse hat diese Arbeit geliebt, weißt du. Sie war eine echt gute Friseurin und die beste Chefin, die man sich vorstellen kann.« Ich merkte fast augenblicklich, wie sich eine dunkle Wolke über Mels Haupt zusammenbraute, und bereute meine Worte umgehend.

»Na ja, ist mir grad so durch den Kopf gegangen.« Ich winkte etwas hilflos ab. »Vergiss einfach, was ich gesagt habe.«

Ich hörte sie trotzig aufschnauben. »Glaubst du, ich mache das alles nur wegen Mama?«

Aus der Nummer kam ich jetzt nicht mehr raus, also beschloss ich einfach, das zu sagen, was ich dachte.

»Ja. Ja, irgendwie schon. Oder du machst es, weil du mich ärgern willst.«

Sie schüttelte widerstrebend den Kopf und erhob sich abrupt.

»Du hast echt keine Ahnung von mir, weißt du das?!«

Damit ging sie in den Laden und ließ mich einfach draußen in der Hitze sitzen. Überfordert schloss ich die Augen und atmete tief durch. Warum nur gelang es mir mit schlafwandlerischer Sicherheit bei Mel, immer das Falsche zu sagen? Obwohl ich doch alles nur richtig machen wollte.

»Ähm … 'tschuldigung. Ich bin auf der Suche nach Frau Schmidt. Nicole Schmidt?«

Überrascht öffnete ich die Augen und sah auf zu einem Herrn Ende vierzig, der in einem viel zu warmen Anzug steckte, der aber zumindest teuer aussah. Ich lächelte unverbindlich.

»Das bin ich.«

Er reichte mir die Hand.

»Das ist prima, dass ich Sie gleich angetroffen habe.«

Er kramte etwas aus seiner Aktentasche hervor und hielt mir seine Visitenkarte entgegen.

»Rüdiger Schwarz. Von Schwarz & Schwarz Hausverwaltung. Es wäre schön, wenn Sie einen Augenblick Zeit für mich hätten.«

Ich starrte wie paralysiert auf die Visitenkarte, und irgendeine Alarmglocke in der hintersten Ecke meines Gehirns begann wie wild zu schrillen. Der Name kam mir bekannt vor, und augenblicklich erinnerte ich mich daran, dass Schwarz & Schwarz die Hausverwaltung war, die das Ladenlokal verwaltete, in dem sich Schillers Locke befand.

Schon komisch, dass die Miete nie erhöht wurde.

Mikes denkwürdiger Satz hallte in meinem Kopf wider, und noch bevor ich mich erhob und Herrn Schwarz in den

Laden bitten konnte, wusste ich, dass dieser Tag noch ein paar unangenehme Überraschungen für uns bereithalten würde.

Mike kam mit Benny am späten Nachmittag in den Laden, nachdem er ihn bei seinem Fußballkurs abgeholt hatte und sie noch einen kleinen Abstecher in die Eisdiele gemacht hatten, bei der auch wir uns Eis geholt hatten.

Während ich den Laden aufräumte, fegte und die schmutzigen Handtücher sortierte, lehnte er nachdenklich am Tresen und betrachtete die Visitenkarte in seiner Hand. Mel und Benny hatte ich vorsorglich zum Einkaufen geschickt. Ich wollte nicht, dass sie noch mehr über unsere aktuellen Probleme erfuhren.

»Und er wollte nicht damit rausrücken, was der Eigentümer von dir will?«

Er sah fragend zu mir hoch, und ich erkannte seinen besorgten Gesichtsausdruck.

»Das kann man sich ja wohl denken.«

Wütend scheuchte ich den Besen über den Boden, auf dem wirklich kein Haar mehr zu finden war.

»Der will mehr Kohle für den Laden. Ihm ist wohl auch aufgefallen, dass es da einen kleinen Nachholbedarf gibt.«

»Das kann er dir auch schriftlich mitteilen. Dafür musst du dich ja nicht mit ihm persönlich treffen.«

»Was weiß denn ich?!«

Aufgebracht pfefferte ich den Besen in die Ecke und trat zu Mike.

»Vielleicht verlangt er irgendwelche Phantasiepreise, die ich niemals im Leben zahlen kann, und will mir nahelegen, den Salon aufzugeben.«

Mike hob beunruhigt die Augenbrauen und nickte.

Ich deutete zum Kiosk auf der gegenüberliegenden Straßenseite.

»Nachdem du mir das mit der Miete gesagt hast, habe ich mal mit Imre von gegenüber gesprochen. Die zahlen fast das Dreifache für den Späti. Kannst du dir das vorstellen?«

Mike nickte wieder. »Das kann ich mir sogar sehr gut vorstellen. Leider.«

Ich setzte mich frustriert auf einen der Friseurstühle. »Was soll ich denn jetzt machen? Ich hab gedacht, jetzt geht's bergauf. Mit Herrn Michalke und selbst mit Mel klappt es ganz gut. Und dann wartet schon wieder die nächste Katastrophe auf mich.«

Ich vergrub mein Gesicht in den Händen und schüttelte den Kopf. Einen Moment herrschte Schweigen, dann spürte ich Mikes warme Hand, die meine nackte Schulter berührte. Ich trug nur ein Top mit Spaghettiträgern. Etwas anderes konnte man bei der Hitze einfach nicht anziehen.

»Hey … jetzt sieh mal nicht so … schwarz.«

Ich blickte auf und erkannte ein aufmunterndes Lächeln in seinem Gesicht.

»Nicht so schwarz?! Hahaha. Toller Witz.«

Ich fand es alles andere als lustig. Doch Mike ließ sich nicht beirren.

»Vielleicht will er ja auch was ganz anderes von dir.«

»Und was soll das sein? Er wird mir kaum Treuepunkte dafür schenken, dass wir seit zehn Jahren seine Immobilie mieten.«

Sein Lächeln wurde breiter. Und dieses Lächeln, das ihn so unwiderstehlich wirken ließ, dass selbst Frau Weiss von Bennys Schule ihm erlegen war, ließ auch mir das Herz wieder leicht werden.

»Vielleicht ja doch und er überreicht dir einen fetten Blumenstrauß, weil ihr die perfektesten Mieter seid, die er finden kann.«

Ich musste lächeln.

Mike tat so, als müsste er nachdenken.

»Kann natürlich auch sein, dass er erst jetzt mitbekommen hat, was für eine Wahnsinnsfrau da seinen Laden schmeißt, und er will dich zu einem Date einladen.«

Ich boxte ihm spielerisch auf den Arm. »Blödmann.«

Er sah mich empört an.

»Ich meine das ernst. Ich würde das machen.«

Ich blickte auf, und für einen Moment trafen sich unsere Blicke zu lange, um harmlos zu sein. Augenblicklich wurde ich ernst.

»Tu das nicht, Mike.«

Meine Stimme war nicht mehr als ein Flüstern.

»Ich tu doch gar nichts.«

Auch er hatte seine Stimme gesenkt.

»Und ob du das tust.«

Ich erhob mich und drängte mich an ihm vorbei, wobei sich unsere Körper näher kamen, als es in dieser Situation förderlich war.

»Wir wissen beide, wohin das führt.«

Er sah mir einen Moment stumm hinterher, dann folgte er mir in den hinteren Teil des Ladens.

»Wäre das denn so schlimm?«

Ich vermied es, ihn anzusehen, während ich mit ihm sprach. »Mein Leben ist im Augenblick kompliziert genug. Und das Letzte, was ich brauche, ist jemand, der es noch komplizierter macht.«

Er lehnte lässig am Türrahmen, während ich unseren Kaffeeautomaten reinigte, und beobachtete mich mit verschränkten Armen vor seiner breiten Brust.

»Im Augenblick versuche ich wirklich alles, um dir und Benny und Mel das Leben einfacher zu machen.«

»Du weißt genau, was ich meine.«

»Nein. Das weiß ich nicht. Bitte erklär's mir.«

Ich schaltete die automatische Reinigung an dem Automaten ein und drehte mich dann zu Mike um und wartete darauf, dass das Programm seinen Dienst tat.

»Ich bin echt froh, dass du uns unterstützt. Und ich finde es großartig, wie du dich um Benny kümmerst. Das meine ich ehrlich, Mike.«

Er hob die Augenbrauen. »Aber?«

»Wir beide passen nicht zusammen.«

Er lachte zynisch auf. »Das hab ich aber anders in Erinnerung. Soweit ich mich erinnern kann, hatten wir beide eine Menge Spaß.«

Ich schüttelte den Kopf und versuchte die Erinnerungen, die in mir aufkamen, zu verdrängen.

»Es war eine Nacht, Mike. Nur eine verdammte Nacht. Und diese eine Nacht, die bereue ich seit Jahren.«

Er schwieg getroffen und wich verletzt meinem Blick aus.

»Gut, dass du das mal so klar ausgesprochen hast!«

Er wandte sich ab und wollte gehen.

»Mike …«

Er hob nur die Hand, ohne sich noch einmal umzudrehen.

»Ist schon klar. Hab's kapiert.«

An der Tür hielt er doch inne, zögerte, dann drehte er sich um. In diesem Augenblick erinnerte er an Benny mit all seiner Verletzlichkeit.

»Ich habe es nie bereut. Nicht ein einziges Mal.«

Bevor ich noch etwas sagen konnte, war er auch schon draußen. Bedrückt blickte ich ihm hinterher, als seine hochgewachsene Gestalt an der Fensterscheibe vorbeihuschte und verschwand.

Als Mel kurz darauf mit Benny vom Einkaufen zurückkam, hatte ich den Salon so weit in Ordnung gebracht, dass wir den

Nachhauseweg antreten konnten. Benny sah sich etwas enttäuscht um.

»Kommt Mike nicht mit zum Essen?«

Ich schüttelte den Kopf. »Der musste leider dringend weg. Aber ihr seht euch ja morgen wieder.«

Er nickte etwas frustriert, und mir fiel auf, dass Mel mich intensiv musterte.

»Habt ihr euch gestritten?«

»Nein. Überhaupt nicht. Alles in Ordnung.«

Ich brauchte sie gar nicht anzusehen, um zu wissen, dass sie mir kein Wort glaubte.

Für den Rest des Tages versuchte ich, möglichst wenig an Mike zu denken. Was sich als schwieriger herausstellte, als ich gedacht hatte, denn Benny erzählte begeistert davon, dass er und Mike am Wochenende planten, eine Floßfahrt auf der Spree zu unternehmen. Ein Freund von ihm hatte im letzten Jahr einen Bootsverleih gegründet und schuldete Mike noch einen Gefallen (Mike hatte ihm ein Buchhaltungsprogramm auf nicht ganz legalen, dafür aber höchst preiswerten Weg besorgt, das so einfach war, dass selbst ein Schimpanse damit klarkam). Natürlich sollten wir, also Mel und ich, auch mitkommen. Während Mel zu meiner Überraschung sofort zusagte, zögerte ich einen Moment. Wollte ich wirklich mit Mike eine romantische Fahrt auf einem Piratenfloß über die Spree machen? Eigentlich nicht. Doch mir wurde schnell klar, als die beiden meine mäßige Begeisterung spürten, dass ich ohne plausible Erklärung nicht aus der Nummer rauskam. Und eine Erklärung, die nicht noch zu mehr Verwirrung bei mir und den beiden geführt hätte, wollte mir partout nicht einfallen.

Nach dem Abendessen lagen wir dann träge auf der Couch und sahen uns im Fernsehen eine dieser Shows an, in denen merkwürdige Leute so merkwürdige Dinge tun, wie zum

Beispiel völlig irre auf einem Trampolin herumzuspringen. Aus irgendeinem mir nicht erklärbaren Grund fanden Mel und Benny es ausgesprochen lustig und starrten gebannt auf das Geschehen auf dem Bildschirm. Ich konnte dem Ganzen nicht wirklich etwas abgewinnen, und so landeten meine Gedanken doch wieder bei Mike. Und unserem Streit am Nachmittag.

Warum nur hatte ich das Thema überhaupt angesprochen? Warum hatte ich diese alte Geschichte überhaupt wieder ans Tageslicht befördert, obwohl ich seit mehr als vier Jahren krampfhaft versuchte, sie aus meinem Gedächtnis zu tilgen?

Zwischen ihm und mir hatte es immer eine gewisse Spannung gegeben, die wir uns nicht erklären konnten und die wir mit großer Hingabe pflegten. Ich weiß nicht, warum es so war, aber dieser Mann drückte bei mir im Bruchteil einer Sekunde die entsprechenden Knöpfe. Ihm schien es ähnlich zu gehen. Am Anfang hatte ich gedacht, es liegt vielleicht daran, dass ich auf eine merkwürdige, irrationale Weise eifersüchtig auf ihn war, als er plötzlich in Suses Leben trat und ihr gehörig den Kopf verdrehte. Sie war ziemlich verliebt in ihn, obwohl es offensichtlich war, dass dieser unbekümmerte, sorglose Hallodri ihr garantiert das Herz brechen würde. In den Jahren zuvor, als wir mit viel Arbeit, unzähligen Überstunden und viel Schweiß Schillers Locke zum Blühen gebracht hatten, waren Suse und ich ein unzertrennbares Team geworden. Im Salon und auch außerhalb. Ich war ein wichtiger Teil ihrer kleinen Familie, und es fühlte sich gut an, dazuzugehören. Ganz anders als bei meiner Familie, bei der ich mir immer vorkam wie irgendeine Exotin, die irgendwelche verrückten Verhaltensforscher in eine wenig kompatible Familie verfrachtet hatten, um ihr Verhalten zu studieren. Bei Suse war es komplett anders. Sie war für mich große Schwester, Mutter und beste Freundin in Personalunion, und zum ersten Mal in meinem Leben fühlte ich mich nicht fremd, sondern angenommen und respektiert.

Um ehrlich zu sein, änderte sich das auch nicht groß, als Mike hinzukam. Aber anfangs hatte ich die Befürchtung. Doch wie alles in ihrem Leben hatte Suse auch das gemeistert und den Spagat zwischen neuer Liebe und bester Freundin wunderbar hinbekommen. Erst als sie sich trennten, weil es einfach nicht so weiterging, dämmerte mir, dass hinter meiner Ablehnung wohl etwas ganz anderes stecken musste. Etwas, das ich mir selbst kaum erklären konnte. Etwas, das tatsächlich auf diesen coolen Frauenschwarm stand.

Vielleicht waren es ja auch einfach nur die Hormone.

An einem ebenfalls sehr heißen Sommerabend hatten sie dafür gesorgt, dass die Spannung zwischen uns in einer heißen Liebesnacht endete. Für die ich mich heute noch schämte.

Ich hätte es gern auf den Genuss von zu viel Alkohol, der hitzigen, aufgeladenen Atmosphäre im vom Technolärm erfüllten Club geschoben, in dem wir uns zufällig über den Weg gelaufen waren. Aber wenn ich ehrlich war, hatte das alles nichts damit zu tun. Jeder Moment, jede Berührung in dieser gemeinsamen Nacht hatten sich glasklar und unwiderruflich in mein Denken eingegraben. Und obwohl ich nicht gerade ein Kind von Traurigkeit war (wer konnte das in Berlin schon sein), war es der heißeste, beste, aufwühlendste Sex meines Lebens gewesen. Ich wusste nicht, ob es Mike ähnlich ging. Wir hatten nie darüber gesprochen oder es auch nur mit einer Silbe in den vergangenen Jahren erwähnt. Als ich am nächsten Morgen etwas zerknautscht und müde von den Anstrengungen der vergangenen Nacht in seinem Bett aufgewacht war, und ich in das entspannte, schlafende Gesicht Mikes ganz dicht an meinem geblickt hatte, wusste ich, dass ich in dieser Nacht einen Fehler begangen hatte. Einen riesigen Fehler.

Ich hatte mich aus seiner Wohnung geschlichen, bevor er aufwachen konnte, und hatte ihm einen Zettel auf dem Kopfkissen hinterlassen.

Kein Wort zu Suse! Das wird nie wieder passieren!

Er hatte sich tatsächlich daran gehalten und keinen Versuch unternommen, die Sache zu klären. Aber seit diesem Tag hatten wir uns nur noch öfter und heftiger gestritten. Was Suse nach ein paar Wochen zu der Erkenntnis führte, dass es wohl besser sein würde, wenn Mike nicht mehr so oft in unserem Laden auftauchte.

Ich hatte nie mit Suse darüber gesprochen. Hatte es ihr nie erzählt, obwohl ich doch sonst alles mit ihr teilte, was für mich von Bedeutung war. Ich hatte Angst, dass diese Geschichte unsere Freundschaft gefährden würde. Dass ich sie verlieren würde und damit meine kleine Ersatzfamilie, die mir das gab, was ich in meinem Leben so schmerzlich vermisste. Jetzt bereute ich es umso mehr. Es war ein Geheimnis gewesen, das zwischen uns gestanden hatte, und ich wünschte mir, ich hätte es ihr erzählt, bevor ein achtzehn Tonnen schwerer LKW sie von einem Moment auf den anderen aus unserem Leben riss.

»Ist alles klar mit dir, Niki?«

Mels Stimme holte mich in die Gegenwart zurück.

Sie sah mich besorgt an, und auch Benny warf mir einen irritierten Blick zu.

»Warum weinst du?«

Erst jetzt fiel mir auf, dass mir die Tränen die Wange herunterliefen und auf meinem Handrücken gelandet waren, als ich an Suse und die verpassten Chancen in meinem Leben dachte.

»Keine Ahnung. Ich glaube, ich krieg Heuschnupfen.« Eilig griff ich zu der Kleenex-Box, die auf dem Beistelltisch stand, und schnaubte mir geräuschvoll die Nase.

»Müssen irgendwelche Pollen sein.«

»Pollen?!« Mel hob provokant die Augenbrauen, und es war klar, dass sie das für eine Ausrede hielt.

»Ja, blöde Dinger.« Ich versuchte unbekümmert zu lächeln, und für einen Augenblick gelang es mir auch.

»Habt ihr eigentlich mal auf die Uhr geschaut? Du müsstest seit einer Stunde im Bett sein, Benny.«

Er verzog das Gesicht und griff in die Chipstüte.

»Sind doch Ferien.«

Ich klatschte in die Hände und erhob mich etwas schwerfällig von der Couch. »Hophop, ab ins Bad. Zähne putzen. Du willst doch morgen fit fürs Trainingslager sein.«

Widerwillig kam Benny meiner Aufforderung nach. Als ich mit ihm in Richtung Bad verschwand, drehte ich mich noch einmal zu Mel um, die bereits wieder auf den Bildschirm starrte und interessiert das Geschehen beobachtete.

»Mach nicht mehr so lange, Mel. Wir müssen morgen auch früh raus.«

Sie murmele nur kurz etwas, was wie »Alles klar« klang, und ich gab mich damit zufrieden.

Mitten in der Nacht wachte ich auf, weil ich einen sehr intensiven, sehr realistischen Traum hatte, indem ich mit Mike nackt unter einer Dusche stand (erstaunlicherweise war er angezogen) und wir leidenschaftlich rumknutschten, während uns Suse dabei beobachtete. Was für sich schon schräg genug gewesen wäre. Aber sie befand sich auch noch in der Waschmaschine und sah mich durchs Bullauge an. Keine Ahnung, was das zu bedeuten hatte, aber es führte dazu, dass ich kein Auge mehr zubekam und nach einer Viertelstunde aus dem Bett kroch. Ich setzte mich in die Küche, um bei einem Kaffee aus dem Fenster zu schauen und zu beobachten, wie Berlin langsam zum Leben erwachte.

Und während der Himmel in einem spektakulären Orangerot erleuchtete und unsere kleine Küche in ein warmes Sommergelb tauchte, fragte ich mich, wie ich in Zukunft mit Mike und mit meinem schlechten Gewissen einer toten Freundin gegenüber umgehen sollte. Als Mel endlich verschlafen in die Küche kam und mich erstaunt ansah, hatte ich immer noch keine Antwort auf diese Frage gefunden.

Kapitel 8

August

»Aber freilich bekomme ich so eine Tönung hin, Fräulein Niki! Und das seit mehr als fünfzig Jahren!«

Herr Michalke sah mich erbost an, und ich bereute umgehend meine Frage nach seiner friseurmeisterlichen Kompetenz, die ich kurz zuvor gestellt hatte. Zudem weigerte er sich immer noch beharrlich, mich einfach nur Niki zu nennen. Es schien ihm nicht angemessen, so als Angestellter.

»Alles klar, Herr Michalke, ich wollte ja auch nur sichergehen.«

Er schürzte noch immer beleidigt die schmalen Lippen, und Mel, die hinter ihm stand, verzog das Gesicht zu einem ironischen Grinsen, als wolle sie mir sagen: *Das hast du jetzt von deinem ständigen Klugscheißen.*

Ich atmete tief durch und versuchte mich von meinen beiden einzigen Angestellten nicht in die Ecke drängen zu lassen.

»Und du, Mel, denkst bitte an die Handtücher in der Maschine. Lass sie nicht wieder stundenlang drin liegen, sondern steck sie sofort in den Trockner. *Bevor* sie anfangen zu müffeln.«

»Wenn du alles besser weißt, warum machst du es nicht selbst?«, war ihre schnippische Antwort. Ich ignorierte ihr Gemaule und schnappte mir stattdessen meine Tasche.

»Ich bin in spätestens drei Stunden zurück, klar?«

Die beiden nickten nur stumm und irgendwie gelangweilt und tauschten verschwörerische Blicke.

»Spätestens um drei, wenn Frau Haller zum Schneiden kommt, bin ich wieder da.«

»Hier wird schon nicht alles zusammenbrechen, nur weil du weg bist.«

Mel schnappte sich demonstrativ den Besen und fegte die spärlichen Haare auf, die von meinem letzten Herrenhaarschnitt noch auf dem Boden lagen.

Während ich zur Tram-Haltestelle ging und noch zweimal über die Schulter schaute, als ob ich sichergehen wollte, dass Schillers Locke nicht augenblicklich Feuer fing, in die Luft flog oder sonstige Katastrophen passierten, versuchte ich mir einzureden, dass alles schon nicht so schlimm werden würde. Und das betraf nicht nur Mel und Herrn Michalke.

Ich hatte einen Termin bei Schwarz & Schwarz, der Hausverwaltung, die mich eine Woche zuvor so freundlich aufgesucht und um ein Gespräch gebeten hatte. Das Büro befand sich am anderen Ende der Stadt, irgendwo in einer kleinen Seitenstraße im gediegenen Zehlendorf. Von Friedrichshain aus war es eine halbe Weltreise mit Tram, U- und S-Bahn, und ich hoffte, die Berliner Verkehrsbetriebe würden ausnahmsweise einmal pünktlich fahren, denn sonst würde ich garantiert zu spät kommen. Was zugegebenermaßen meine eigene Schuld war. Ich hatte fast eine Viertelstunde gebraucht, um meinen beiden Angestellten Instruktionen zu geben, auf was sie alles zu achten hätten, während ich weg war. Am liebsten hätte ich den Salon geschlossen, aber das schien mir dann doch zu übertrieben, zumal sich zwei Stammkundinnen zum Färben angemeldet hatten.

Am Morgen hatte ich kurz überlegt, Mike anzurufen, um ihn zu bitten, mich zu begleiten. Ich wollte meinem Vermieter nicht allein gegenüberstehen, wenn ich ihn anflehen musste, uns die Miete nicht in astronomische Höhen zu schrauben. Mir war schon beim Frühstück ganz flau im Magen gewesen, und ich fühlte mich dieser Herausforderung allein nicht gewachsen. Doch dann hatte ich es sein lassen. Es wurde Zeit, dass ich mit meinen Problemen allein zurechtkam. Ich konnte mich nicht ständig auf Mike verlassen. Punkt. Es war Zeit, auf Abstand zu gehen und auf eigenen Füßen zu stehen.

Eine halbe Stunde später, als ich vor der gepflegten Altbauvilla mit den hohen Fenstern und verspielten Giebeln stand, bereute ich umgehend meine Entscheidung. Ein edles Messingschild an der Eingangspforte versicherte mir, dass ich bei der richtigen Adresse war: »Schwarz & Schwarz Facilitymanagement und Immobilienservice«. Ich atmete tief durch, was es auch nicht besser machte, und drückte dann auf die Klingel. Es brachte ja nichts, noch länger das Unausweichliche hinauszuzögern. Vielleicht hatte mein Vermieter ja tatsächlich so etwas wie ein Herz und würde mein Flehen erhören. Allerdings war mir kein Immobilienbesitzer bekannt, der diese Eigenschaft besaß. Augenblicke später ertönte der Türsummer, und ich schritt durch den kleinen Vorgarten die breite Marmortreppe hoch, wie eine zum Tode Verurteilte auf dem Weg zum Schafott.

»Frau Schmidt! Schön, dass Sie da sind. Haben Sie gut hergefunden? Wir liegen ja ein bisschen versteckt, fürchte ich.«

Herr Schwarz begrüßte mich ebenso freundlich wie bei unserer ersten Begegnung und schien sich nicht daran zu stören, dass ich viel zu spät zu unserem Termin erschienen war.

»Die Verspätung tut mir leid.« Es schien mir angebracht, wenigstens etwas Reue zu zeigen. »Ich hab's einfach nicht eher aus dem Laden geschafft.«

Der freundliche Herr winkte ab und geleitete mich durch einen großen hellen Eingangsbereich zu einem Nebenzimmer, das wohl als Besprechungsraum diente.

»Ich hatte mit Herrn Hansen sowieso noch etliche Dinge zu klären. Wenn Sie hier kurz warten möchten? Ich hole ihn schnell dazu.«

Ich atmete ein letztes Mal tief durch und straffte die Schultern.

»Sicher. Kein Problem.«

»Möchten Sie etwas zu trinken. Tee? Kaffee? Ein Wasser vielleicht?«

»Danke. Wasser wäre nicht schlecht.«

Er nickte und deutete freundlich auf die kleine Sitzgruppe, die in einer Ecke des großen Raums stand. »Nehmen Sie schon mal Platz. Ich bin gleich zurück.«

Damit war er draußen, und ich sah mich in dem Zimmer um. Es war, wie vermutlich alles in dieser Villa, modern und geschmackvoll und vermutlich sehr teuer eingerichtet, was mich augenblicklich einschüchterte. In der Mitte befand sich ein großer schwerer Eichentisch, um den zahlreiche Stühle gruppiert waren und an dem zwei Fußballmannschaften Platz gefunden hätten. Die bodentiefen Fenster erlaubten einen großzügigen Blick in den Garten, der einen gepflegten und mit seiner Blütenpracht verzaubernden Eindruck machte. All dies deutete darauf hin, dass es sich bei Schwarz & Schwarz um eine recht erfolgreiche und renommierte Hausverwaltung handeln musste. Vermutlich hatten sie bei ihren ganzen tollen Villen und Luxusimmobilien die kleine alte Mietskaserne in Friedrichshain völlig vergessen und erst bei ihrer letzten

Inventur wiederentdeckt. Leider. Ich stieß einen tiefen Seufzer aus und setzte mich auf die äußerste Kante des Sofas.

Kurz darauf hörte ich Schritte auf dem edlen Parkett, und im nächsten Moment betrat Herr Schwarz den Raum. Gefolgt von einem Mann, dessen Anblick mich augenblicklich stutzen ließ.

Er musste in seinen Dreißigern sein, hochgewachsen und schlank, mit der lässigen Bräune der Gutbetuchten, die Zeit und Muße hatten, sich einem ausgiebigen Sonnenbad widmen zu können. Er trug lässig Jeans der Spitzenmarke, ein Sommerhemd aus einem Material, das leicht und völlig faltenlos schien, und über den Arm hatte er ein sportliches Jackett gelegt. Die Designer-Sonnenbrille im Piloten-Look hatte er hoch in das leicht gegelte rotblonde Haar geschoben, und um seinen Mund lag ein verführerisches Prince-Charming-Lächeln.

Was jedoch das Verblüffendste war – dieser Mann war mir sofort vertraut. So vertraut, als würde ich seine ebenmäßigen Gesichtszüge, die gerade Nase mit den Sommersprossen, die hohen, fast slawischen Wangenknochen und die hellen blaugrünen Augen seit einer Ewigkeit kennen.

Was, genau genommen, auch stimmte.

»Das … das … Sie …« Ich erhob mich und starrte ihn fassungslos an.

Vor mir stand eine männliche, zwanzig Jahre ältere Ausgabe von Mel. Und das war in der Tat bemerkenswert.

Herr Schwarz schien von meiner Verblüffung nichts mitzubekommen oder ignorierte sie höflich. »Darf ich vorstellen, Frau Schmidt. Frau Schmidt, das ist Ihr Vermieter Tom Hansen.«

Herr Hansen lächelte ein etwas zu professionelles Lächeln, das nicht gerade von Herzen kam, während er lässig sein Jackett von einem Arm auf den anderen manövrierte und mir die Hand reichte. Ich nahm sie paralysiert und starrte ihn weiter unverhohlen an.

»Warum setzen wir uns nicht wieder. Die Getränke kommen gleich.«

Herr Schwarz deutete auf die Sitzgruppe, nahm Platz und ich setzte mich erneut auf die äußerste Kante des Sofas, noch völlig irritiert über das, was ich da vor mir sah.

»Ist alles in Ordnung mit Ihnen?«

Herr Schwarz sah mich nun doch etwas besorgt an.

»Ja. Ja, alles klar.«

Ich versuchte meine Blicke von diesem Mann abzuwenden, der mich nun ebenfalls kritisch musterte.

»Es ist nur … ich … ich bin gerade etwas verwirrt.«

Was eine glatte Untertreibung war.

Herr Schwarz blickte zwischen mir und seinem Klienten hin und her und wusste wohl auch nicht so recht, was er sagen sollte.

Der Mann, der Mel so verblüffend ähnlich sah, ergriff endlich das Wort, und seine Stimme klang angenehm tief und voll und besaß den leichten Singsang des Norddeutschen.

»Ich glaube, bevor wir anfangen, muss ich Frau Schmidt noch etwas erklären.«

Um seine Lippen erschien ein ironischer Zug, der mir nur allzu bekannt vorkam, als er mich musterte.

»Ich fürchte, Sie ahnen vermutlich schon, um was es geht.«

»Ähm … also … es ist …« Ich bekam noch immer keinen vernünftigen Satz zustande und riss mich mühsam zusammen. »Also … ich meine … Sie sehen jemanden sehr ähnlich, den ich kenne.«

Er nickte langsam und sah mich weiterhin prüfend an, wohl in der Hoffnung, meine nächstmögliche Reaktion vorherzusagen.

»Damit könnten Sie recht haben.«

Einen Moment herrschte angespannte Stille, und ich befürchtete, jeder der Anwesenden konnte mein Herz aufgeregt klopfen hören.

Und dann verkündete er einfach: »Ich bin Amelies Vater.«

Ich starrte ihn weiter an, während in meinem Kopf alle möglichen Gedanken hin und her sprangen und sich einfach nicht einfangen lassen wollten, um einen klaren Satz zu formulieren, der meiner Verblüffung einen angemessenen Ausdruck verliehen hätte.

Vor mehr als zehn Jahren, als ich Suse durch Zufall in diesem Restaurant wiedergesehen hatte und sie mir den Vorschlag machte, mit ihr einen eigenen Salon zu eröffnen, hatte sie mich recht nebulös über die Umstände aufgeklärt, unter denen sie alleinerziehende Mutter einer kleinen Tochter geworden war. Ein kurzer, heftiger Urlaubsflirt an einem Traumstrand in Thailand, heiße Nächte unter einem Tropenmond, Schwüre von immerwährender Liebe und anschließend das Abtauchen im Nirgendwo der finnischen Wälder. Wo der Vater ihres Kindes abgeblieben war und wo sie ihn finden konnte, wusste sie nicht, und so hatte sie beschlossen, Mel allein großzuziehen.

Ich hatte sie für ihre Entschlossenheit bewundert, es auch ohne Mann an ihrer Seite zu schaffen. Ich war beeindruckt, wie sie ihre Mutterrolle und die Anforderungen einer Geschäftsgründung so perfekt unter einen Hut zu bringen schien, dass ich mir nie irgendwelche Gedanken darüber machte, dass an der ganzen Geschichte vielleicht irgendetwas komisch war.

Bis jetzt.

Also sah ich Tom Hansen nur ungläubig an und stammelte weiter vor mich hin, als wäre ich grenzdebil.

»Entschuldigen Sie … ähm … das ist … aber, ich bekomme das gerade nicht so richtig auf den Schirm.«

Der Hausverwalter, der meinen fragenden Blicken auswich und lieber zur Mineralwasserflasche griff, um mir das versprochene Wasser einzuschenken, hielt sich dezent im Hintergrund. Irgendetwas sagte mir, dass er besser informiert war als ich.

»Trinken Sie doch erst mal einen Schluck.«

»Danke.« Meine Antwort kam ganz automatisch.

»Seit, äh, seit wann wissen Sie, dass Mel Ihre Tochter ist?«

Es war ihm deutlich anzumerken, dass ihm die Antwort unangenehm war und vermutlich weitere Fragen aufwerfen würde. »Ich weiß es schon eine ganze Weile.«

»Und wie lange ist eine *ganze Weile* genau?«

Ich nahm einen Schluck Mineralwasser, denn mein Mund fühlte sich staubtrocken an und mein Herz schlug noch immer vor Aufregung bis zum Hals.

»Dreizehn Jahre.«

Ich prustete das Wasser aus und schnappte nach Luft.

»Was?«

»Ich weiß es quasi schon, seit Mel auf der Welt ist.«

Ich starrte ihn an, und langsam wich meine Überraschung grenzenloser Wut. Wenn er das schon immer wusste, warum war er dann nie für Mel oder Suse da gewesen?

Er musste die Wut an meiner Miene abgelesen haben, denn nun lehnte er sich in dem breiten Sessel zurück und hob abwehrend die Hände.

»Also, bevor Sie mich jetzt weiter mit Blicken töten, würde ich gern alles in Ruhe erklären.«

Ich riss mich mühsam zusammen.

»Auf die Erklärung bin ich aber jetzt mal gespannt.«

Daraufhin lehnte ich mich auch zurück und verschränkte demonstrativ die Arme vor der Brust. Wir saßen uns gegenüber wie zwei kampfbereite Boxer, die nur darauf warteten, dass der andere seine Deckung aufgab.

Hansen tauschte noch einen Blick mit Schwarz.

»Ich weiß jetzt nicht, was Ihnen Suse über mich erzählt hat … «

»Nicht besonders viel«, unterbrach ich ihn gereizt. »Angeblich sind Sie Finne und irgendwo in der Weite des Nordkaps untergetaucht und spielen mit Rentieren.«

Sein Lächeln war schief und erinnerte so sehr an Mel, dass es mich schmerzte.

»Nun, das ist offensichtlich nicht so.«

»Ach was?«

»Ich komme aus Rostock. Zurzeit lebe ich allerdings auf Rügen.«

»Aha?! Rügen?! Also quasi um die Ecke.«

»Ich führe dort ein Restaurant. ›Das Möwennest‹.«

Er sah mich abwartend an und erwartete wohl eine Reaktion darauf, die allerdings nicht kam. Ich hatte noch nie davon gehört.

»Ein recht bekanntes Restaurant. Herausragende Küche. Drei Sterne.«

Herr Schwarz kam seinem Klienten zu Hilfe und sah mich begeistert an. »Herr Hansen hier ist unter anderem der jüngste Sternekoch, den Deutschland jemals hervorgebracht hat. Er hat sogar eine eigene Fernsehkochshow.«

Ich hob ehrlich beeindruckt die Augenbrauen.

»Wirklich?«

Hansen nickte. »Schon seit einer ganzen Weile. ›Duell am Herd‹? Schon mal davon gehört?«

Natürlich hatte ich schon davon gehört, obwohl Kochshows nicht zu meinen Lieblingssendungen gehörten und ich jedes Mal zur Fernbedienung griff, wenn jemand den Kochlöffel schwang.

»Sicher.«

»Sie gucken wohl nicht so oft fern?« Tom Hansen sah mich mit leichtem Amüsement an.

Ich schüttelte den Kopf.

Er schwieg einen Moment, und ich fragte mich, ob ihn mein Desinteresse jetzt beleidigt haben könnte. Ein wenig machte er den Eindruck.

»Und was hat das alles jetzt damit zu tun, dass Sie nach dreizehn Jahren endlich auftauchen und behaupten, Mels Vater zu sein?«

Er musste lachen. Bei der Ähnlichkeit zwischen ihm und Mel gab es eigentlich keinen Grund, an seiner Behauptung zu zweifeln. Doch so einfach wollte ich ihm die Sache nicht machen.

»Sie finden das komisch?« Meine Stimme war eisig, und er wurde schlagartig wieder ernst.

»Nein. Nein, das finde ich nicht.« Er seufzte einmal schwer. »Die Sache ist so und ich hoffe, Sie glauben mir das, was ich Ihnen jetzt erzähle: Ich hatte keine Ahnung, dass Suse schwanger war und wir neun Monate nach unserem Urlaub in Thailand eine Tochter bekommen hatten.«

Er hielt inne und musterte aufmerksam mein Gesicht, um eine Reaktion darin zu lesen. Ich versuchte möglichst neutral zu gucken und mir nicht anmerken zu lassen, wie erbärmlich blöd ich seine Erklärung fand.

Schließlich fuhr er fort: »Ich arbeitete damals in Tokio. Mein erster Job als Souschef in einem Drei-Sterne-Restaurant. Das war eine ziemlich anstrengende Sache. Monatelang bekam ich gar nicht mit, was um mich herum in der Welt alles passierte. Als ich ein paar Jahre später zurück nach Berlin kam und Suse traf, war ich ziemlich überrascht.«

Ich lachte bitter auf. »Typisch. Männer sind immer überrascht, wenn Frauen schwanger werden.«

Er schwieg einen Moment, und der trotzige Zug in seinem Gesicht, als er verärgert die Augenbrauen zusammenzog und sein Mund zu einer schmalen Linie wurde, ließ mich innerlich schaudern. Es war, als würde ich Mel zuhören.

»Sorry.« Ich hob entschuldigend die Hand. »Erzählen Sie einfach weiter.«

»Ich hatte meinen ersten Stern bekommen. Mit vierundzwanzig, was eine Sensation war. Und ich hatte einen Investor gefunden, der mir ein Restaurant finanzieren wollte. In München. Es war einfach die falsche Zeit, um Vater zu sein.«

»Sie haben Suse also einfach hängengelassen?«

Er schüttelte empört den Kopf. »Nein. Natürlich nicht. Sie hat es verstanden. Sie hat ja selbst kaum damit gerechnet, dass ich wieder in ihrem Leben auftauche. Zwischen uns, das war, na ja, es war nicht wirklich die große Liebe. Das wussten wir beide. Wir waren uns einig, dass meine Karriere wichtiger war. Ich unterstützte sie finanziell und dachte, ich könnte ja auch ein paar Jahre später in ihrem Leben eine Rolle spielen. Als Vater unserer Tochter.«

»Und aus welch wichtigem Grund ist es nicht dazu gekommen?«

Ich hob ironisch die Augenbrauen und wartete auf seine Antwort.

Er wich meinem anklagenden Blick nicht aus und hielt ihm ruhig stand.

»Ich habe wohl den richtigen Augenblick verpasst.«

»Ja.« Ich nickte und blitzte ihn sauer an. »Das haben Sie wohl.«

Dann sah ich zu Schwarz. »Und was hat das alles jetzt mit Schillers Locke zu tun?«

Herr Schwarz räusperte sich. »Nun, Herr Hansen ist der Eigentümer. Des ganzen Hauses. Schon seit Jahren und hat Frau Schmidt das Ladenlokal zu einer Vorzugsmiete überlassen.«

»Ich habe ihr unter die Arme gegriffen«, ergänzte Hansen, »als sie sich selbstständig machen wollte. Das war das Mindeste, was ich tun konnte.«

So langsam verstand ich, was los war.

»Sie haben ihr damals den Laden finanziert, stimmt's?«

Tom Hansen nickte.

»Es gab keine alte Erbtante?«

Er schüttelte den Kopf.

»Und Sie haben Unterhalt für Amelie gezahlt?«

Er nickte. »So viel, wie ich geben konnte. Erst zwei-, dreihundert im Monat. Mit den Jahren und meinem Erfolg wurde es dann mehr.«

Seine Worte sackten langsam in mein Bewusstsein. Plötzlich fiel mir ein, wie unbekümmert Suse immer gewesen war, wenn es im Salon mal nicht so gut lief. Anfangs hatte ich noch Angst, sie könnte sich mein Gehalt nicht leisten, doch auf wundersame Weise war am Ende des Monats immer genug Geld da. Jetzt wusste ich auch, warum. Und mir wurde klar, dass Schillers Locke niemals die Goldgrube gewesen war, für die ich sie gehalten hatte. Vermutlich hatten wir es allein diesem Herrn Hansen, Starkoch aus dem Fernsehen, zu verdanken, dass wir nicht schon im ersten Jahr pleitegegangen waren.

»Frau Schmidt?« Schwarz' Stimme riss mich aus meinen Gedanken.

»Ja?«

»Sind Sie damit einverstanden?«

Ich hatte keine Ahnung, womit ich einverstanden sein sollte. Hansen hatte weitergesprochen, während ich mit meinen Gedanken in der Vergangenheit war.

»Sie hat mir gar nicht zugehört. Na prima.«

Seine Stimme triefte vor Ironie und erinnerte mich nur zu sehr an eine andere Stimme, die ebenfalls diesen Tonfall draufhatte.

»Ja. Sorry, wenn ich etwas durcheinander bin.« Ich blitzte ihn sauer an. »Kann schon mal passieren, wenn einem gerade eine ziemlich krasse Lebenslüge offenbart wird.«

Ich rieb mir überfordert die Stirn.

»Suse hat mir niemals was davon erzählt. Ich … ich kann das alles nicht glauben. Ich meine, sie war meine beste Freundin. Sie hat mir doch sonst alles erzählt!«

»Es ist ihr nicht leicht gefallen.«

»Woher wollen Sie das denn wissen?«

Er hielt meinen Blick stand und verzog keine Miene. »Wir haben darüber geredet. Sie wollte es Ihnen sagen. Und auch Amelie. Irgendwann einmal. Später.«

Ich stand abrupt auf, um mit steifen Gelenken in dem großen sonnendurchfluteten Raum auf und ab zu gehen. Irgendwie musste ich die Anspannung, die seine Worte bei mir ausgelöst hatten, loswerden.

»Später?! Echt jetzt?! Später?!«

»Frau Schmidt, vielleicht sollten Sie sich …«, Herr Schwarz ahnte offensichtlich, dass ich kurz vor einem unkontrollierten Gefühlsausbruch stand, was durchaus den Tatsachen entsprach.

»Jetzt kommen Sie mir nicht mit *ich soll mich beruhigen*!«

Ich durchbohrte ihn mit Blicken, und er hob besänftigend die Hände, während ich sauer fortfuhr. »Ich will mich nämlich nicht beruhigen. Bei so was kann man sich nämlich nicht beruhigen. Wie bekloppt ist das denn bitteschön, seinem Kind und der ganzen Welt eine hammermäßige Lüge aufzutischen und sich dann einfach so aus dem Staub zu machen und zu sterben! Verdammt noch mal!«

Erst jetzt merkte ich, wie mir die Tränen der Wut und der Trauer übers Gesicht liefen. Wut, weil ich Suse am liebsten gehörig die Meinung gesagt und ihr die Freundschaft aufgekündigt hätte. Und Trauer, weil es dafür längst zu spät war.

Ich blieb vor Tom Hansen stehen, der noch immer in dem Sessel saß, die Beine übereinandergeschlagen, die Arme vor der Brust verschränkt, und blickte auf ihn herab.

»Haben Sie es gewusst? Haben Sie von dem Unfall gewusst?«

»Ja.«

Einen Augenblick sahen wir uns stumm an, dann stand auch er auf und ging durch den Raum zum Fenster und schaute einfach nur stumm hinaus. Unangenehme Stille füllte den Raum. Ich starrte ihn an, oder besser, seinen Rücken. Als er sich umdrehte, erkannte ich tatsächlich so etwas wie Schuldgefühle in seinem Blick.

»Ich habe es Anfang des Jahres erfahren. Herr Schwarz hier war so freundlich, mich darüber zu informieren.«

»Und Sie haben mehr als ein halbes Jahr gebraucht, um sich zu melden.«

»Es ist kompliziert.«

Ich lachte bitter auf. »Na, komplizierter kann es ja kaum werden, oder?«

Er sagte nichts, sah mich nur an.

»Wann wollen Sie es Amelie sagen? Sie glaubt nämlich, sie ist der einsamste, verlassenste Mensch auf diesem Planeten. Sie braucht jemanden, an den sie sich festhalten kann. Und Sie sind ihr Vater!«

Er nickte und senkte den Blick, sodass ich seine Gefühle nicht mehr deuten konnte.

»Meine augenblicklichen Lebensumstände ermöglichen es mir nicht, die Rolle auszufüllen, die Sie oder Amelie von mir erwarten.«

»Das haben Ihre *Lebensumstände* ja anscheinend nie!«

Ich schnappte meine Tasche und wollte gehen. Ich brauchte frische Luft, musste aus diesem Raum raus und in Ruhe nachdenken.

»Warten Sie bitte. Ich möchte Ihnen einen Vorschlag machen, der für alle sicherlich am besten ist.«

Ich hatte den Türgriff schon in der Hand und zögerte. In meinem Rücken hörte ich, wie er zu mir an die Tür kam.

»Geben Sie mir ein Jahr Zeit. Nur ein Jahr.«

Ich drehte mich um und sah ihn an. Er stand direkt vor mir.

»Wenn das Jahr rum ist, werde ich Amelie die Wahrheit sagen. Und für sie da sein, wenn sie es will.«

Ich blickte ihn prüfend an und konnte in seinem Gesicht keine Lüge entdecken. Er schien es ehrlich zu meinen.

»Warum ein Jahr? Warum so lange warten, wenn Sie es ja doch tun wollen.«

Er senkte erneut den Blick, um mir nicht länger in die Augen schauen zu müssen.

»Die Umstände sind … sind gerade sehr schwierig für mich. Ich werde heiraten. Noch in diesem Sommer.« Um seine Lippen lag ein feines Lächeln, das ihm tatsächlich etwas sehr Charmantes gab. Oberflächlich gesehen. »Lisa weiß nichts von Amelie. Unsere Beziehung ist etwas kompliziert, müssen Sie wissen.«

Er rieb sich leicht überfordert den Nacken, und das Lächeln vertiefte sich. »Es hat eine Weile gedauert, bis wir es so weit hinbekommen haben.«

Ich lachte trocken auf. Dieser Mann wurde mir von Minute zu Minute unsympathischer.

»Na, super. Kapiere. So eine Teenagertochter, die man jahrelang verschweigt, ist da bestimmt alles andere als hilfreich.«

Wie hatte Suse sich nur auf so einen Typen einlassen können?

»Ich will Sie ja nicht beunruhigen, Herr Hansen, aber glauben Sie allen Ernstes, in einem Jahr wird Ihre Frau begeistert aufjubeln und Ihnen vor Freude um den Hals fallen, wenn Sie plötzlich eine Tochter aus dem Hut zaubern?«

»Nein, vermutlich nicht.« Er zuckte mit den Schultern. »Vermutlich wird sie mir sogar ziemlich die Hölle heißmachen, so wie ich Lisa kenne. Aber es wäre noch immer besser als das, was uns jetzt erwarten würde.«

Ich verstand noch immer nicht so richtig, was eigentlich sein Problem war. Er deutete auf die Sitzgruppe.

»Kommen Sie, ich erkläre es Ihnen.«

Er wollte sich schon abwenden, doch ich blieb einfach an der Tür stehen, verschränkte erneut die Arme vor der Brust und sah ihn herausfordernd an. Er verstand sofort.

»Okay. Dann kurz und schmerzlos.«

»Ich bitte darum.« Mein Tonfall war eisig.

»Meine Verlobte genießt eine gewisse Prominenz. Sie ist die jüngste Tochter von Gisberth Rimbach.«

Er sah mich an und hoffte wohl, ich wäre beeindruckt. Das Gegenteil war der Fall. Der Name sagte mir genauso wenig wie seine Kochshow. Vielleicht handelte es sich bei Herrn Rimbach ja um den Chef des Fernsehsenders, für den er arbeitete, und jetzt hatte er Angst, seinen Job zu verlieren.

»Rimbach? Der Name sagt Ihnen nichts?«

Ich schüttelte den Kopf. »Nö. Noch nie gehört.«

Hansen wechselte einen kurzen Blick mit Herrn Schwarz, und ich kam mir ziemlich dumm vor.

»Sorry, wenn ich nicht ganz so up to date bin, was irgendwelche Promiköche angeht. Was hat er denn erfunden? Die selbstkochende Nudel?«, gab ich bissig zurück, und ich sah, wie Hansen erst große Augen machte und dann lachte.

»Das nicht gerade. Aber Gisberth Rimbach ist einer der reichsten Männer unseres Landes. Vermutlich einer der reichsten Europas. Die Rimbach-Familie macht seit über hundert Jahren ziemlich gute Geschäfte im Lebensmittelhandel. Der Konzern ist riesengroß. Sie ziehen es allerdings vor, nicht in der Öffentlichkeit zu stehen.«

»Das ist ihm ja schon mal prima gelungen.« Ich zuckte mit den Schultern und wollte mir nicht anmerken lassen, wie dumm und ungebildet ich mir gerade vorkam. »Woher sollte ich also den Namen kennen?«

Einen kurzen Moment schien ihn meine Zickigkeit aus der Balance zu bringen. Dann fing er sich wieder.

»Unsere Hochzeit findet auf Rügen statt. Ich hätte zwar lieber im kleinen Kreis geheiratet, aber nun wird es wohl das wichtigste gesellschaftliche Ereignis des Sommers werden. Und die Presse rückt mir schon seit Monaten auf die Pelle. Wenn ich jetzt mit Amelie an die Öffentlichkeit gehe, werden sie sich wie Geier auf die Story stürzen. Und das möchte ich Lisa und ihrer Familie ersparen.« Er sah mich ernst an. »Vor allen Dingen will ich es Amelie ersparen. Können Sie sich auch nur im Entferntesten vorstellen, was passiert, wenn die Pressemeute sie ausfindig macht? Sie wird keine einzige ruhige Minute mehr haben. Und das für Monate.«

Ich sah ihn prüfend an. Wollte er mir hier eine Horrorgeschichte auftischen, um sich elegant aus der Affäre zu ziehen, oder sagte er tatsächlich die Wahrheit? Ich war mir alles andere als sicher, und er merkte es sofort.

»Sie glauben kein Wort, von dem was ich sage, hab ich recht?«

Wow, der Mann schien Gedankenlesen zu können!

»Sie glauben, ich bin ein karrieregeiler, verantwortungsloser, egoistischer Typ, der sich einen Scheiß um seine Tochter kümmert.«

Ich zuckte mit den Schultern. »Keine Ahnung, ob Sie karrieregeil sind. Das andere auf alle Fälle.«

Ich hörte ihn tief durchatmen und hätte schwören können, er zählte leise bis drei. Es fiel ihm sichtlich schwer, ruhig zu bleiben.

»Okay. Und was schlagen Sie stattdessen vor?«

Nichts. Immerhin musste ich das alles erst mal verdauen.

»Wie gesagt, Frau Schmidt, geben Sie mir ein Jahr Zeit, dann haben sich die Wogen geglättet und wir können das in Ruhe und ohne Öffentlichkeit angehen.«

Er blickte noch einmal zu Schwarz und schien sich versichern zu wollen, dass er alles richtig machte.

»Und natürlich werde ich mich erkenntlich zeigen. Herr Schwarz hier hat schon alles vorbereitet, und wir können Ihnen quasi sofort das Ladenlokal überschreiben. Damit gehören die Geschäftsräume Ihnen. Sie müssen sich keine Sorgen über steigende Mieten machen. Und Sie können damit machen, was Sie wollen.«

Ich runzelte wütend die Stirn. Glaubte er tatsächlich, er könnte sich aus der Sache einfach herauskaufen?

»Denken Sie ernsthaft, Sie müssten nur mit 'ner dicken Brieftasche wedeln und ich halte die Klappe?«

»Nein, das denke ich nicht. Und vielleicht ist es auch etwas schräger rübergekommen, als es gemeint war. Ich bin nur selbst Unternehmer. Ich weiß, wie es ist, in diesen Zeiten ein eigenes Geschäft zu führen.«

Ich trat einen Schritt auf ihn zu und bohrte ihm meinen Zeigefinger in die Brust.

»Sie sind schräg, Herr Hansen. Und zwar richtig heftig drauf. Ich bin nicht käuflich!«

Damit drehte ich mich um und ging wieder zur Tür.

»Überlegen Sie es sich.« Er stellte sich mir in den Weg. »Ich bin bis morgen Abend in der Stadt.« Er reichte mir eine Karte, auf der eine Telefonnummer stand. »Sie können mich jederzeit anrufen.«

Ich steckte sie nach kurzem Zögern ein, ohne ihn noch einmal anzublicken. »Keine Angst, Sie werden von mir hören. Das verspreche ich Ihnen.«

Kapitel 9

»Du blöde Kuh! Wie konntest du mir das verschweigen? Hast du sie eigentlich nicht mehr alle?«

Es waren nicht gerade die üblichen Worte, die man aussprach, wenn man vor einem Grab unter einer alten ehrwürdigen Buche stand, die beide zu dem kleinen Melanchthon-Friedhof in Kreuzberg gehörten. Aber es musste einfach raus.

Ich starrte auf den hellen, schlichten Sandstein mit Suses Namen und versuchte, die leicht irritierten Blicke der anderen Friedhofsbesucher zu ignorieren, die ein paar Meter weiter die verdorrten Blumen auf den Gräbern ihrer Angehörigen pflegten. Ich sah kurz mit einem entschuldigenden Lächeln zu ihnen und beschloss, meine Stimme etwas zu dämpfen. Also hockte ich mich vor das Grab, berührte den rauen Sandstein, der noch ganz warm von der Sommersonne war, und der intensive, süßliche Duft der Lilien, die davor wuchsen, beruhigte meine angeschlagenen Nerven.

»Warum hast du nie etwas gesagt, Suse? Warum?«

Natürlich war es völlig klar, dass ich hier keine Antworten auf meine Fragen finden würde. Aber in meinem Kopf überschlugen sich die Gedanken, und ich befand mich nicht in der Verfassung, zurück in den Laden zu gehen, wo Amelie und Herr

Michalke auf mich warteten. Vermutlich wunderten sie sich schon, warum ich so lange wegblieb. Mel gegenüberzutreten und so zu tun, als wäre nichts geschehen, war einfach unmöglich. Ich musste erst mal einen klaren Kopf bekommen. Schließlich wurde es mir in der Hocke zu unbequem und ich setzte mich auf die kleine Bank unter der Buche, die gleich neben Suses Grabstätte stand, um weiter nachzudenken. Hier im Schatten war es angenehm kühl. Ich atmete tief durch, sog den Duft der Lilien ein, hob den Blick und starrte in den Himmel, an dem keine einzige Wolke zu sehen war. Warum war Tom Hansen seine tolle Karriere als Meisterkoch wichtiger gewesen als seine Tochter? Warum hatte Suse die finanzielle Unterstützung angenommen, aber den großzügigen Spender verschwiegen? Warum hatte sie geglaubt, dass Amelie ohne Vater glücklicher werden würde als mit einem, dem andere Dinge in seinem Leben wichtiger zu sein schienen?

Und die wichtigste Frage: Was um alles in der Welt sollte ich jetzt machen?

Es war so verdammt unfair! Unfair von Suse, mich nicht nur mit der Verantwortung für ihre beiden Kinder und Schillers Locke allein zu lassen, sondern nun auch noch mit der Verantwortung für die größte Lüge ihres Lebens. Und ich hatte keine Ahnung, wie wir alle einigermaßen heil aus diesem ganzen Schlamassel herausfinden sollten.

Ich musste eine halbe Ewigkeit so dagesessen und vor mich hin gestarrt haben, als mein Handy sich meldete. Auf dem Display erkannte ich die Nummer sofort – Mel. Einen Moment zögerte ich, dann nahm ich den Anruf entgegen. Es brachte ja doch nichts, weiter auf Tauchstation zu gehen. Ich musste mich der Sache stellen.

»Hi, Mel. Was gibt's?« Ich versuchte möglichst neutral und ungezwungen zu klingen, was bei Mel auf großes Erstaunen traf.

»Was es gibt?! Wir warten hier seit einer Stunde auf dich. Wo steckst du bloß?«

»Bin aufgehalten worden. Hat alles länger gedauert als erwartet.«

»Gibt's jetzt Stress mit dem Laden?« Die Besorgnis in ihrer Stimme erzeugte einen Knoten in meinem Hals.

»Nein. Alles geklärt.«

»Okay.« Ihrer Stimme war anzumerken, dass sie der ganzen Sache nicht so richtig traute. Ich nahm es ihr nicht übel.

»Ich bin in einer halben Stunde da.«

»Lass dir Zeit, wir haben hier alles im Griff.« Sie hatte offenbar zu ihrer teenagermäßigen Gelassenheit zurückgefunden und klang abgeklärt.

»Habt ihr die Nachmittagstermine abgesagt?«

»Nö.« Sie hörte sich nun richtig vergnügt an. »Die haben wir selbst übernommen. Herr Michalke meint, ich bin ein Naturtalent. Hab ihm bei der Blondierung assistiert.«

»Aha!«

»Aha?! Mehr nicht?« In Mels Stimme erklang nun wieder das Misstrauen. »Du rastest nicht aus und machst uns Vorwürfe?«

»Nein.« Ich holte tief Luft. »Sag Herrn Michalke, danke, dass er eingesprungen ist. Das habt ihr prima gemacht. Alle beide.«

Einen Augenblick herrschte wieder erstauntes Schweigen am anderen Ende der Leitung.

»Mel? Bist du noch dran?«

»Ja klar bin ich noch dran.« Sie zögerte einen Moment. »Ist auch wirklich alles in Ordnung, Niki?«

»Ja, wirklich. Ich muss jetzt Schluss machen. Bin gleich da.«

Bevor sie noch etwas sagen konnte, beendete ich das Gespräch. Dann rief ich eine weitere Nummer auf. Ich würde nicht den gleichen Fehler machen wie Suse und versuchen, ganz allein mit den Problemen, die vor mir lagen, fertigzuwerden.

Kapitel 10

»Tom Hansen? Etwa *der* Tom Hansen?«

Mike sah mich ungläubig an. Anscheinend schien Mels Vater tatsächlich eine gewisse Prominenz zu besitzen, die an mir bislang vorbeigegangen war.

»Der ist Mels Vater?«

»Yep.« Ich nickte. »Ich hab zwar keinen Vaterschaftstest vorliegen, aber ja, es sieht ganz danach aus.«

Mike schüttelte fassungslos den Kopf.

Wir saßen in unserer kleinen Küche, und ich hatte Mel und Benny rüber zu unseren Nachbarn geschickt, die im Hinterhof an einer kleinen Feuerschale Stockbrot buken und den lauen Sommerabend genossen. Ich hatte mich entschuldigen lassen, weil ich angeblich dringend mit Mike die Mietverträge des Ladens durchsehen musste. Wir würden vielleicht später hinzukommen.

Mike nahm einen Schluck von seinem Bier und schüttelte erneut den Kopf. »Und der hat das die ganze Zeit gewusst?«

Ich nickte erneut. Die Informationen, die ich ihm kurz zuvor gegeben hatte und die das zusammenfassten, was ich heute Nachmittag von Tom Hansen erfahren hatte, sorgten bei ihm noch immer für ungläubiges Staunen.

Ich nippte an meinem Eistee, in dem die Eiswürfel bereits zu schmelzen begannen. »Ich hab keine Ahnung, was ich jetzt machen soll, Mike.«

Er sah auf, und an seinem Blick erkannte ich, dass er mit seinen Gedanken gerade ganz woanders gewesen war.

»Hast du mir überhaupt zugehört?«

Er nickte eifrig. »Ja, klar. Es ist nur … Suse und dieser Promikoch? Das kann ich mir echt nicht vorstellen.«

»Oh, Mann!« Ich boxte ihm sauer auf den Arm. »Das ist das Einzige, was euch Kerlen durch den Kopf geht? Ob eure Ex und der andere Typ in der Kiste waren?«

Er rieb sich beleidigt den Arm. »Das hat wehgetan.«

»Und es tut gleich noch viel mehr weh, wenn du nicht aufhörst, darüber nachzudenken.«

»Alles klar. Ich bin ganz Ohr.«

Er nahm erneut ein Schluck von seinem Bier.

Ich begann in der kleinen Küche auf und ab zu marschieren und konnte einfach nicht länger ruhig sitzen bleiben, während mir meine Gedanken wie aufgescheuchte Hühner durch den Kopf schwirrten.

»Nachdem ich da raus war, da hätte ich am liebsten sofort die Wahrheit rausgebrüllt und Mel alles erzählt.«

»Was du aber nicht getan hast. Warum eigentlich nicht?«

»Weil ich nachgedacht habe.« Ich warf ihm einen strafenden Blick zu. »Das, was er gesagt hat, hat schon irgendwie Sinn.«

Sein Lachen war trocken und alles andere als amüsiert. »Dass seine Promihochzeit nicht gecrasht werden soll?! Sehr sinnvoll!«

Ich zückte mein Handy und zeigte ihm die Promi-Flash-Seite mit den Einträgen zu Tom Hansen und seiner tollen Verlobten. Es waren Dutzende.

Mike sah sich die Einträge interessiert an.

»Scheint wirklich ein Riesending zu sein. Der ist ja fast täglich mit neuen Meldungen dabei.« Er war beeindruckt. »Seine Zukünftige ist jedenfalls ziemlich heiß. Und auch noch stinkreich.«

Ich verdrehte genervt die Augen.

»Was, wenn sich diese Pressemeute auf Mel stürzt, so, wie er es befürchtet? Da dreht die doch völlig durch.«

Mike kratzte sich nachdenklich am Kinn.

»Du kannst es ihr aber auch nicht verschweigen.«

Ich starrte aus dem Küchenfenster hinaus in den Hof, wo Benny und Mel mit den anderen am Lagerfeuer saßen. Gedämpft drang Mels Lachen an mein Ohr.

»Das werde ich auch nicht. Sie hat ein Recht darauf zu erfahren, wer ihr Vater ist, Mike. Sie glaubt, sie steht jetzt allein da, ohne Eltern.«

»Sie hat dich, Niki.«

Ich wandte mich zu ihm um, und er sah mich mit einem Blick an, der mir augenblicklich Schmetterlinge im Bauch bescherte.

»Ja. Mich. Eine ziemlich zweitklassige Ersatzmutter.«

Ich setzte mich frustriert an den kleinen Küchentisch. Einen Augenblick schwiegen wir bedrückt.

»Jetzt pass mal auf.« Seine Stimme war sanft, und ich blickte fragend auf.

»Nenn es männliche Logik oder was auch immer, aber an deiner Stelle würde ich auf sein Angebot eingehen.«

Ich lehnte mich abwehrend zurück. »Warum?«

»Erstens«, er hob die Hand und zählte an seinen Fingern ab, »diese Presseheinis, die sich wie die Geier auf die Story stürzen würden. Zweitens: Du kannst den Laden behalten und hast in Zukunft finanzielle Sicherheit. Drittens: Noch so eine Schocknachricht wird Mel vermutlich aus den Latschen hauen, wie du bereits vermutet hast. Und viertens: Suse hat das so gewollt. Sonst hätte sie Mel schon vor einer Ewigkeit die Wahrheit gesagt. Und dir auch.«

Ich atmete tief durch und ließ seine Worte erst mal sacken.

Nach einem Moment sah er mich fragend an.

»Also, was wirst du tun?« Nach einem kleinen Moment fügte er hinzu: «Egal, was es ist, ich zieh's mit durch, nur dass du's weißt.«

Ich musste unwillkürlich lächeln.

»Danke.«

Er hob sein Bier und prostete mir zu. »Immer gern.«

Wir gingen hinunter in den kleinen Hinterhof zu den anderen, die im Kreis um die kleine Feuerschale saßen und angeregt miteinander sprachen. Ich setzte mich zu ihnen, beobachtete, wie Mike Benny übers Haar wuschelte und das Stockbrot, das Benny an der Glut gebacken hatte und das ziemlich angebrannt aussah, probierte. Mel war mit ihrer Freundin Louisa beschäftigt, und die beiden hatten die Köpfe zusammengesteckt, ihre Smartphones in der Hand und tauschten irgendwelche Neuigkeiten aus der großen weiten Welt des Internets aus, von denen ich vermutlich noch nie etwas gehört hatte. Ich beobachtete sie nachdenklich, und mir fiel erneut die große Ähnlichkeit auf, die zwischen ihr und ihrem Vater bestand. Sie hatte die gleichen rotblonden feinen Haare, die ihr in sanften Locken auf die Schultern fielen, die Neigung des Kopfes, wenn sie Louisa aufmerksam zuhörte, die Art, wie sich ihre Lippen zu einem ironischen Lächeln verzogen und ihre Augen einen arroganten Ausdruck bekamen. Es war eindeutig und nicht zu leugnen – Amelie war die Tochter von Tom Hansen. Dazu brauchte man keinen Vaterschaftstest.

»Hab ich irgendwas falsch gemacht? Bist du sauer auf mich?«

Mels Stimme riss mich aus meinen Gedanken. Sie sah mich mit diesem leicht genervten Gesichtsausdruck an, den sie immer draufhatte, wenn sie befürchtete, bei etwas erwischt worden zu sein, was meinen Unmut erregen könnte.

»Nein, überhaupt nicht.«

»Und warum starrst du mich die ganze Zeit so an, als hätte ich Schillers Locke abgefackelt?«

Selbst ihr Tonfall, der empört und gleichzeitig verletzt klang, erinnerte mich an Tom Hansen. Er hatte ähnlich geklungen, als er mich davon überzeugen wollte, sein Angebot anzunehmen.

»Tu ich doch gar nicht.«

Ich nippte verlegen an meinem Eistee. Und wünschte, ich hätte etwas Stärkeres von oben aus unserer Küche mitgebracht. Ein gut gekühltes Glas Rosé wäre jetzt genau das Richtige für mich gewesen.

Mel musterte mich prüfend über den hellen Schein der Flammen hinweg und stand dann auf, um sich auf den alten weißen Plastikstuhl zu setzen, der neben mir frei war.

»Du musst dir echt keine Sorgen machen, Niki. Bertie und ich, wir haben den Laden heute super gewuppt.«

»Bertie?«

»Herbert. Herr Michalke, wie du ihn immer nennst.«

»Ihr duzt euch?« Meine Überraschung war nicht gespielt. Mir wäre niemals in den Sinn gekommen, den alten Herrn, der sich sehr tapfer in unserem Laden schlug und jeden Morgen in tadelloser Aufmachung erschien und eine ruhige Würde ausstrahlte, zu duzen. Oder ihn bei einem Kosenamen zu nennen.

»Du könntest echt mal ein bisschen entspannter werden, Niki.«

Ich lachte müde auf.

»Glaub mir, ich gebe mir alle Mühe.«

»Mit unserem Vermieter ist doch alles klar, was gibt's denn noch zu grübeln?«

Ich warf einen verstohlenen Blick zu Mike, der mir ein aufmunterndes Lächeln schickte und dann Benny weiter zuhörte, als der von seinem Tag berichtete.

Als ich viel zu spät und völlig konfus am Nachmittag im Salon erschienen war, hatten Mel und Herr Michalke meine Kundinnen gerade verabschiedet. Und die waren tatsächlich sehr zufrieden mit ihrer neuen Haarfarbe.

Als wir dann allein waren, hatte ich den beiden versichert, dass mit dem Vermieter alles glattgelaufen sei und dass wir uns keine Sorgen mehr über steigende Miete, Gentrifizierung oder dergleichen machen mussten. Dann hatte ich mich in die Arbeit gestürzt und war allen weiteren Fragen aus dem Weg gegangen. Mel war zum Glück noch ganz euphorisiert von ihrer ersten eigenen friseurhandwerklichen Meisterleistung und dem Lob, das sie dafür von der Kundin und Herrn Michalke bekommen hatte, dass ihr meine trübe Stimmung nicht weiter aufgefallen war. Bis jetzt.

»Ich war bei Suse. Auf dem Friedhof«, gab ich schließlich leise zu und sah Mel mitfühlend an. »Warst du das mit den Lilien?«

Sie nickte nur knapp und starrte in die Flammen. Ich legte ihr den Arm um die Schultern und drückte sie an mich.

»Sie sind wunderschön. Wann hast du die denn gepflanzt?«

»Schon im Frühling.« Sie deutete auf ein Blumenbeet im Hinterhof, das die kleine Hausgemeinschaft auf Anregung von Suse schon vor Jahren angelegt hatte und in dem Lilien, Rosen, duftende Lavendelbüsche blühten und Tomaten reiften.

»Mama hat sie so gern gemocht. Ich habe einfach ein paar Lilienzwiebeln ausgebuddelt und sie dann aufs … dort gepflanzt.«

»Das war eine ziemlich tolle Idee.«

Ich sah sie aufmunternd an. Sie wich meinem Blick aus, und ich erkannte, dass aller Trotz und alle Abwehr aus ihrem Gesicht verschwunden waren.

»Mama hat sich jeden Sommer auf die Lilien gefreut. Sie ist morgens ganz früh raus in den Hinterhof und hat schon im April geschaut, ob sie wieder rauskommen.« Sie blickte wieder zu mir. »Hast du das gewusst?«

Ich schüttelte den Kopf.

»Ich hab mal ein paar von den Lilien abgeschnitten und oben in eine Vase gestellt. Ich dachte, Mama würde sich darüber freuen.«

»Das hat sie sich bestimmt.«

Sie sah mich mit schiefem Lächeln an. »Nicht wirklich. War wohl nicht der cleverste Move, der mir hätte einfallen können.«

Ihre schmalen Schultern hoben sich mit einem herzergreifenden Seufzer.

»Am nächsten Tag ist sie runter mit mir in unseren kleinen Garten und meinte, es wäre besser, die Blumen dort zu lassen, wo sie verwurzelt sind. Dann würden sie den ganzen Sommer über blühen und Kraft sammeln fürs nächste Frühjahr. Sie würden viel zu schnell verblühen und sterben, wenn man sie abschneidet.«

Ich hörte ihr aufmerksam zu.

»Manchmal fühle ich mich so wie diese Lilien, Niki. Als wäre auch ich abgeschnitten und irgendwohin gesteckt worden, wo ich nicht hinwill.«

»Oh, Mel …« Ich nahm sie in den Arm und drückte sie an mich. »Es tut mir so leid für dich und Benny. Und es tut mir leid, dass ich es nicht besser mache.«

Wir sahen uns an, beide mit Tränen in den Augen.

»Ich versuche es wirklich, aber manchmal will es einfach nicht funktionieren. Ich vermisse sie auch so sehr …«

Mel nickte.

»Vielleicht wird's ja irgendwann einfacher.«

»Ganz bestimmt.« Ich glaubte selber nicht so richtig an das, was ich sagte.

»Und wenn dir der Job im Laden wirklich Spaß macht, dann kannst du nach den Ferien deine Lehre bei uns anfangen.«

Sie sah mich etwas verlegen an.

»Na ja … okay … cool.«

So richtig begeistert schien sie nicht zu sein.

»Vielleicht mache ich auch einfach die Schule weiter.«

Ich versuchte, mir meine Überraschung nicht anmerken zu lassen. Genauso wenig wie meine Erleichterung darüber, dass Mikes Plan mit dem Praktikum tatsächlich aufgegangen war.

»Das ist … gut.«

Ich lächelte sie an. »Auch wenn ich dich da vermissen werde. Das ist eigentlich ganz lustig mit dir und … Bertie.«

Jetzt konnte sie auch wieder lächeln, und ich erkannte, dass der teenagermäßige Gleichmut in ihr Gesicht zurückkehrte.

»Ich könnte in den Ferien ja weiterhin bei dir jobben. Die Leute geben richtig gut Trinkgeld, da kommt echt was zusammen.«

»Du weißt aber schon, dass wir das Trinkgeld immer zusammenlegen und am Ende der Woche aufteilen?«

Sie sah mich erschrocken an. »Echt jetzt?«

Ich zwinkerte ihr zu. »Diesen Sommer können wir mal eine Ausnahme machen. Ich will dich schließlich nicht ausbeuten.«

Wir lachten erleichtert und fingen sogar an, diesen lauen, warmen Sommerabend in unserem kleinen Hinterhof mit dem Duft der Lilien, der Rosen und des Lavendels zu genießen. Und für einen kurzen Augenblick waren tatsächlich alle Sorgen und Fragen in den Hintergrund getreten, und wir gaben uns ganz dem Zauber dieser Sommernacht hin.

Am nächsten Morgen wartete ich, bis Benny unterwegs zu seinem Fußballtraining war und Mel und Herr Michalke kurz den Laden verließen, um gegenüber bei Imre Mineralwasser und Kaffee für unsere Kunden zu kaufen. Dann verzog ich mich mit dem Handy in unser kleines Kabuff und holte die Karte hervor, die Tom Hansen mir gestern zugesteckt hatte.

Ich atmete tief durch. Ich hatte die halbe Nacht wach gelegen und alle möglichen Optionen, die vor mir lagen, durchgespielt. Schließlich war ich zu der gleichen Erkenntnis gekommen wie Mike am Abend zuvor. Dass es besser für Mel war, nicht ausgerechnet jetzt mit einem Promivater aufzutauchen und alte Wunden aufzureißen. Die Zeit, die wir gemeinsam in Schillers Locke verbrachten, schien ihr gutzutun. Und das war etwas, was ich auf keinen Fall aufgeben wollte. Die Wunde, die Suses plötzlicher Tod gerissen hatte, würde nie wieder heilen. Aber vielleicht gelang es mir ja, dass sie Mel nicht mehr so wehtat. Ich brachte es einfach nicht übers Herz, sie in das nächste Gefühlschaos zu stürzen.

Schon nach dem ersten Klingeln ertönte eine Stimme.

»Hansen. Hallo?«

»Hi … äh … Niki hier.« Ich war so perplex über seine schnelle Reaktion, dass ich nur stammeln konnte. Er musste anscheinend sehnsüchtig auf meinen Anruf gewartet haben.

»Schön, dass Sie anrufen, Niki.«

Seine Stimme war angespannt, und ich konnte die Nervosität darüber, wie ich mich wohl entschieden hatte, fast körperlich spüren.

Ich räusperte mich kurz. »Also … wenn Sie nichts dagegen haben, dann könnten wir uns heute Abend treffen und alles weitere besprechen.«

Ich hatte Mike gebeten, mit Mel und Benny ins Sommernachtskino am Friedrichshain zu gehen, um mich am Abend ungestört mit Hansen treffen zu können.

»Heute Abend?« Ich merkte, dass ihm das nicht so richtig gefiel. »Okay. Kein Problem. Das kriege ich hin.«

»Kennen Sie den Biergarten gleich am Kanal im Tiergarten?«

Das war in der Nähe von Charlottenburg, und ich wollte mich möglichst weit weg von unserem Kiez mit ihm treffen.

»›Der Schleusenkrug‹?«

»Ja. So gegen acht?«

»Alles klar. Um acht.«

»Gut, dann bis später.«

»Niki …?«

Ich merkte, dass er unsicher war und wissen wollte, was ihn jetzt wohl erwartete. Einen Moment zögerte ich. Dann gewann mein Zorn auf ihn und seine Feigheit, und ich beschloss, ihn, so lange es ging, zappeln zu lassen.

»Nicht am Telefon, Tom. Lassen Sie uns das heute Abend besprechen.«

Es entstand eine kleine Pause, und ich hörte fast, wie es in seinem Hirn arbeitete.

»Alles klar«, kam kurz darauf die Antwort, und seine Stimme hatte einen kühlen Tonfall angenommen.

»Bis dann.«

Damit war das Gespräch beendet, und ich war mir sicher, dass Herr Tom Hansen einen etwas nervenaufreibenden Tag erleben würde. Gut so.

Ich war viel zu früh und schlenderte den schmalen Gehweg entlang, der von der S-Bahn durch den riesigen Tiergarten zum Schleusenkrug führte, und war erstaunt über den Menschenauflauf, der sich hier tummelte. Zahlreiche Touristen, Jogger, Fahrradfahrer und Passanten, die mit ihren Hunden unterwegs waren, genossen sichtlich diesen langen Berliner Sommerabend.

Ich erkannte ihn schon, bevor ich durch den kleinen Bogen trat, der den Biergarten vom restlichen Park trennte. Er wollte wohl auch pünktlich sein. Überpünktlich. Vor ihm stand ein Glas Mineralwasser, er musste also schon eine kleine Weile dort sitzen. Obwohl der Biergarten im Schatten lag, trug er eine schicke Sonnenbrille und ein albernes Basecap. Ob er wohl versuchte, sich als Promi unkenntlich zu machen? Es würde ihm jedenfalls ähnlich sehen. Allerdings hätte ihn jemand darauf hinweisen sollen, dass so ein Outfit erst recht stutzig machte.

Er sah mich nicht kommen, da er mit ernster Miene und hochkonzentriert mit seinem Smartphone beschäftigt war und darauf herumwischte. Ich ging davon aus, dass er wichtige Geschäfte erledigte und nicht gerade Candy Crush spielte. Jedenfalls schien er der Typ von Mann zu sein, der ständig wichtige Geschäfte zu erledigen hatte. So wichtige, dass eine Tochter da ziemlich ungelegen kam. Ich merkte, wie der Zorn über sein Verhalten wieder in mir aufstieg. Tatsächlich blickte er überrascht auf, als ich ihn ansprach.

»Hi.«

»Oh, hallo Frau Schmidt. Setzen Sie sich doch.«

Er deutete auf den Stuhl gegenüber und sah sich nach einer Bedienung um.

»Was möchten Sie trinken?«

Ich überlegte einen Moment. Alkohol schien mir angesichts der wichtigen Themen, die wir zu besprechen hatten, nicht angemessen. »Ich nehme eine Apfelschorle.«

Als er die Bestellung aufgegeben hatte und wir auf unsere Getränke warteten (er hatte sich noch ein Mineralwasser bestellt), versuchte er, Small Talk zu machen und pries die schöne Lage des Biergartens, den er von seinen Berlinbesuchen bereits kannte. Ich hörte ihm stumm zu, nickte ab und zu und tat nichts, um die etwas peinliche Situation für ihn zu erleichtern. Schließlich verstummte er, spielte mit dem leeren Gas in seiner Hand und blickte sich verlegen zu den anderen Gästen um. Normalerweise gehörte ich nicht zu den Menschen, die andere gern leiden sahen, aber in diesem Fall machte ich eine Ausnahme.

Schließlich kam die Bedienung mit unseren Getränken, und ich trank einen großen Schluck. Tom Hansen nahm schließlich allen Mut zusammen und stellte die Frage der Fragen.

»Nun, ich … Was halten Sie von meinem Vorschlag? Haben Sie sich entschieden?«

Ich sah ihn offen an. »Was ich davon halte? Nun, ich glaube, das wollen Sie gar nicht wissen.«

Er wich meinem anklagenden Blick aus und starrte auf einen imaginären Punkt auf der Tischplatte zwischen uns. Gut. Wenigstens hatte er ein schlechtes Gewissen. Er nickte langsam und kam wohl zu dem Schluss, sich mit dem Unvermeidlichen abfinden zu müssen.

»Dann … haben Sie es Amelie schon gesagt?«

»Nein.«

Er schwieg.

»Ich habe auch nicht vor, es ihr zu sagen.«

Ruckartig ging sein Kopf hoch, und ich sah das Erstaunen in seinem Gesicht.

»Nur, damit wir uns nicht falsch verstehen, Herr Hansen.«

Ich nippte an meinem Glas, um meine Nervosität etwas herunterzuspielen. »Ich halte es nicht für richtig, Amelie zu verschweigen, dass Sie ihr Vater sind.«

»Ich will es doch nicht verschweigen! Es ist nur jetzt gerade ein ziemlich blöder Zeitpunkt.«

»Kann es sein, dass es immer irgendeinen blöden Zeitpunkt in Ihrem Leben gibt? Und das schon seit fünfzehn Jahren.«

Er wischte sich kurz mit der Hand über die Augen, sodass ich seinen Gesichtsausdruck nicht deuten konnte. Aber ich meinte, so etwas wie Verzweiflung darin zu erkennen.

»Na, das ist ja ein Zufall. Niki Schmidt.«

Die Stimme, die hinter mir ertönte, ließ nichts Gutes ahnen.

»Dich hätte ich hier ja nicht erwartet.«

Hinter mir stand Birte Sauerland.

Ich lächelte müde. »Geht mir genauso, glaub mir.«

Sie war in Begleitung zweier junger Frauen, die anscheinend zu ihrem Unternehmen gehörten. Jedenfalls machten sie einen etwas devoten Eindruck und warteten geduldig darauf, dass ihre Chefin endlich weiterzog.

Ich bemerkte, wie Birte Tom Hansen interessiert musterte.

»Hallo, ich bin Birte Sauerland.«

Sie hielt ihm die Hand zur Begrüßung hin, die er etwas irritiert nahm.

»Hi.«

Birte lächelte noch immer und wartete wohl auf eine weitere Erklärung.

»'tschuldigung, Birte, aber wir haben hier was Wichtiges zu besprechen.«

Birte löste widerwillig den Blick von Tom und sah mich mit hochgezogenen Augenbrauen an.

»Was Geschäftliches?« Sie blickte wieder zu Tom. »Ich könnte schwören, ich kenne Sie von irgendwoher. Arbeiten Sie auch als Hairstylist?«

Tom lachte kurz auf. »Äh, nein. Nein, ganz bestimmt nicht.«

Sie betrachtete mich herablassend. »Als Teamverstärkung für deinen Laden wäre er jedenfalls ein absoluter Sprung nach vorn.«

»Wie gesagt, Birte, wir sind hier gerade mitten in einer wichtigen Besprechung, und ganz ehrlich, du störst.«

Sie lächelte kurz gekünstelt.

»Oh, tut mir leid. Wenn's so wichtig ist.«

Sie musterte Tom noch einmal intensiv, dann verabschiedete sie sich mit einem kurzen Kopfnicken.

»Dann noch viel Spaß, euch beiden.«

Mit einem Kopfnicken deutete sie ihrer Begleitung an, ihr zu folgen, und stakste aus dem Biergarten.

Tom schüttelte leicht den Kopf.

»War das eine Freundin von Ihnen?«

»Ganz sicher nicht.« Ich atmete erleichtert auf. »Zum Glück.«

Ich sah seinen fragenden Blick.

»Birte Sauerland ist so was wie das McDonald's unter den Friseurläden. Sie ist scharf auf Schillers Locke und will den Laden übernehmen.«

»Das scheint Sie nicht besonders zu freuen.«

»Kann man so sagen.«

Tom nickte nachdenklich. Einen Moment schwiegen wir und versuchten an das Gespräch, das wir bis gerade eben noch geführt hatten, anzuknüpfen.

Tom stieß schließlich einen tiefen Seufzer aus.

»Okay, Sie haben recht. Ich habe mich als Vater bislang nicht gerade mit Ruhm bekleckert. Und vermutlich werde ich es in Zukunft auch nicht tun.«

»Gratuliere. Erkenntnis ist der erste Weg zur Besserung. Hat meine Oma immer gesagt.« Ich hob das Glas und prostete ihm ironisch zu.

»Ich werde für Amelie da sein. Das verspreche ich.«

Ich sah ihm prüfend ins Gesicht. In diesem Moment meinte er es vermutlich ernst.

»Geben Sie mir ein halbes Jahr. Maximal ein Jahr und ich werde alles in meiner Macht Stehende versuchen, um für Amelie ein guter Vater zu sein.«

»Wenn ich ehrlich bin, Herr Hansen, dann habe ich daran so meine Zweifel.« Jetzt wich ich seinem Blick aus. »Aber aus irgendeinem Grund hat Suse Ihr Spiel mitgespielt. Ich habe keine Ahnung warum. Ich hätte es bestimmt nicht gemacht.«

»Suse und ich, wir haben beide wohl den richtigen Moment verpasst.«

»Ja, vermutlich.«

Einen Moment schwiegen wir uns wieder an, und eine bedrückte Stille machte sich zwischen uns breit, während um uns herum die Menschenmassen ihren Feierabend genossen, lachten, sich unterhielten und sich am Leben freuten.

»Ich werde Amelie nichts sagen.«

Er sah mich überrascht an, und auf seinem Gesicht machte sich Erleichterung breit.

»Vorerst. Wenn Sie aber in einem Jahr wieder mit so einer fadenscheinigen Ausrede kommen und es Ihnen, aus welchem Grund auch immer, nicht passt, dann kann ich für nichts garantieren.«

»Okay.« Den Seufzer der Erleichterung, den er von sich gab, hätte man vermutlich bis nach Rügen hören können.

»Danke, Frau Schmidt.« Er sah mich mit einem leichten Lächeln an. »Und was Ihr Geschäft angeht …«

»Nur, damit wir uns nicht falsch verstehn.« Ich unterbrach ihn, bevor er es aussprechen konnte. »Ich halte nicht die Klappe, weil Sie mir dafür den Laden geben, klar?«

»Natürlich.«

»Sie können ihn behalten. Ich will ihn nicht.«

Er legte einen Augenblick den Kopf schief und musterte mich erstaunt.

»Ich würde Sie nur bitten, die Miete nicht zu erhöhen. Oder uns rauszuschmeißen.«

Er sah mich irritiert an. »Den Laden wollte ich längst Suse überscheiben, schon im letzten Sommer. Es war alles geplant, bevor der Unfall …«

Er schwieg wieder bedrückt.

»Überschreiben Sie ihn Ihrer Tochter, wenn sie alt genug ist, okay?«

Er nickte. »Okay.«

Ich kramte in meiner Tasche herum und legte einen Fünf-Euro-Schein auf den Tisch.

»Lassen Sie nur, ich mach das schon«, ging er dazwischen, doch ich winkte ab.

»Ich möchte Ihnen nichts schuldig sein. Das werden Sie hoffentlich verstehen.« Dann stand ich auf. »Ich nehme an, wir bleiben in Kontakt?«

Er nickte stumm, und ich wollte zurück in den Park und zur S-Bahn und dieses Gespräch am liebsten vergessen.

»Frau Schmidt?!«

Ich drehte mich noch einmal zu ihm um.

»Sie ... Sie halten mich für einen ziemlichen Mistkerl, oder?«

»Wollen Sie eine ehrliche Antwort?« Ich hob ironisch die Augenbrauen.

Einen Moment maßen wir uns mit Blicken. Er hatte recht. Ich hielt ihn für einen ausgesprochenen Mistkerl.

»Ich habe keine Ahnung, was Suse in Ihnen gesehen hat, Herr Hansen. Warum sie sich überhaupt in Sie verliebt hat. Vermutlich war es der größte Fehler ihres Lebens.«

Ich wartete seine Reaktion erst gar nicht ab und ging einfach. Meine Schritte waren steif und ich kämpfte mich durch die Sitzreihen der anderen Gäste und blickte mich nicht noch einmal zu der einsamen Gestalt um, die etwas verloren inmitten des ganzen Trubels saß.

Später am Abend lag ich auf dem Sofa und zappte durchs Fernsehprogramm, während ich darauf wartete, dass Mike mit Mel und Benny aus dem Kino zurückkam. Ich hatte nicht wirklich Lust auf irgendetwas, aber meine Gedanken und meine Zweifel, die richtige Entscheidung getroffen zu haben, sausten in meinem Kopf hin und her, und ich schwankte zwischen *Größter Fehler meines Lebens* und *Alles richtig gemacht* im Zehn-Sekunden-Takt hin und her. Während ich auf den Bildschirm starrte, tauchte plötzlich ein Gesicht auf, das mir sehr bekannt vorkam. Es war tatsächlich Tom Hansen, der da mit seinem charmanten Lächeln in die Kamera blickte und den Arm um die Taille einer attraktiven Blondine gelegt hatte, deren Beine unendlich lang schienen. Ich stellte den Ton lauter, und eine Moderatorin erzählte begeistert von den anstehenden Hochzeitsvorbereitungen des neuen Traumpaars der Boulevardpresse. Es folgten Ausschnitte aus seiner Kochshow, die ich zwar nie gesehen hatte, die aber die halbe Welt zu kennen schien. Charmant und witzig wirbelte Herr Hansen dort durch eine Studioküche, flirtete mit den Damen im Publikum und schien ohne große Anstrengungen den ganzen Laden um den Finger zu wickeln. Danach folgte ein Auftritt auf dem roten Teppich im Blitzlichtgewitter, wieder mit dieser Wahnsinnsfrau an seiner Seite. Diesmal trug er einen Smoking, der ihm verblüffend gut stand. Der Kerl konnte sich tatsächlich sehen lassen. Ich fragte mich, was wohl mit seiner Beliebtheit passieren würde, wenn die Welt herausfand, wer dieser Tom Hansen wirklich war. Am liebsten hätte ich sofort zum Telefon gegriffen und irgendeinem Journalisten die Wahrheit über ihn erzählt. Ich war mir sicher, dass sich die Presse darauf stürzen würde wie eine Meute hungriger Haie, die Blut gewittert hatten. Aber leider hätte das nicht nur Tom Hansen unangenehmen Besuch von irgendwelchen Sensationsreportern beschert, sondern auch Mel. Also würde ich es lieber lassen.

Kurz darauf sprang Liesel auf und lief aufgeregt zur Wohnungstür. Im nächsten Moment war zu hören, wie Mike, Amelie und Benny kichernd und lautstark plaudernd die Wohnung betraten und begeistert von Liesel begrüßt wurden. Schnell schaltete ich den Fernseher aus und ließ mir lieber berichten, wie viel Spaß sie im Freilichtkino hatten. Als ich Mikes fragenden Blick auffing, nickte ich schwach und er verstand. Er gab mir ein Daumen-hoch-Zeichen und legte mir dann den Arm um die Schultern. Es war ein tröstliches Gefühl nach all dem Chaos, das die letzten Tage über mich hereingebrochen war.

Kapitel 11

Tom Hansen hielt sein Versprechen, und ein paar Tage später bekam ich von der Hausverwaltung Schwarz & Schwarz einen neuen Vertrag zugeschickt, der uns für die kommenden Jahre weiterhin eine lachhaft geringe Miete zusicherte. Ich fragte mich kurz, ob das Finanzamt bei solchen Verträgen nicht stutzig werden und Geldwäsche, illegalen Drogenhandel oder sonstige Verbrechen vermuten würde, beschloss dann aber, den Gedanken nicht weiter auszuführen. Zumindest das finanzielle Problem hatte ich in Zukunft vom Hals.

Obwohl Mel nach drei Wochen Praktikum beschlossen hatte, der Schule doch noch eine Chance zu geben, blieb sie die Ferien über im Laden und half tatkräftig mit. Sie verstand sich ausgesprochen gut mit Bertie, den sie anscheinend zu ihrem persönlichen Aushilfsopa erkoren hatte, und beide zusammen erzeugten eine Atmosphäre von Leichtigkeit und Unbekümmertheit im Laden, die ich seit Suses Tod so schmerzlich vermisst hatte. Mel hatte sich zu einer wahren Meisterin der Haarwäsche entwickelt und dank Herrn Michalkes Anleitung eine ganz spezielle Massagetechnik kreiert, die den Kundinnen Entspannung und ihr ein kleines Vermögen an Trinkgeld einbrachten. Es schien sich herumzusprechen, dass es bei Schillers Locke nach dem tragischen Geschehen des vergangenen Jahres wieder etwas fröhlicher zuging, und so kamen alte Stammkunden, die sich nach Suses Tod rar gemacht hatten, endlich wieder zu uns und brachten gleich auch neue Kunden mit. Obwohl im Sommer eigentlich Sauregurkenzeit war, lief unser Laden plötzlich wieder wie geschmiert, und ich musste die, die einfach mal ohne Termin vorbeischauen wollten, auf eine Wartezeit von ein bis zwei Wochen vertrösten.

Dass sich Schillers Locke plötzlich im Aufwind befand, bekam leider auch Birte Sauerland mit, die mir an einem besonders heißen Nachmittag einen Überraschungsbesuch abstattete.

Der Laden war rappelvoll, ich hatte sogar einige Kunden nach draußen auf die kleine Bank geschickt, wo wir einen Sonnenschirm und einen kleinen Tisch hingestellt hatten und wo sie geduldig auf ihren Aufruf warten konnten.

Ich stand zwar mit dem Rücken zur Eingangstür, die wir der Hitze wegen weit offen stehen ließen, doch im Spiegel vor mir sah ich Birte neugierig den Laden betreten und sich umschauen. Ihr Gesichtsausdruck war alles andere als erfreut.

»Birte, na, das ist ja eine Überraschung. Was kann ich für dich tun?«

Ich drehte mich kurz zu ihr um und begrüßte sie mit dem Lächeln der triumphierenden Siegerin.

»Hallo, Niki.« Ihr Lächeln war so falsch wie die blondierten Strähnen in ihrem Haar. »Ich war grad in der Nähe und wollte mal schauen, wie's so bei dir läuft.«

»Bestens. Wirklich gut. Wir können uns nicht beklagen.«

»Ach, wie schön.«

Es musste sie eine fast unmenschliche Anstrengung kosten, dieses Lächeln aufrechtzuerhalten.

Sie blickte zu Mel, die gerade mit einer Kundin beschäftigt war.

»Ist das nicht Suses Tochter?«

»Amelie?! Ja.«

Birte nickte Mel knapp zu, die sie nur kurz anlächelte und sich dann wieder ihrer Kundin widmete, die selig lächelnd mit geschlossenen Augen die Kopfhautmassage genoss.

Birte beobachtete sie weiterhin, und an ihrem konzentrierten Gesicht und den leicht zusammengezogenen Augenbrauen konnte man erkennen, wie es heftig hinter ihrer Stirn arbeiten musste.

»Erstaunlich …«

Sie schüttelte leicht den Kopf, und ich verstand nicht, was sie damit meinen könnte.

»Ich wüsste nicht, was daran erstaunlich sein sollte, Birte. Mel hilft gern im Laden aus.«

Birte riss sich mühsam zusammen.

»Macht sie jetzt eine Ausbildung bei dir?«

Bevor ich antworten konnte, winkte sie gespielt ab.

»Ach, was sag ich denn da?! Natürlich nicht. Ihr seid ja kein Ausbildungsbetrieb.«

»Was noch nicht ist, kann ja noch werden.«

Jetzt musterte sie aufmerksam Herrn Michalke, der zwischen zwei älteren Damen auf dem kleinen Sofa in der Warteecke saß und die Vor- und Nachteile eines Pixie-Cuts auch im fortgeschrittenen Alter diskutierte.

»Ich hab davon gehört, dass du doch noch jemanden gefunden hast, der bei dir arbeiten will.«

»Herr Michalke ist eine große Hilfe. Eine wirkliche Bereicherung.«

»Der muss es ja nötig haben, wenn er in dem Alter noch arbeitet. Wie alt ist er eigentlich? Sieht aus wie hundert?«

Die Art und Weise, wie sie abfällig über den alten Herrn sprach, ließ meine Freundlichkeit ihr gegenüber wie Eis in der Sonne schmelzen. Es wurde Zeit, die Höflichkeitsfloskeln zu beenden.

»Entschuldigen Sie bitte einen Moment, Frau Bader.« Ich lächelte die Kundin, deren Haare ich gerade in einen vorteilhaften Lockenkopf verwandelte, im Spiegel entschuldigend an. »Bin gleich wieder für Sie da.«

Dann schob ich Birte Sauerland kurzerhand in unser kleines Kabuff und zog den Vorhang zu.

»Ich hab keine Ahnung, warum du hier aufgetaucht bist, Birte. Aber falls du mir und meinen Leuten die Laune versauen willst, wäre es besser, wenn du gleich wieder verschwindest.«

Sie sah mich gespielt überrascht an.

»Seit wann bist du denn so empfindlich? Ich hab mich doch nur gefragt …«

»Du hast dich gefragt, ob die Gerüchte stimmen oder nicht«, unterbrach ich sie mit unterdrücktem Zorn. »Und ja, die Gerüchte stimmen. Ich hab vielleicht nicht den jüngsten Friseurmeister der Stadt, aber dafür den besten."

Sie wollte noch etwas sagen, doch ich stoppte sie mit einer Handbewegung.

»Und nein, ich bin noch immer nicht daran interessiert, unseren Laden an dein lächerliches Franchise-Unternehmen zu verscherbeln. Nachdem das nun geklärt ist, wäre es schön, wenn du wieder gehst. Sofort.«

Sie hatte mit zusammengekniffenem Mund zugehört und funkelte mich nun sauer an. Alle Freundlichkeit, auch wenn sie nur vorgespielt gewesen war, verschwand aus ihrem Gesicht.

»Du kannst Maier von der Innung um den Finger wickeln, meine Liebe. Aber mich nicht. Das sieht doch ein Blinder mit Krückstock, dass dein Herr Michalke hier gar nicht mehr arbeiten kann. Der ist nur ein Strohmann für dich.«

Ich lachte müde auf. »Meine Kunden sehen das anders. Du kannst sie gern fragen.«

Ich zog den Vorhang wieder auf und deutete auf die Sitzecke, wo der rüstige Herr Michalke noch immer mit seinen Damen beschäftigt war.

In Birte arbeitete es, und sie kam zu dem Entschluss, dass jetzt wohl nicht der geeignete Zeitpunkt wäre, mir eine Szene zu machen. Ihr Durchatmen klang wie das Schnaufen eines wilden Stiers, der bereit zum Angriff ist.

»Ich frage mich ja, ob das alles wirklich auf deinem Mist gewachsen ist. Oder ob's da nicht noch jemanden gibt … den Typen von neulich zum Beispiel.«

Ich sah sie verständnislos an.

»Du hast manchmal eine echt schräge Fantasie, Birte.«

Wir maßen uns stumm mit Blicken. Ich sah, wie es hinter ihrer Stirn arbeitete und war auf eine erneute verbale Attacke vorbereitet. Doch stattdessen zückte Birte Sauerland nur ihr teures Handy und deutete damit anklagend auf mich.

»Ich hetze dir die Innung auf den Hals, darauf kannst du dich verlassen. Mit dieser miesen Masche kommst du nicht durch!«

»Sicher, Birte. Wie du meinst.«

Ich zeigte auf die Tür. »Du weißt ja, wo es rausgeht.«

Sie warf mir noch einen Blick zu, der sensiblere Gemüter wie mich umgehauen hätte, und stöckelte dann auf ihren viel zu hohen Absatzschuhen mit hoch erhobenem Kopf hinaus. Doch kurz vor der Tür hielt sie inne, hob das Smartphone und machte ein Foto von Mel und dann noch eins von Herrn Michalke.

»Hey, was soll das?«

Ich ging protestierend auf sie zu, und sie hatte es plötzlich sehr eilig zu verschwinden.

»Wir sehen uns, Schmidt!«

Dann war sie draußen, und ich atmete tief durch. Mel kam kopfschüttelnd zu mir.

»Wer war denn die komische Schnepfe?«

»Glaub mir, Mel, das willst du gar nicht wissen.«

Es dauerte keine Stunde, da bekam ich einen Anruf von Herrn Maier. Er wollte sich ganz dringend mit mir treffen, und dabei klang er alles andere als entspannt. Während ich mit ihm telefonierte, blickte ich zu Herrn Michalke und Mel, die sich vorbildlich um die Kundschaft kümmerten. Ich hatte keinerlei Bedenken und von einem schlechten Gewissen ganz zu schweigen. Vielleicht war Herr Michalke ja eine Notlösung gewesen. Anfangs. Doch mittlerweile war er viel mehr als das und zu einer unentbehrlichen Fachkraft geworden. Und so wie es schien, blühte er angesichts der neuen Aufgabe, die ihn so unverhofft gefunden hatte, ebenfalls auf. Er wirkte glatt ein paar Jahre jünger, seine leicht nach vorne gebeugte Haltung hatte sich wieder gestrafft, und er genoss es, mit den Damen charmant zu flirten und sich als Hahn im Korb zu fühlen. Sollten die Herren von der Innung ruhig kommen. Wir würden sie schon davon überzeugen, dass in Schillers Locke alles seine Ordnung hatte.

Herr Michalke freilich sah das nicht ganz so entspannt.

»Oh, mein Gott, die Innung kommt? Was machen wir denn da?«

»Das, was wir jeden Tag machen, Herr Michalke. Bleiben Sie ganz ruhig.«

Er sah mich an, als hätte ich angesichts eines drohenden Atomkriegs über den Weltfrieden referiert.

»Mit der Handwerkerinnung ist nicht zu spaßen, Niki, die können sehr unangenehm werden.«

Ich klopfte ihm aufmunternd auf die Schulter, während ich die Abrechnungen des Tages an unserer Theke machte und Mel die Tür abschloss, um anschließend durchzufegen.

»Das kann ich auch.« Ich blickte zu Mel. »Nicht wahr, Mel.«

Sie grinste breit und gab uns ein Daumen-hoch-Zeichen.

Ich sah etwas mitleidig zu dem alten Herrn, der sich auf einen der Friseurstühle gesetzt hatte und nervös an seinem tadellos gebügelten Hemdkragen zupfte.

»Falls es Ihnen noch nicht aufgefallen ist, Herr Michalke, dann wird es wohl Zeit, dass ich es Ihnen mal sage.«

Ich setzte mich ihm gegenüber und tätschelte sein Bein.

»Sie sind großartig. Als Friseurmeister. Und als Mensch sowieso. Und ich wüsste nicht, was ich ohne Sie machen sollte.«

Er verzog kurz das Gesicht. »Das ist sehr lieb von Ihnen, aber ich bin doch nur noch ein alter Knacker, der die meiste Zeit des Tages in der Seniorenresidenz aufs Ende wartet.«

»Jetzt warten Sie die meiste Zeit ja hier. Und das auch noch sehr produktiv. Ich glaube nämlich, dass die Hälfte der Damen nur Ihretwegen kommt. Sie haben ein Händchen für die Ladys.«

Ich zwinkerte ihm aufmunternd zu und hätte schwören können, dass seine etwas blassen Wangen Farbe bekamen.

»Meinen Sie?«

»Na, klar.« Mel kam zu uns, lehnte sich auf den Besenstil und sah ihn begeistert an. »Die fahren total auf dich ab, Bertie.«

Er blickte unsicher von Mel zu mir.

»Meinen Sie, also, … gilt das wohl auch für … Frau Wagner? Was glauben Sie?«

»Nun …«, ich musste mir meine Antwort besonders gut überlegen, denn Oma Wagner, der große Schwarm von Herrn Michalke, war leider etwas kapriziös, was den Umgang mit den Herren der Schöpfung anging. »… ich denke mal, das gilt auch für Frau Wagner. Auch wenn sie es vielleicht nicht ganz so offen zeigen kann«, fügte ich eilig hinzu. Herr Michalke stieß einen herzzerreißenden Seufzer aus.

»Ich weiß einfach nicht, woran ich bei ihr bin. Sie ist so anders als meine Frau, Gott hab sie selig, gewesen ist, verstehen Sie, Niki?«

Nun, das mochte vielleicht daran liegen, dass Oma Wagner sich niemals hatte an die Kette legen lassen, wie sie es ausdrückte. Mit ihren 72 Jahren hatte sie die Ehe gemieden wie der Teufel das Weihwasser und wollte es jetzt nun auch nicht mehr ändern, wie sie mir freimütig gestanden hatte, als ich sie vorsichtig auf unseren liebeskranken Herrn Michalke ansprach.

»Ich glaube, Frau Wagner kann Sie ausgesprochen gut leiden, und es ist nur eine Frage der Zeit, bis Sie sie am Haken haben.« Ich tätschelte ihm wieder aufmunternd das Bein. »Nur nicht aufgeben. Das wird schon.«

Dabei warf ich Mel einen mahnenden Blick zu, und sie nickte ebenfalls entschlossen.

»Die hast du so gut wie klargemacht, Bertie, garantiert.«

Er nickte schließlich entschlossen und erhob sich.

»Wenn ihr das sagt, gut. Nur nicht aufgeben.«

Am Abend kam Mike vorbei, nachdem er Benny vom Fußballtraining abgeholt und sie noch schnell eine Ladung Pizza für uns besorgt hatten. Während wir am Küchentisch saßen und uns darüber stritten, wer das restliche Stück mit Salami und wer das mit Thunfisch bekommen sollte, erzählte Mel von Birte Sauerlands Auftritt und legte eine wirklich beeindruckende Imitation hin. Mike und Benny kamen fast die Tränen vor Lachen. Was allerdings nichts daran änderte, dass ihr Anschwärzen bei der Innung uns tatsächlich in Bedrängnis bringen könnte. Ich hoffte inständig, dass Herr Michalke morgen einen wirklich guten Tag haben würde und wir die kleine Delegation mit unserer Kompetenz und Leistungskraft überzeugen würden. Mike schien dabei keine Bedenken zu haben, und als Benny und ich die Reste unseres Pizzagelages abräumten, präsentierte er die Überraschung, auf die er sich wahrscheinlich schon den ganzen Abend gefreut hatte.

»Mit dem Hausboot über die Müritz?«

Ich sah ihn überrascht an, während Benny in Jubelschreie ausbrach und Mel etwas kritisch eine Augenbraue hob.

»Wenn wir wollen, geht's bis hoch an die Ostsee. Geil, oder?« Er war sehr erfreut, dass ihm die kleine Überraschung gelungen war.

»Juhuuu … wir fahren übers Meer«, jubelte Benny.

Ich sah mir den Prospekt des Hausbootverleihs etwas genauer an. Im Grunde genommen war es gar kein Boot, sondern ein einfaches Floß mit kleinem Außenbootmotor, auf dem man eine Holzhütte gebaut hatte. Auf dem Dach war ein Sonnendeck, die Küche bestand aus einem kleinen Propangaskocher, und die Betten musste man für die Nacht ausklappen, sodass der gesamte kleine Raum ausgefüllt war.

»Und wo ist das Klo?«

Mel hatte sich die Beschreibung ebenfalls angesehen und war nicht sonderlich begeistert.

Mike grinste nur, zuckte mit den Schultern. »Dafür gibt's den Klappspaten.«

Mel kreischte auf. »Das ist ja ekelhaft.«

»Das siehst du völlig falsch, meine Liebe. Das ist ein großes Abenteuer.«

Er deutete auf die Karte der Müritz. »Tagsüber fahren wir mit dem Boot dahin, wo es uns gefällt, und nachts legen wir am Ufer an, grillen, machen Lagerfeuer, und du hast die schönste Freilufttoilette der Welt.«

Mel verdrehte die Augen. »Super.«

Benny blickte euphorisch zwischen uns hin und her. »Kommt schon, das wird echt super. Wir können direkt vom Boot aus ins Wasser springen.«

Ich seufzte und sah Mel an, die immer noch entsetzt von der Aussicht war, mitten im Wald ihre Morgentoilette zu verrichten.

»Können wir nicht ein richtiges Boot nehmen? So mit allem. Kajüte, Klo und Küche.«

»Na ja, das Hausboot gehört Steve. Ist ein Kumpel von mir.« Mike kratzte sich etwas verlegen den Nacken. »Wir können es zum Selbstkostenpreis mieten, also quasi umsonst. Drei Tage, von Freitag bis Sonntag. Ich finde das ziemlich cool von ihm. Immerhin ist Hauptsaison.«

Wir konnten uns tatsächlich so etwas wie Urlaub eigentlich nicht leisten, und der Gedanke, wenigstens für ein verlängertes Wochenende aus der brütend heißen Stadt hinaus in die kühle Frische der Müritzer Seenlandschaft zu kommen, hatte durchaus seinen Reiz.

»Na komm schon, Mel.« Ich stupste ihr den Ellbogen in die Seite. »Vielleicht gibt's da ein paar nette Naturburschen, mit denen du flirten kannst.«

Sie verzog das Gesicht. »Hahaha.«

Mike klatschte begeistert in die Hände. »Super. Dann ist es abgemacht. Nächstes Wochenende geht's los. Wenn ihr die Meister der Innung überstanden habt.«

Benny fing wieder an zu jubeln und fiel nacheinander mir, Mike und Mel um den Hals. Und auch Mel schien sich damit abzufinden, drei Tage in der Natur verbringen zu müssen. Es würde unser erster gemeinsamer Ausflug werden, seit Suse nicht mehr da war. Einen Moment lang überkam mich Wehmut. Doch ich riss mich zusammen. Wir würden aus diesem Ausflug das Beste herausholen, was man herausholen konnte, denn genau das war es, was Suse sich für uns gewünscht hätte.

Kapitel 12

Für den großen Termin mit der Innung überraschte uns Mike mit ein paar T-Shirts, auf denen er das Logo von Schillers Locke und unsere Namen hatte drucken lassen, so als wären wir ein eingeschworenes Fußballteam. Nun ja, Mel und ich bekamen ein eng geschnittenes leuchtend blaues T-Shirt, das perfekt zu unseren rotblonden Haaren passte. Herrn Michalke überreichte er eine Art Kittel, auf dem groß »Meister Michalke« aufgedruckt war. Ihm war das etwas peinlich, doch Mel und ich bestanden darauf, dass er ihn anzog und damit den Kunden und der Welt präsentierte, wer bei Schillers Locke der Boss war. Mehr oder weniger.

Und nachdem er seine Scheu abgelegt hatte, hätte ich schwören können, dass er auch ein klein wenig stolz darauf war.

Pünktlich um drei am Nachmittag tauchte Maier in Begleitung eines Herrn auf, der mir bislang unbekannt gewesen war. Und natürlich mit Birte Sauerland.

Keine Ahnung, woran Liesel es merkte, aber schon Minuten vor ihrem Erscheinen begann sie leise zu knurren, ihre Nackenhaare stellten sich auf und sie bellte protestierend, um sich dann beleidigt ins Hinterzimmer zu flüchten.

Also ahnte ich bereits, was auf mich zukam, und setzte mein strahlendstes Lächeln auf.

»Herr Maier, schön, dass Sie da sind.«

Ich begrüßte auch den anderen Herrn freundlich, der sich als Friseurmeister Martin Wuttke vorstellte. Birte lächelte ich zuckersüß an, was sie sichtlich überraschte.

»Was kann ich denn für dich tun, Birte? Oder tauchst du mal wieder ganz *zufällig*«, ich zeichnete mit den Händen zwei Anführungszeichen in die Luft, »bei uns auf?«

»Nein«, antwortete sie schnippisch und sah sich schon misstrauisch um. »Ich will nur sichergehen, dass hier alles nach Vorschrift abläuft.«

Ich nickte und wandte mich wieder Herrn Maier zu.

»Sie kennen meinen Friseurmeister ja bereits.«

Herr Michalke atmete tief durch und wurde von Mel sanft nach vorn in unsere Richtung geschoben.

»Schön, Sie wiederzusehen, Herr Maier.«

Er reichte ihm die Hand und drückte kräftig zu, wie um zu demonstrieren, dass er im Besitz all seiner Kräfte war. Und darüber hinaus. Herr Maier zuckte kurz zusammen und erwiderte die Begrüßung.

»Kann ich Ihnen etwas zu trinken anbieten? Kaffee oder Wasser vielleicht?«

Herr Maier tauschte mit seinem Kollegen einen Blick, der ausdrückte, wie unangenehm den beiden die ganze Angelegenheit war.

»Nein, danke, Frau Schmidt. Wir wollen Sie auch wirklich gar nicht lange aufhalten.«

Er deutete auf den Wartebereich, der voll besetzt war.

»Sie haben wirklich viel zu tun.«

Ich nickte und hakte mich bei Herrn Michalke unter, der das etwas irritiert zur Kenntnis nahm. So nahe kam ich ihm normalerweise nie.

»Es hat sich ziemlich schnell herumgesprochen, was für ein ausgezeichneter Friseur Herr Michalke noch immer ist.«

Was durchaus stimmte. Mittlerweile zählte vermutlich die gesamte weibliche Bewohnerschaft des ›Goldenen Herbst‹ zu unseren Kunden. Niemand bekam so gute Dauerwellen hin wie er. Da saß jede Locke an der richtigen Stelle. Ich hatte ihn allerdings darauf hingewiesen, dass allzu viel Haarspray weder für uns noch die Umwelt gut wären.

Frau Wagner, die als moralische Unterstützung gekommen war und gleich ihre Doppelkopfrunde aus der Seniorenresidenz mitgebracht hatte, meldete sich aus dem Wartebereich.

»Sind dit die Herrn von der Kontrolle?«

Sie stand auf und kam mit entschlossener Miene auf uns zu.

»Jetzt passen's mal uff. Dit ist 'ne Unverschämtheit, ist dit.« Dabei wedelte sie anklagend mit dem Zeigefinger vor Herrn Maiers Nase herum. Der wechselte einen besorgten Blick mit seinem Kollegen. »Wat Se hier machen, dit ist Altersdiskriminierung, ist dit. Nur weil wa nicht mehr so taufrisch sind, jehören wa noch lange nicht zum ollen Eisen.«

»Natürlich. Das hat ja auch niemand behauptet.«

Herrn Maier wurde die Situation von Minute zu Minute unangenehmer. Er tat mir fast ein wenig leid. Oma Wagner deutete mit ihrem Zeigefinger auf Birte.

»Die da schon.«

Birte verdrehte genervt die Augen.

»Jetzt kommen Sie mal wieder runter.«

»Ich zeig Se an, wenn Se dit nicht lassen.«

Sie drehte sich zu ihren Freundinnen um.

»Moni, kommste mal, bitte.«

Die angesprochene Dame stand auf und eilte herbei.

Oma Wagner wandte sich wieder triumphierend an Birte und ihre Begleitung, die betroffen vor uns standen, wie zwei Schüler im Rektorenbüro.

»Moni hier war über vierzig Jahre Sachbearbeiterin beim Amtsgericht Neukölln. Die kennt sich damit aus. Hab ick recht, Moni?«

Die Angesprochene nickte entschlossen. »Abteilung *Einstweiliger Rechtsschutz.* Wir haben da Fälle jehabt, dit gloobt mir keen Mensch.«

Herr Maier blies überfordert die Backen auf.

»Das wird bestimmt nicht nötig sein. Und, wie gesagt, ich will Sie auch gar nicht lange aufhalten. Wir haben alles gesehen, was es zu sehen gab, und haben Sie auch schon viel zu lange aufgehalten.« Er atmete tief durch und sah seinen Begleiter flehend an. »Wir gehen dann wieder, nicht wahr, Martin.«

Der nickte eifrig und war sehr bemüht, der unangenehmen Situation schnell zu entfliehen.

»Natürlich. Hier gibt es schließlich nichts zu beanstanden."

Herr Maier atmete erleichtert auf.

»Dann, bis demnächst, Frau Schmidt. Wir sehen uns bestimmt bei der Jahreshauptversammlung. Bis dahin viel Erfolg weiterhin.«

Die beiden reichten uns die Hände und waren so schnell verschwunden, wie sie gekommen waren. Ich musste unwillkürlich lachen und klatschte mich mit Mel ab.

»Freu dich mal nicht zu früh.«

Birte Sauerlands Stimme erinnerte mich daran, dass sie noch immer da war und uns sauer beobachtete.

»Hast du nicht auch noch etwas sehr, sehr Wichtiges vor, Birte?« Ich sah sie nur gelassen an und ließ mich von ihr nicht mehr einschüchtern.

Mel konnte sich nicht zurückhalten und schaute sie mit dieser überheblichen Teenagerart an, die jeden provozierte. »Lief wohl nicht so gut, wie du gedacht hast?«

Birte Sauerland musterte sie stumm, und ich war einen Moment überrascht, dass sie nichts Bissiges erwiderte.

Ich spürte, wie Mel mir den Arm um die Schulter legte und ein breites Grinsen zeigte. Ich hatte Verständnis für ihre offen zur Schau gestellte Häme, aber sie sollte jetzt besser aufhören, denn Birte war schon gereizt genug. Leider hatte Mel für so etwas wie Feingefühl überhaupt keine Antenne und machte munter weiter.

»Mann, Mann, Mann. Die guckt genauso blöd aus der Wäsche, wie sie ist, oder, Niki?!«

»Lass uns einfach weitermachen.«

Ich nickte Birte kurz zu, die kurz vorm Explodieren stand. »Wir haben viel zu tun, also wenn du jetzt bitte gehen würdest.«

Auf ihrem Gesicht erschien ein wirklich fieses Lächeln.

»Ihr beide glaubt wohl, ihr kommt mit allem durch, was?«

Mel grinste breit. »Yep. Was dagegen?«

»Du hast eine ganz schön große Klappe für dein Alter.« Birte funkelte sie böse an. »Aber denk bloß nicht, ich lasse mir das einfach so gefallen. Da kann dein Vater noch so berühmt sein.«

Ich erstarrte vor Schreck.

Mel lachte zynisch auf. »Keine Ahnung, was du meinst, alte Frau. Aber da ist der Ausgang.«

Mel deutete auf die Tür. Ich starrte Birte an und musste wohl kreidebleich geworden sein.

Sie sah von Mel zu mir und mit dem untrüglichen Gespür, das Haie haben, wenn sie in kilometerweiter Entfernung das Blut eines hilflosen Opfers wittern, spürte Birte Sauerland, dass sie soeben einen wunden Punkt getroffen hatte.

Ich riss mich mühsam zusammen und drängte sie in Richtung Ausgang. »Es ist wirklich besser, wenn du jetzt gehst.«

»Hab ich was Falsches gesagt? Ihr Vater ist doch berühmt.«

»Wie gesagt, keine Ahnung, was du meinst.«

Birte machte sich mit einem Ruck los.

»Glaub bloß nicht, du kannst mich verarschen. Die sieht dem so ähnlich, wie aus dem Gesicht geschnitten. Jeder Volltrottel merkt, dass das Vater und Tochter sind.«

Ich zischte sie nur an und hatte sie fast aus dem Laden gedrängt. »Halt die Klappe, Birte!«

Hinter meinem Rücken hörte ich Mels Stimme.

»Kannst du mir mal verraten, was die Alte meint?«

Die Situation begann, mir komplett zu entgleiten.

Ich drehte mich kurz zu ihr um. »Kannst du bitte die Haube ausschalten. Frau Hagen sieht schon so rot wie ein Hummer aus.«

Meine Ausrede war mehr als schwach, und Mel beschloss, sich die Antworten dann lieber selbst zu holen und baute sich vor Birte auf.

»Was reden Sie denn da von meinem Vater. Kennen Sie ihn?«

»Den kennt ja wohl jeder …«

»Birte! Raus jetzt!« Ich unterbrach sie panisch, schubste sie hinaus und machte alles nur noch schlimmer.

»Hey, warte.« Mel hielt mich zurück, und in Birtes Augen blitzte die Erkenntnis auf.

»Na, sieh mal einer an.« Sie lächelte wieder hämisch auf Mel herab. »Du hast keine Ahnung, wer dein Daddy ist. Hab ich recht?!«

Wie durch Watte hörte ich sie böse auflachen.

»Das ist ja mal ein Ding.« Sie blickte triumphierend zu mir. »Du triffst dich also heimlich mit ihm und erzählst der Kleinen kein Wort davon?«

Mel starrte uns beide verständnislos an, und Birte Sauerland fuhr genussvoll fort: »Na, dann will ich dir mal auf die Sprünge helfen, Kleine. Ich hab die beiden nämlich gesehen. Im Biergarten und sie schienen sich prächtig zu amüsieren.

Jedenfalls schien Tom Hansen sehr angetan zu sein von ihr. Obwohl er doch bald heiratet.«

»Tom Hansen?« Mel starrte Birte an.

»Ja, dein Vater, Tom Hansen.«

Ich schloss die Augen. Und fühlte, wie sich unter mir ein Abgrund auftat.

Kapitel 13

Bevor einem im Leben die wirklich schlimmen Dinge passieren, glaubt man, dass man in diesem Moment laut schreiend die Welt verflucht oder in Tränen ausbricht oder, falls ein anderer Mensch dafür verantwortlich ist, man sich auf diesen stürzt und ihn wie einen Berserker einfach ordentlich vermöbelt. Tatsächlich passieren ganz andere, viel banalere Dinge.

Als damals vor mehr als einem Jahr die beiden Polizisten bei mir im Laden standen, um mir zu sagen, dass meine beste Freundin gerade bei einem tragischen Fahrradunfall ums Leben gekommen sei, blieb ich ganz ruhig, bat die beiden um einen Moment Geduld, ging zurück zu dem jungen Mann, dem ich gerade die Haare geschnitten hatte und der an der Theke darauf wartete, sein Geld loszuwerden, und kassierte ihn ab. Dabei empfahl ich ihm noch ein Shampoo für seine trockene Kopfhaut und gab ihm Tipps, wie er seinem dünnen Haar mit etwas Gel mehr Volumen verleihen konnte. Dann ging ich wieder zurück zu den Polizisten, die mich ins Krankenhaus begleiten wollten, in das man Suse gebracht hatte. Es war damals so, als würde mein Innerstes auf eine Art Notstrom schalten und mich die naheliegenden Dinge tun lassen, die zu erledigen waren, nur um zu vermeiden, dass das Ungeheuerliche, das passiert war, in mein Bewusstsein dringen konnte. Denn dann wäre nichts mehr so, wie es vorher war. Und mit dieser Art von drastischen Veränderungen kann der Mensch nicht wirklich gut umgehen.

Bei Mel war es genauso. Sie hatte Birte Sauerland nur mit vor Schock leicht geöffnetem Mund angestarrt und leicht den Kopf geschüttelt. Birte merkte natürlich, was sie da angerichtet hatte, und ich war mir nicht sicher, ob sie darüber erschrocken war oder sich freute. Ich konnte es nicht herausfinden, denn Liesel stürmte unvermittelt aus ihrem Korb und stellte sich laut bellend vor sie, als spürte sie, dass mit Mel etwas nicht in Ordnung war. Obwohl Liesel alles andere als ein gefährlicher Hund war, konnten diese kleinen Wutattacken durchaus Respekt einflößen. Liesel ging jedenfalls aus dieser kurzen Konfrontation mit Birte Sauerland eindeutig als Siegerin hervor, und die machte endlich, dass sie hinauskam.

Es war merkwürdig still im Laden, und alle starrten mich oder Mel an.

»Mel …«, ich wollte beruhigend ihre Schulter streicheln, doch sie wich vor mir zurück, als wäre meine Hand ein Stück glühend heißer Kohle.

»Nicht … nicht jetzt …« Sie hatte sich umgedreht und war zu ihrer Kundin geeilt, die mit Shampoo in den Haaren darauf wartete, dass Mel ihre Arbeit beendete.

Herr Michalke beugte sich leicht zu mir vor und flüsterte mit belegter Stimme: »Stimmt das mit dem Hansen?«

Ich schloss die Augen und nickte nur knapp. Er tauschte daraufhin einen Blick mit Frau Wagner, deren einziger Kommentar »Auweia« war.

Dann machten wir uns alle wieder an die Arbeit, so, als wäre das, was soeben geschehen war, nur eine kurze Szene aus irgendeiner absurden Reality-TV-Show gewesen und hätte nichts mit uns und dem wahren Leben zu tun. Adele tönte aus den Lautsprechern der kleinen Musikanlage, die Trockenhaube summte vor sich hin, und ich hörte die Kundin mit Mel sprechen, die sie für ihre hervorragende Massage lobte. Und für einen Moment kam es auch mir so vor, als hätte ich das alles nur geträumt, als wäre nichts passiert. Was natürlich totales Wunschdenken war.

Während ich eine Kolorierung mischte und sie bei meiner Kundin auftrug, überlegte ich fieberhaft, wie ich Mel das alles erklären sollte. Vielleicht wäre es gut, den Laden über den Nachmittag zu schließen, uns bei Imre einen abgepackten Salat zu holen und damit irgendwo in den Park zu gehen, zu essen und zu reden. Es gab so viel zu erklären. Während ich Schicht um Schicht der Strähnchen auftrug, spielte ich in Gedanken alle möglichen Varianten durch, die unsere Unterhaltung nehmen könnte, und die meisten davon waren alles andere als erfreulich. Mel würde mich hassen. Das stand schon mal fest, egal, was ich sagen würde.

»Niki?!«

Ich blickte auf in das sorgenvolle Gesicht von Herrn Michalke. Er flüsterte wieder. »Ich glaube, Mel will gehen.«

Er deutete auf unser kleines Kabuff, aus dem in diesem Moment Mel kam. Sie hatte Liesel an der Leine und ihren schwarzen Rucksack geschultert.

»Mel?«

Sie sah kurz auf. Ihr Gesicht war ausdruckslos, weder wütend, noch überrascht oder traurig.

»Ich geh kurz mit Liesel raus«, war alles, was sie sagte, und ohne einen weiteren Blick verschwand sie. Ich sah ihr unschlüssig durch die große Scheibe unseres Ladens hinterher, wie sie mit Liesel die Straße überquerte, zwischen den geparkten Autos durchwuselte und in Richtung Grünanlage lief, die zwei Häuserblocks weiter zwischen den Altbauhäusern versteckt lag.

Herr Michalke sah mich mitleidig an und nahm mir dann das Schälchen mit der Kolorierung ab.

»Ich kann das hier für Sie übernehmen. Gehen Sie ihr ruhig hinterher. Reden Sie mit ihr.«

Genau davor hatte ich Angst.

»Ich hatte nicht den Eindruck, dass sie mit mir reden will«, gab ich kleinlaut zurück.

»Auch wenn sie's nicht will. Es wäre besser, wenn Sie's trotzdem tun.« Er lächelte ein aufmunterndes Lächeln.

Ich nickte und drückte ihm den Pinsel in die Hand, von dem die Kolorierung auf den Boden tropfte. »Okay.«

»Und lassen Sie sich Zeit. Ich komme hier schon klar.«

»Danke, Herr Michalke.«

Dann schnappte ich mir meine Tasche hinter dem Tresen und eilte hinaus auf die Straße.

Ich fand Mel mitten auf dem Rasen hockend im Schatten einer großen Kastanie. Liesel schnupperte in ihrer Nähe im trockenen Gras herum, ließ sich auf den Rücken fallen und verpasste sich eine kleine Massage, wobei sie ein zufriedenes Grunzen von sich gab. Als sie mich sah, sprang sie auf und kam erfreut bellend auf mich zugerannt.

»Is gut, Liesel. Brave Maus.« Ich strich ihr über den Kopf, während sie an mir hochsprang, dann ging ich neben Mel in die Hocke, die mich keines Blickes würdigte.

»Was dagegen, wenn ich mich dazusetze?«

Sie schüttelte den Kopf. »Musst du nicht im Laden sein, der ist doch rappelvoll.«

»Herr Michalke kriegt das hin. Jedenfalls hat er das gesagt.«

Ich lächelte und hoffte auf eine Reaktion von ihr. Doch sie starrte nur weiter auf die Grünfläche, beobachtete das Treiben um uns herum und Liesel, die ein paar Meter weiter damit begann, unter den Büschen nach Mäusen zu suchen und zu buddeln.

Einen Moment sahen wir ihr schweigend dabei zu.

»Stimmt's, was sie gesagt hat?«

Ich zuckte zusammen, als mich die Frage so unvermittelt traf.

»Ist dieser Typ, von dem sie gesprochen hat, echt mein Vater?«

»Ja.«

Mir schossen tausend Dinge durch den Kopf, die ich ihr sagen, erklären wollte, aber ich bekam keinen Ton heraus.

Sie sah mich einen langen Moment stumm an.

»Das ist krass.«

Sie sagte es todernst, und ich stieß ein Schnauben aus.

»Das ist es wohl.«

»Tom Hansen.« Sie schüttelte den Kopf. »Von dem hab selbst ich schon mal was gehört. Und du kennst ihn?«

»Na ja, kennen würde ich nicht gerade sagen. Ich habe ihn zweimal gesehen, mehr nicht.«

»Ich kapier das alles nicht, Niki.«

Ich legte ihr den Arm um die Schulter, was sie zu meiner Verblüffung widerstandslos geschehen ließ. Sie musste total unter Schock stehen.

»Das ist auch nicht ganz so leicht zu verstehen.«

Ich sah sie an. »Ich würde dir das alles gern erklären, Mel. Wenn du es hören willst.«

Sie sah mich wieder mit diesem verständnislosen Blick an, als würde ich irgendeine fremde Sprache sprechen und der Sinn meiner Worte gar nicht in ihr Bewusstsein dringen.

»Wenn du es nicht willst, dann können wir hier einfach auch nur sitzen und Liesel beim Buddeln zuschauen.«

Sie schüttelte leicht den Kopf. »Nein. Erzähl's mir. Erzähl mir alles. Bitte.«

Ihre Stimme klang dünn und leise und erinnerte so sehr an das kleine Mädchen, das sie, wie mir schien, vor einer halben Ewigkeit gewesen war, und das mit aufgeschlagenen Knien zu uns in den Laden kam, um sich über die Gemeinheiten ihrer Spielkameraden zu beschweren. Ich zögerte.

»Ich will's wirklich wissen, Niki.«

»Okay.« Und dann begann ich zu erzählen. Ich berichtete von dem Treffen in der schicken Villa in Zehlendorf, von dem gleichen Schock, den ich verspürt hatte, als ich die Wahrheit erfuhr. Ich erzählte von der Vereinbarung, die Suse mit Tom getroffen hatte, und der finanziellen Unterstützung, die er ihr und Mel über all die Jahre hatte zukommen lassen. Sie hörte aufmerksam zu, doch ich war mir nicht sicher, ob sie das alles auch wirklich verstand. Ich hatte damit gerechnet, dass sie wütend werden würde (wofür sie auch allen Grund hatte), wappnete mich innerlich davor, von ihr angeschrien und beschimpft zu werden, doch sie hörte mir nur ruhig und aufmerksam zu. Stellte hin und wieder eine Frage, hörte sich meine Antwort an und nickte dann.

Als ich meinen Bericht schließlich beendet hatte, saßen wir wieder schweigend da. Liesel hatte sich mittlerweile ausgetobt und lag vor Mel im Gras, den Kopf auf ihren Oberschenkel gelegt, und döste in der Sonne.

»Weißt du, warum sie es getan hat?« Mel sah mich mit zusammengezogenen Augenbrauen an, so als würde sie über ein Rätsel oder eine besonders schwere Matheaufgabe nachdenken. »Warum Mama gelogen hat und mir die ganze Zeit erzählt hat, sie wüsste nicht, wo mein Vater abgeblieben ist?«

Ich schüttelte den Kopf.

Sie schwieg wieder einen Moment, um dann unvermittelt zu fragen: »Ist er ein Arsch?«

»Puuhh …« Ich stieß wieder ein Stöhnen aus. »Keine Ahnung, ich kenne ihn eigentlich kaum.«

»Jemand, der sein eigenes Kind nicht kennenlernen, will muss doch ein Arsch sein.«

Ich konnte ihr nicht wirklich widersprechen.

»Andererseits hat er Mama unterstützt. Und mich natürlich auch. Also an der Kohle scheint's nicht gelegen zu haben.«

Ich sah sie etwas überfordert an. »Nun …«

Sie redete einfach weiter, als würde sie laut nachdenken. »Bei mir in der Klasse sind ein paar, da haben sich die Väter auch aus dem Staub gemacht. Sind zurück nach Kanada oder Australien oder sonst wo hin, damit sie keinen Unterhalt zahlen müssen.«

»Ich glaube, bei deinem Vater war's was andres.«

»Und was?«

Ich hatte nicht die leiseste Ahnung, was ich Mel darauf antworten sollte.

»Vielleicht solltest du ihn das selber fragen.«

Sie sah mich entsetzt an.

Ich holte mein Handy aus der Tasche. »Ich habe seine Telefonnummer. Wenn du willst, dann rufe ich ihn an und ihr könnt miteinander reden.«

Mel sprang auf und wich zwei Schritte zurück. Liesel bellte kurz erschrocken.

»Spinnst du?« Ihre Stimme überschlug sich fast vor Panik. »Ich will nicht mit dem reden! Das kannst du vergessen. Niemals!«

Ich stand ebenfalls auf und hob beschwichtigend die Hände.

»Ist ja gut. Alles klar. Du musst es auch nicht.«

Sie begann, nervös wie ein junges Fohlen vor mir im Gras auf und ab zu laufen.

»Der Typ hat sie doch nicht mehr alle. Der weiß, dass es mich gibt, und ignoriert mich einfach.«

Ich rieb mir überfordert die Stirn. Mel redete sich in Rage. Vermutlich sickerte die Erkenntnis langsam in ihr Bewusstsein, und die Schockstarre, in der sie sich befunden hatte, wandelte sich in blanke Wut. Ich konnte sie nur allzu gut verstehen.

»Und Mama, die hat das auch noch mitgespielt. Wie bescheuert ist das denn?«

»Sie hat bestimmt nur das Beste für dich gewollt, Mel.«

Sie lachte bitter auf. »Ach so? Das Beste? Und damit soll ich mich jetzt zufriedengeben.«

»Nein, natürlich nicht. Ich weiß, dass …«

»Du weißt?!« Sie unterbrach mich abrupt, und ich sah in ihren Augen blanken Teenagerzorn, was alles andere als ein gutes Zeichen war. »Du weißt gar nichts, Niki! Und du bist genau so ein Arsch wie dieser Tom Hansen oder Mama. Ihr habt mich alle belogen. Die ganze Zeit.«

»Das ist nicht wahr, Mel. Ich hatte bis vor ein paar Tagen keine Ahnung davon, das musst du mir glauben.«

»Ich glaube euch gar nichts mehr!«

Damit drehte sie ab und wollte aus dem Park stürmen.

»Liesel, komm wir gehen.«

Ich eilte ihr hinterher.

»Wo willst du denn jetzt hin?«

»Einfach mal allein sein, okay? Oder ist das zu viel verlangt?«

»Nein, natürlich nicht.«

Sie machte Liesel an der Leine fest und richtete sich wieder auf.

»Ich nehme mir den Nachmittag frei.«

»Okay.«

Dann stapfte sie wütend davon, Liesel an ihrer Seite, die Mühe hatte, Mels schnellen Schritten auf ihren kleinen Dackelbeinen zu folgen.

Ich sah den beiden hinterher, und in diesem Moment hätte ich nichts lieber getan, als Tom Hansen gegenüberzutreten, um ihm höchstpersönlich zu sagen, was für ein Riesenidiot er war. Mel hatte alles Recht der Welt, auf ihn sauer zu sein. Er war ein Arsch. Zumindest hatte er sich ihr gegenüber so verhalten.

Andererseits hatte Suse ihm dabei geholfen, irgendwie. Und Suse Schiller war so weit davon entfernt gewesen, ein Arschloch zu sein, wie man es sich nur vorstellen konnte. Warum nur hatte sie diesen einen großen Fehler begangen? Ich verstand es nicht. Und wenn ich es nicht verstehen konnte, wie konnte ich dann erwarten, dass Mel es begriff?

»Hey, was machst du denn hier?«

Mike kam aus der großen gläsernen Eingangstür des schicken Bürogebäudes, vor dem ich auf ihn gewartet hatte. Er schob sich die Sonnenbrille auf die Stirn und sah mich besorgt an. »Ist was passiert?«

»Kann man so sagen.«

Ich merkte die Panik sofort, die in ihm aufstieg, und bereute meine Worte umgehend. Seit Suses Unfall waren wir alle etwas sensibler geworden und rechneten im Zweifelsfall immer mit dem Schlimmsten.

»Nein, nicht das, was du denkst. Mit Benny ist alles in Ordnung. Mit Mel auch. So weit.«

Er atmete erleichtert aus. »Musst du mir so einen Schreck einjagen, Niki? Echt jetzt.«

»Tut mir leid.« Ich sah ihn entschuldigend an. »Das wollte ich nicht. Aber es ist etwas wirklich Blödes passiert, und ich weiß nicht, was ich jetzt machen soll.«

Er zeigte auf ein kleines, hippes Café gleich neben dem verspiegelten Bürogebäude.

»Lass uns einen Kaffee trinken. Der ist zwar total überteuert, aber wenigstens schmeckt er.«

Kurz darauf kam er mit zwei Tassen aus dem Verkaufsraum und stellte sie auf den kleinen Bistrotisch, der unter einem Sonnenschirm stand und wo ich auf ihn gewartet hatte. Auf dem kurzen Weg zum Café hatte ich ihm bereits die Katastrophe geschildert, die mit Birte Sauerland und den Herren der Innung am Morgen über uns hereingebrochen war. Er hatte nur die Augenbrauen hochgezogen, ein Brummen von sich gegeben (das verdächtig nach einem Schimpfwort klang) und war dann den Kaffee holen gegangen.

»Okay.« Er nippte an seiner Tasse, nachdem er sich drei Tütchen Zucker in den Milchschaum geschüttet hatte. »Das Gute an der Sache ist: Du musst Mel nichts mehr verheimlichen. Das ist doch schon mal was.«

Ich sah ihn unglücklich an.

»Das ist eine wirklich sehr positive Sicht auf die Dinge.«

»Es hätte auch schlimmer kommen können.« Er zwinkerte mir aufmunternd zu. »Sie hätte zum Beispiel richtig wütend auf dich sein können, dich verfluchen und mit unschönen Dingen bewerfen können.« Er lächelte aufmunternd. »Hat sie aber nicht. Und das ist, wie ich finde, ein positives Zeichen.«

In diesem Punkt hatte er durchaus recht. Wenn ich an die Mel dachte, die mir vor zwei Monaten noch vorgeworfen hatte, nichts auf die Reihe zu bekommen, wurde mir etwas bang ums Herz. Diese Mel hätte mich vermutlich gesteinigt.

»Und was mache ich jetzt?« Stöhnend vergrub ich das Gesicht in den Händen. »Darauf warten, dass sie mich doch noch zum Teufel jagt?«

»Gib ihr erst mal Zeit, das Ganze zu verdauen. Wenn sie mit dir reden will, dann rede. Wenn nicht, dann auch gut.«

Ich blickte auf und schenkte ihm ein ironisches Lächeln. »Seit wann bist du eigentlich zu so einem großen Teenagerversteher geworden?«

»Bin ich nicht, glaub mir. Aber an Mels Stelle würde mir vermutlich jetzt ziemlich der Kopf schwirren. Da sind gut gemeinte Ratschläge von Erwachsenen nicht sehr hilfreich.«

Ich nickte. »Okay. Ich lasse sie in Ruhe.« Ich nippte nachdenklich an meinem Kaffee. »Und hoffe, dass sie in der Zwischenzeit nicht irgendwelche Dummheiten anstellt.«

»Was soll sie denn machen?«

»Glaub mir, Mel fällt da bestimmt was ein.«

Einen Moment schwiegen wir und sahen auf das bunte Treiben vor uns auf dem Gehweg.

»Hast du ihm schon Bescheid gesagt?«

Ich blickte irritiert auf. »Wem soll ich Bescheid sagen?«

Mike verdrehte die Augen. »Dem Löffelschwinger?! Topfakrobaten?! Promikoch?!« Es schien, als würde er Hansen auch weiterhin nicht besonders gut leiden können.

»Nein.« Ich schüttelte den Kopf. »Mel wollte nicht mit ihm sprechen. Und ganz ehrlich, ich erst recht nicht.«

Ich spürte, wie die Wut auf Tom Hansen wieder in mir hochkochte. »Diesem Blödmann haben wir das alles doch zu verdanken! Wenn der nicht so feige oder bequem, oder was auch immer gewesen wäre, dann hätte ich jetzt kein Problem!«

Er sah mich einen Augenblick nachdenklich an, und ich bemerkte die Besorgnis in seinen Augen.

»Was denn? Ist doch wahr!«

Er nickte und wich meinem empörten Blick aus.

»Oh, Mike! Nun sag schon, was du sagen willst.«

»Na ja.« Er sah mich nicht an und spielte lieber mit der Tasse in seiner Hand. »An dem Problem ist ja auch Suse schuld. Sie hätte schon vor Jahren Mel die Wahrheit sagen können.«

Und damit sprach er den wunden Punkt an, der mir, seit ich die Wahrheit kannte, Sorgen machte.

»Ich sag dir jetzt mal etwas, das ich noch niemandem gesagt habe.« Er seufzte und rieb sich mit der Hand über die Augen. »Suse war einfach … sie war einfach der Hammer. Ich glaube, der Grund, warum das mit mir und ihr auf Dauer nicht funktioniert hat, war, dass sie in allem perfekt war. Sie hat einfach alles auf die Reihe bekommen, und ich …«

Er schüttelte den Kopf und suchte nach den richtigen Worten. »Ich war immer nur der Typ, der nichts ernst nahm und aus allem einen Spaß machte und dem man nicht vertrauen konnte. Ich glaube, sie hat mich nie richtig ernst genommen.«

Jetzt schaute er mich an, und es war tatsächlich eine Verletztheit in seinem Blick, die ich bei ihm noch nie gesehen hatte.

»Verstehe mich bitte nicht falsch, Niki, aber es spricht nicht gerade für mich, dass sie es eher dir zugetraut hat, sich um Benny und Mel zu kümmern.«

Aus irgendeinem Grund hatte ich plötzlich das Gefühl, mich verteidigen zu müssen.

»Keine Ahnung, was Suse sich dabei gedacht hat. Wie du weißt, bin ich auch nicht gerade ein Genie, was Lebensorganisation so angeht.«

Er schenkte mir ein müdes Lächeln.

»Ich weiß. Und das habe ich an dir immer gemocht.«

»Na prima. Bist du aus diesem Grund damals mit mir ins Bett gestiegen? Weil diese Chaotin dir keine Angst machte.« Ich schnaubte sauer auf. »Männer! Wollen eine starke Frau an ihrer Seite, die das Leben und die Kinder wuppt, aber auch nicht zu stark, weil sie euch dann Angst macht.«

Er hob abwehrend die Hände. »So hab ich das nicht gemeint. Und irgendwie nimmt unser Gespräch gerade eine etwas merkwürdige Richtung.«

»Du hast doch damit angefangen!«

»Okay, und damit wir uns nicht falsch verstehen: Ich will nichts von dir. Ich akzeptiere es, dass ich nur ein guter Freund für dich bin. Okay?«

»Gut.«

Aus irgendeinem Grunde schmerzten mich seine Worte mehr, als ich mir eingestehen wollte.

»Und was mache ich jetzt mit diesem Tom Hansen? Ihn anrufen oder lieber sein lassen?«

Er zuckte mit den Schultern. »Wenn du mich fragst, überlass Mel die Entscheidung.«

Ich hatte befürchtet, dass er so etwas in der Art sagen würde. Und insgeheim war ich erleichtert darüber. Tom Hansen zu erklären, dass sein toller Plan gerade grandios gescheitert war und er sich in absehbarer Zeit wohl doch seiner Verantwortung als Vater stellen müsste, befand sich nicht gerade ganz oben auf der Liste der Dinge, die ich gern tun wollte.

»Es gibt da noch was, über das ich mit dir reden wollte.«

Mike riss mich aus meinen Gedanken, und ich sah ihn fragend an.

»Ich wollte es eigentlich erst in unserem Urlaub ansprechen …«

Jetzt sah er wieder ernst und entschlossen aus, und das machte mir auch Angst.

»Es ist so: Die bei Zeero haben mich gefragt, ob ich nach dem Sommer voll bei ihnen anfangen will. In der Datensicherung.«

Mike schien tatsächlich gut in seinem Job zu sein, auch wenn er ihn nicht mochte. »Und was ist mit den Glückskeksen?«

Er lächelte müde. »Selbst wenn es irgendwann einmal gut läuft, werde ich damit bestimmt kein Vermögen verdienen.«

Ich verstand immer noch nicht so recht, auf was er hinauswollte.

»Das aus deinem Munde zu hören ist überraschend. Bis jetzt hast du dir doch nie viel aus Geld gemacht.«

»Ja, bis jetzt. Aber jetzt ist ja auch alles anders.«

Sein Lächeln war schuldbewusst. »Benny hat nur noch mich. Ich bin sein Vater und auf den muss er sich verlassen können.«

Langsam stieg ein Verdacht in mir auf, der mein Herz schneller schlagen ließ. Allerdings nicht vor Freude.

»Was genau willst du mir sagen, Mike?«

Er atmete tief durch. »Wenn ich den Job annehme, verdiene ich richtig Geld. Richtig viel Geld. Mehr als hunderttausend im Jahr. Ich könnte raus aus der WG und mir eine schöne große Wohnung leisten.« Er sah mich entschlossen an. »Groß genug für mich und Benny.«

Ich starrte ihn nur an, während der Sinn seiner Worte langsam in mein Bewusstsein sickerte.

»Du willst das Sorgerecht für Benny?«

Er wich meinem Blick nicht aus und nickte.

»Aber … du hast doch gesagt …«, ich starrte ihn an, völlig perplex.

»Ich weiß, ich weiß.« Er atmete tief durch. »Aber das war vor einem Jahr. Wir alle standen unter Schock nach Suses Unfall. Ich habe in diesem Jahr viel nachgedacht und mir ist klar geworden, wie schnell alles vorbei sein kann. Ich will mit Benny einfach nichts verpassen. Er ist mein Sohn, und ich liebe ihn.«

Was stimmte. Mike liebte Benny über alles, und soweit ich das beurteilen konnte, war er für ihn im letzten Jahr tatsächlich zum Vater geworden. Was mich betraf, so konnte man nicht gerade sagen, dass ich die Mutterrolle perfekt ausfüllte.

Einen Moment hing bedrücktes Schweigen zwischen uns.

»Denk einfach mal darüber nach, Niki.«

Ich spürte, wie er seine Hand auf meine legte, während ich keinen Ton rausbekam.

»Ich werde nichts tun, was Benny nicht auch will. Und was du nicht auch willst. Aber ich möchte, dass dir klar ist, wie ich mittlerweile die ganze Sache sehe.«

Ich rieb mir überfordert die Stirn. »Sorry, aber das wird mir gerade alles ein bisschen zu viel.«

Er nickte. »Kann ich verstehen. Und ich wollte dich wirklich nicht schocken.«

»Ist dir aber prima gelungen.« Ich lachte trocken auf. »Weiß Benny schon davon?«

Er schüttelte den Kopf. »Ich wollte, dass wir uns einig sind, bevor ich etwas sage.«

Und als wäre dieser Tag nicht schon chaotisch genug für mich gelaufen, trat eine weitere Hiobsbotschaft in mein Leben.

»Hey, Mike.«

Die Frauenstimme, die plötzlich über unseren Köpfen ertönte, ließ mich aufblicken. Vor uns stand eine attraktive junge Frau in luftiger Sommerkleidung und schob sich die Sonnenbrille in ihr langes kastanienfarbenes Haar. Sie sah sympathisch aus. Was weniger sympathisch war, war die Vertrautheit, mit der sie sich nun herunterbeugte und Mike auf den Mund küsste.

»Stella. Hi.« Mike sah von ihr zu mir und überlegte anscheinend, wie er mir das jetzt erklären sollte.

»Stella, das ist Niki.«

Stella reichte mir freundlich die Hand.

»Schön, dich kennenzulernen. Mike hat schon so viel von dir erzählt. Echt klasse, wie du dich um Benny kümmerst.«

Stella und Mike kannten sich offenbar mehr als gut.

Aus irgendeinem Grund schien es mir nicht besonders gut zu gefallen. Genauso, wie es mir nicht gefiel, dass er mit ihr über mich sprach.

»Hi, Stella.« Ich erwiderte die Begrüßung trotz allem höflich. Zumindest hoffte ich, dass ich mir meinen Unmut nicht anmerken ließ.

Sie legte Mike vertraut ihre schlanke Hand auf den Arm. »Du, ich muss noch mal zurück ins Büro. Irgendein Problem mit den Servern.«

»Wird's lange dauern?«

Mike sah sie tatsächlich bedauernd an.

»Vermutlich.«

»Ach.« Ich mischte mich nun auch in die Unterhaltung ein, bevor sie mich noch ganz vergaßen. »Du arbeitest auch bei Zeero? Dann seid ihr Kollegen?«

Sie lächelte so ein umwerfend strahlendes Lächeln, dass man ihr einfach nicht böse sein konnte. Und entblößte dabei zwei Reihen perfekter weißer Zähne, mit denen jeder Zahnpastahersteller sofort Werbung gemacht hätte.

»Wir sind Kollegen. Unter anderem.« Jetzt sah sie Mike wieder mit diesem Blick an, den ich nur von einer Gattung Mensch kannte: den frisch verliebten.

»Dann seid ihr …?« Ich blickte fragend von Stella zu Mike. »Ihr seid …?«

Mike rieb sich verlegen den Nacken.

»Ist noch ganz frisch. Und in der Firma halten wir's im Augenblick noch unterm Radar.«

»Wow!« Das war das Einzige, das ich in diesem Moment noch hervorbringen konnte. Der Tag war wirklich mies gelaufen. Und so ziemlich alles, was hatte schiefgehen können, war in einer Katastrophe geendet. Bis auf die Sache mit der Innung. Vielleicht kam da ja auch noch das dicke Ende. Aber dass Mike eine neue Freundin und nichts davon erzählt hatte, haute mich nun wirklich um.

»Du … du hast gar nichts von Stella erzählt.«

»Wie gesagt, ist alles noch ganz frisch.«

Ich räusperte mich unwohl und nahm einen Schluck von meinem Kaffee.

»Nee, du, ist ja auch völlig in Ordnung.«

Stella legte Mike wieder ziemlich besitzergreifend, wie ich jetzt fand, die Hand auf den Arm. Sie sah mich glücklich an. »Ich fand ihn schon bei unserem ersten Meeting toll. Aber dann habe ich ihn lieber ein wenig zappeln lassen. Bei den meisten Männern in Berlin stellt man ja früher oder später fest, dass man eine Mogelpackung bekommen hat.«

Jetzt lächelte sie wieder auf Mike herab, und das machte mich ausgesprochen sauer. Wovon sie so gar nichts mitbekam, denn sie schwärmte munter weiter.

»Mike ist eher eine Wundertüte.« Sie musste ihre Worte unterstreichen, indem sie Mike erneut einen Kuss auf den Mund gab. Er hatte nichts dagegen. Merkte er denn nicht, wie unangenehm die Situation für mich war?

»Das ist … echt … toll für euch«, hörte ich mich stammeln, und meine Mundwinkel verzogen sich zu einem angestrengten Lächeln. »Ich glaube, ich muss auch langsam mal los.« Ich sah demonstrativ auf meine Uhr und kramte in der Tasche nach meiner Geldbörse.

»Lass mal. Den Kaffee übernehme ich.«

Ich starrte ihn an. Er schien überhaupt nichts davon mitzubekommen, wie sehr mich die Tatsache, dass er hinter meinem Rücken mit einer Kollegin angebandelt hatte, verletzte.

»Ich bring Benny nach dem Fußballtraining zu dir, okay?«

»Ja, klar.«

»Und wenn was mit Mel ist, dann ruf mich an.«

Ich nickte und stand etwas unsicher auf.

»Dann bis später.« Ich versuchte, Stella ein freundliches Lächeln zu schenken und hoffte, dass es mir auch gelang.

»War nett, dich kennenzulernen, Stella. Vielleicht trifft man sich mal wieder.« Mein Gott, was redete ich denn da? Ich wollte diese Frau nie wiedersehen. Niemals. Und schon gar nicht an Mikes Seite.

Dann stürmte ich davon, ohne mich noch einmal umzublicken.

Als ich zurück in den Laden kam, war Mel nicht da. Nur Herr Michalke wartete mit sorgenvollem Blick auf mich. Er hatte die eine Hälfte der Damen wieder nach Hause geschickt und die andere mit seiner bedachten, genauen Art bedient. Sie machten einen zufriedenen Eindruck. Frau Wagners Frisur saß perfekt, und sie lächelte mich mitleidig an.

»Wie geht's denn der Kleenen?«

Ich atmete tief durch. »Ich würde sagen, den Umständen entsprechend. Sie ist ziemlich durcheinander.«

Oma Wagner schüttelte den Kopf. »Mein Gott, wat dit Kind so alles mitmachen muss.« Dann siegte ihre Neugier. »Und Tom Hansen? Is dit tatsächlich der Vater?«

Bevor ich antworten konnte, redete sie auch schon weiter.

»Klar isser dit, so ähnlich wie die sich sind. Also, verleujnen kann er die Kleene nich.«

Ihre Worte drangen wie durch Watte zu mir, während ich hinter den Tresen ging, meine Tasche abstellte und mechanisch die Kasse kontrollierte.

»Danke, Herr Michalke, dass Sie alles so gut gewuppt haben.« Ich meinte das ernst, der alte Herr war ein Geschenk des Himmels. »Wenn Sie wollen, dann können Sie ruhig schon gehen.« Ich zwinkerte ihm kurz zu. »Laden Sie Frau Wagner doch auf ein Eis ein. Den Rest mache ich allein fertig.«

Es kam natürlich ein empörtes Nein. Er würde wie jeder gute Kapitän das Schiff als Letzter verlassen.

Als er es aussprach, wurde mir klar, dass ich tatsächlich das Gefühl hatte, auf einem sinkenden Schiff zu sein. Alles um mich herum schien sich aufzulösen. Mel und ihr Vater, Benny und Mike. Birte Sauerland, die auf Biegen und Brechen meinen Ruin wollte.

Und zu allem Überfluss hatte Mike nun auch eine Freundin.

Wir machten etwas früher als geplant Feierabend, als die letzte Kundin endlich gegangen war. Oma Wagner wartete geduldig auf ihren Verehrer, und als wir uns verabschiedeten, drückte ich die beiden alten Herrschaften innig. Herr Michalke reichte seiner Angebeteten den Arm, den sie gern unterhakte. So wie es schien, hatte sich seine Hartnäckigkeit ausgezahlt, und die beiden steckten die Köpfe zusammen wie zwei frisch verliebte Teenager. Prima, dachte ich frustriert, der Berliner Sommer schien die Hormone in Wallung zu bringen. Jedenfalls bei der Mehrheit der Bevölkerung. Und ich gehörte zu der verschwindend kleinen Minderheit, der das nicht gelang.

Kapitel 14

In den folgenden Tagen gingen wir unserer Alltagsroutine nach, als hätte es diesen Vorfall mit Birte Sauerland nicht gegeben. Ich wartete darauf, dass Mel den Anfang machte. Doch es kam nichts. Sie schien diese ganze vertrackte Situation lieber mit sich alleine klären zu wollen und ignorierte selbst meine kleinsten Gesprächsansätze. Sie hatte mich nur an dem Abend des Tages, an dem sie die Wahrheit erfuhr, gebeten, ihrem kleinen Bruder kein Sterbenswörtchen zu verraten. Ich hielt mich daran, auch wenn es mir schwerfiel. Zum Glück war Benny so sehr mit seiner neuen Fußballleidenschaft und der Vorfreude auf unseren Müritz-Ausflug beschäftigt, dass ihm nicht weiter auffiel, wie still und in sich gekehrt Mel war.

Zwei Tage vor unserem Urlaub beschloss ich, nicht länger zu warten, und mit Mel über Tom Hansen zu sprechen. Es brachte ja nichts, das Thema, das wie eine dunkle Wolke über uns hing, weiter zu ignorieren.

Mel hatte sich nach der Arbeit im Laden in ihrem Zimmer eingeschlossen. Ich sah auf die Uhr. Es war kurz nach sechs, und Benny und Mike würden nicht vor sieben vom Fußballtraining zurück sein. Also hatte ich eine Stunde, Mel aus ihrer selbstgewählten Höhle herauszulocken.

Während ich Möhren, Zwiebeln und Tomaten für eine Bolognese klein schnitt (mein Standardessen und so ziemlich das Einzige, was mir immer gelang), dann den Salat putzte und das Hackfleisch aus der Kühlung nahm, legte sich Liesel auf ihr Kissen und ließ mich nicht aus den Augen. Sie erhoffte sich wohl eine kleine Leckerei für zwischendurch. An der Art, wie sie plötzlich den Kopf hob, die Ohren spitzte und in Richtung Flur blickte, erkannte ich, dass Mel aus ihrem Zimmer gekommen war. Sie hatte versucht, sehr, sehr leise zu sein.

»Mel?«

Sie hatte die Hand schon auf der Klinke zum Bad, als ich sie ansprach.

»Ich mache grad Nudeln und einen Salat, falls du Hunger hast.« Ich stand in der Küchentür und versuchte ein aufmunterndes Lächeln. »Vielleicht hast du ja auch Lust, mir ein bisschen dabei zu helfen?«

Sie sah schrecklich blass aus, und ihre Augen waren rot geweint. Am liebsten wäre ich sofort zu ihr gestürzt und hätte sie in den Arm genommen, um ihr die ganze Sache etwas leichter zu machen. Aber ich wusste, dass ihr meine Nähe viel zu viel war und ich damit eine Grenze überschreiten würde.

Sie schüttelte nur kurz den Kopf, drehte sich um und verschwand im Bad. Und ließ mich frustriert stehen. Ich blickte hinunter zu Liesel, die neben mir stand und erwartungsvoll zu mir aufblickte.

»Richtig, Liesel, nur nicht aufgeben. Du kriegst ’ne Möhre, aber mehr nicht.«

Die Bolognese köchelte bereits vor sich hin, und ich setzte gerade das Wasser für die Nudeln auf, als Mel im Türrahmen stehen blieb und mich eine Weile schweigend beobachtete. Liesel sprang erfreut auf und ließ sich von ihr kraulen.

Ich deutete auf unseren kleinen Küchentisch. »Magst du den Tisch decken? Die Soße ist fertig, aber ich wollte mit den Nudeln noch auf Benny warten.«

Sie kraulte Liesel noch einmal die Ohren, seufzte herzergreifend auf und begann dann stumm die Teller und das Besteck auf dem Tisch zu verteilen. Einen Moment arbeiteten wir schweigend nebeneinander her.

»Glaubst du, er findet mich schrecklich?«

Mels Stimme war leise und sehr bedrückt.

Ich sah sie fragend an. »Wer soll dich denn schrecklich finden?«

Sie verdrehte kurz die Augen, als hätte ich eine sehr offensichtliche Sache, wie etwa *ist es nachts dunkel?,* nicht erkannt.

»Hansen. Meinen …«, sie zeichnete Anführungszeichen in die Luft, und ihre Stimme triefte vor Ironie, »… Vater.«

»Natürlich nicht«, gab ich empört zurück. »Wie kommst du denn auf so was?«

»Na, so schwer ist das nicht. Immerhin verzichtet er seit fünfzehn Jahren darauf, mich überhaupt mal kennenzulernen.«

Da war was dran. Allerdings hatte Tom Hansens absolut arschmäßiges Verhalten nichts mit seiner Tochter zu tun.

»Glaub mir, Mel, daran bist ganz bestimmt nicht du schuld.«

Ich sah sie an und deutete auf den Tisch. »Setz dich mal hin. Und hör mir einen Augenblick zu, okay?«

Sie nickte vage. »Okay.«

Ich ruckelte meinen Stuhl so zurecht, dass ich sie direkt ansehen konnte, und nahm ihre Hände, die sie matt im Schoß verschränkt hatte, in meine. Sie war viel zu überrascht, um Widerstand zu leisten.

»Ich kann dir nicht genau sagen, warum dein Vater dich bislang nicht hat sehen wollen. Ich denke mal, das musst du ihn eines Tages selber fragen. Aber was ich hundertprozentig weiß, ist, dass es absolut nichts mit dir zu tun hat.«

Sie sah mich stumm an, und ich sah den Zweifel in ihren Augen. Warum nur mussten Teenager alles so persönlich nehmen und sich immer kleiner machen, als sie waren? In diesem Augenblick tat sie mir unendlich leid. Am liebsten hätte ich mich sofort in ein Auto gesetzt (das ich nicht hatte) und wäre nach Rügen gefahren (auch wenn ich keinen Führerschein besaß), um Tom Hansen mal ordentlich die Meinung zu sagen.

»Ich weiß, dass du mir das im Augenblick nicht so richtig glauben kannst, Mel. Aber vielleicht hat er ja auch einfach nur große Angst vor dir.«

»Wieso sollte man vor mir Angst haben?« Sie kniff verständnislos die Augen zusammen.

»Nicht direkt vor dir, aber vor der Verantwortung, die es nun einmal mit sich bringt, wenn man plötzlich ein Kind hat.«

»Na ja, ganz so plötzlich ist das ja wohl nicht. Ich bin fünfzehn!«

Ich musste lächeln. Der Punkt ging an sie.

»Und der weiß doch schon seit einer Ewigkeit, dass es mich gibt.«

Ich seufzte auf, und mir gingen die Argumente aus. »Auch wieder wahr.«

»So richtig kapieren tue ich das nicht.« Sie schnaubte und schüttelte missmutig den Kopf, ließ meine Hände aber nicht los.

»Willkommen im Club, Mel. Verstehen tut das vermutlich noch nicht mal Tom Hansen.«

»Mama hat es verstanden.« Sie sah mich wieder traurig an. »Sonst hätte sie doch was gesagt, oder?«

Damit hatte Mel nicht ganz unrecht. Suse musste es verstanden haben. Und ich verfluchte erneut die Tatsache, dass sie es versäumt hatte, mich in ihre Geheimnisse einzuweihen und ich mir nun eine Erklärung zusammenreimen musste.

»Ich glaube, es liegt daran, dass man, je länger man wartet, um ein Geheimnis oder eine Lüge aufzuklären, es immer schwieriger wird, es dann auch zu tun.«

»Na toll.« Sie schnaubte wieder, ließ meine Hände los und verschränkte trotzig die Arme vor der Brust. Ich sah diesen Teenagertrotz in ihren Augen aufblitzen, den ich nur zur Genüge kannte. »Im Grunde genommen erzählst du mir, dass meine Eltern ein paar feige Idioten waren.«

Es wäre zwar nicht meine Wortwahl gewesen, aber eigentlich hatte sie absolut recht. Suse und Tom waren feige gewesen. Und zumindest Tom Hansen war ein Idiot.

Liesel sprang auf und begann freudig zu bellen, und Mel und ich sahen auf. An der Wohnungstür hörten wir Bennys aufgeregte Stimme, die Mike erklärte, was er heute wieder für einen genialen Fußballtrick gelernt hatte. In den vergangenen Wochen hatte sich bei Benny der Wunsch, Profifußballer zu werden, verfestigt, und er sah sich schon als neuen Stürmerstar der Hertha.

Mel schaute mich eindringlich an. »Denk dran, kein Wort zu Benny.«

Im nächsten Augenblick kam er auch schon in die Küche und begrüßte seine große Schwester stürmisch.

»Toll. Bolognese. Ich hab soooooo einen Hunger.«

Hinter ihm erschien Mike. Einen Augenblick schien er überrascht zu sein, als er mich mit Mel friedlich in der Küche sitzen sah. Mit einem Nicken und einem Lächeln gab ich ihm zu verstehen, dass alles in Ordnung war. Er lächelte Mel an.

»Hi, Mel.«

»Hi.«

Ich deutete auf die Kochtöpfe. »Magst du zum Essen bleiben?«

Er schüttelte den Kopf. »Ein anderes Mal gern. Ich bin schon verabredet.«

»Verstehe.« Ich lächelte ironisch.

Einen Moment sah er mich zögernd an, unschlüssig, das Thema, das zwischen uns stand, anzusprechen oder nicht.

Mel und Benny hatten sich derweil auf die Töpfe gestürzt und die Nudeln aufgesetzt. Benny wollte unbedingt das Dressing für den Salat machen, und ich hatte schon alles für ihn bereitgestellt.

Ich nahm Mike am Arm und führte ihn aus der Küche.

Ich senkte meine Stimme leicht, als wir vor der Wohnungstür standen.

»Weiß Benny eigentlich schon von deiner neuen Freundin?«

Er blickte schuldbewusst auf den Boden. »Nein, natürlich nicht. Außerdem …«

Er hob den Blick, und für einen Moment blitzte wieder der alte Mike auf, der mir viel vertrauter vorkam als der Mann, in den er sich in den letzten Wochen verwandelt hatte.

»Ich weiß ja noch nicht mal, was das zwischen uns überhaupt ist. Also zwischen Stella und mir.«

Ich lachte kurz ironisch auf. »Wenn du mich fragst, das war schon sehr deutlich.«

»Keine Ahnung, was es ist. Affäre? Beziehung? Ich will mich erst mal nur auf Benny konzentrieren. Das ist jetzt das Wichtigste für mich, verstehst du das?«

Ja, ich verstand, was es allerdings nicht einfacher für mich machte.

Er senkte wieder die Stimme und blickte mich fragend an. »Hast du darüber nachgedacht?«

Ich lachte wieder kurz auf. »Über Benny? Du hast es mir quasi gerade erst erzählt. Besonders viel Zeit zum Nachdenken ist da nicht geblieben, oder was meinst du.«

Er wiegelte schnell ab. »Ja, klar, verstehe. Sag einfach Bescheid, wenn wir darüber reden können.«

Ich nickte und öffnete die Tür.

»Viel Spaß bei deiner Verabredung.«

Er nickte knapp. Dann rief er kurz in Richtung Küche: »Ich bin dann mal weg, Benny. Tschüss, Mel.«

Benny erschien im Flur und umarmte Mike stürmisch. »Tschüss, Mike, bis morgen.«

»Tschüss, Mike«, kam es aus der Küche von Mel.

Und dann war Mike verschwunden.

Wir aßen die Bolognese in der Küche, unterhielten uns über Fußball und den anstehenden Ausflug an die Müritz und die unangenehme Tatsache, dass die Sommerferien so gut wie vorbei waren und bald der mühselige Schulalltag wieder begann. Mel riss sich schwer zusammen, und wenn ich es nicht besser gewusst hätte, hätte ich schwören können, dass sie keinerlei Sorgen hatte.

Als wir abgewaschen hatten und die Küche wieder aufgeräumt war (wir hatten uns tatsächlich angewöhnt, das Chaos, das wir anrichteten, sofort wieder zu beseitigen), setzten wir uns ins Wohnzimmer, schauten eine dieser albernen Shows, machten witzige Kommentare über die Teilnehmer und aßen Chips und Erdnussflips dazu. Es war noch hell, als Benny gähnend in Richtung Badezimmer verschwand, um sich die Zähne zu putzen. Ich blieb mit Mel sitzen und beobachtete sie eine Weile, wie sie konzentriert auf ihrem Smartphone herumwischte.

»Mel?«

»Hmm…« Sie blickte nicht auf und starrte weiter auf das Handy.

»Ich glaube, ich werde dich ziemlich im Laden vermissen, wenn du wieder zur Schule gehst. Das hat wirklich Spaß gemacht mit dir.«

Jetzt blickte sie doch hoch und sah mich skeptisch an und schien zu prüfen, ob ich sie auf den Arm nehmen wollte.

»Wirklich. Du hast einen richtig guten Job gemacht.«

»Moment.« Sie hob die Augenbrauen. »Sagst du mir das jetzt, weil du mich irgendwie trösten willst?«

»Nein.«

»Oder brauchst du 'ne billige Arbeitskraft, die du ausbeuten kannst?«

Ich bewarf sie mit dem Sofakissen, das sie lachend auffing. »Hey …«

»Was ist das nur mit euch Teenagern?« Ich lachte ebenfalls. »Sagt man was Blödes, geht ihr vor Wut an die Decke. Sagt man was Nettes, glaubt ihr einem kein Wort.« Ich sah sie übertrieben frustriert an. »Das ist echt anstrengend.«

Sie warf das Kissen zurück. »Das ist nicht anstrengend, das ist cool.«

Und dann war irgendetwas auf dem Handy wieder wichtiger als ich oder das, was ich gesagt hatte.

Sie stand auf und schlurfte aus dem Wohnzimmer. »Ich bin in meinem Zimmer.«

»Okay. Schlaf gut, Mel.«

Sie hob kurz die Hand zum Gruß. »Du auch.«

Benny kam aus dem Bad zurück ins Wohnzimmer gestürmt. »Fertig. Darf ich noch ein bisschen lesen?«

Er hielt ein Fußballmagazin hoch, das Mike ihm geschenkt hatte.

»Klar, aber in einer halben Stunde komme ich und mache das Licht aus.«

»Super.« Damit stürmte er wieder hinaus, und ich fragte mich, ob er überhaupt noch irgendetwas in einem langsameren Tempo machen konnte. Die Idee mit dem Fußballkurs, die Mike gehabt hatte, war genial gewesen. So fröhlich und ausgelassen hatte ich Benny seit einem Jahr nicht mehr erlebt. Die

Bewegung, das Spiel mit den anderen Fußballjungs und die Zeit, die er mit Mike verbrachte, schienen bei ihm Wunder zu wirken.

Ich starrte auf den Fernseher, ohne wirklich wahrzunehmen, was sich dort abspielte, und in meinem Kopf überschlugen sich die Gedanken. Mal wieder.

In knapp sechs Wochen war Mike etwas gelungen, was mir in einem Jahr nicht möglich gewesen war. Benny war aufgeblüht und war aus seiner Höhle gekrochen, in die er sich zurückgezogen hatte, seit Suse gestorben war und nichts ihn hatte mehr aufheitern können. Auf jeden Fall nichts, was ich hätte tun oder sagen können. Jetzt erinnerte er mich wieder an den fröhlichen, unbekümmerten Jungen, der er vor diesem schrecklichen Unfall gewesen war. Vielleicht war es ja genau das, was Benny brauchte. Seinen richtigen Vater, mit dem er seinen Alltag teilen konnte.

Liesels feuchte Nasenspitze stupste mich an und sie stand mit fragenden Augen vor mir.

»Na, du Motte. Willst du auch auf die Couch?«

Sie winselte leicht, was ich als Zustimmung interpretierte. Also hob ich sie am Bauch hoch, um ihr auf die Couch zu helfen. Sie drehte sich ein paar Mal um die eigene Achse, ließ sich mit einem hörbaren Schnaufen an meiner Seite nieder und sortierte ihre Pfoten. Als alles an dem Platz war, an dem es ihrer Meinung nach hingehörte, seufzte sie einmal schwer und legte dann den Kopf auf meinem Oberschenkel ab. Sie blickte mich erwartungsvoll an. Als ich anfing, ihre flauschigen Ohren zu kraulen, schloss sie genussvoll die Augen. Nun, zumindest mit Liesel schien ich alles richtig zu machen.

Liesel blieb auch später in der Nacht an meiner Seite, als Mel und Benny längst tief und fest schliefen, ich den Fernseher ausgeschaltet und meinen Schlafplatz auf der Couch hergerichtet hatte. Ich hörte ihr zufriedenes Schnaufen und Brummen, und das hatte etwas sehr Beruhigendes.

Trotzdem konnte ich nicht einschlafen.

Falls Mike es tatsächlich ernst meinte, er endlich so etwas wie ein geregeltes Leben führte und Unmengen von Geld verdiente, mit dem man sich selbst im teuren Friedrichshain oder Prenzlauer Berg eine schicke Wohnung leisten konnte, dann würde er früher oder später das Sorgerecht für Benny haben wollen, egal, was ich dazu sagen würde. Er würde es vermutlich auch gegen meinen Willen beantragen.

Ich spürte genau, dass die Bindung zwischen Benny und ihm im letzten Jahr sehr innig geworden war. Viel inniger als zu mir. Mel hingegen wurde immer erwachsener. Sie war jetzt fünfzehn und bereit, ihre Flügel auszubreiten und flügge zu werden, das war mir in den letzten Wochen bewusst geworden, als wir so viel Zeit gemeinsam in Schillers Locke verbracht hatten. In absehbarer Zeit würde das, was meine kleine Familie war, Geschichte sein. So viel stand fest.

Bei dem Gedanken, dass Mike dann zusammen mit Benny und dieser Stella, die blöderweise einen wirklich netten Eindruck machte, bestimmt seine eigene kleine Familie gründen würde, wurde ich noch unruhiger. Vielleicht wollten die ja eigene Babys. Ich schloss stöhnend die Augen und sah mich zwanzig Jahre in der Zukunft, als einsame Frau mittleren Alters, die tagaus tagein in ihrem kleinen Friseurladen ums wirtschaftliche Überleben kämpfte, während um sie herum das wahre Leben tobte.

Es machte mir mehr aus, als ich jemals gedacht hätte. Und in meiner Magengrube spürte ich bitter den Schmerz der Zurückweisung und Eifersucht. Was völlig idiotisch war. Ich selbst hatte Mike klar zu verstehen gegeben, dass ich nichts von ihm wollte. Und er hatte sich daran gehalten. Warum tat es dann doch so weh? Ich verstand meine eigenen Gefühle nicht mehr, und während ich noch darüber nachdachte, schlief ich endlich ein.

Das nervige Bimmeln meines Handys weckte mich aus einem unruhigen Schlaf. Benommen tastete ich danach und warf einen Blick aufs Display. Es war kurz nach sechs, und die Nummer auf dem Handy kannte ich nicht. Ich beschloss, den Anrufer zu ignorieren, und tatsächlich verstummte nach ein paar Augenblicken der Klingelton. Erleichtert schloss ich die Augen, bereit, wieder in den süßen Schlaf des Vergessens zu versinken, als mich der Klingelton erneut aufschreckte. Es war die gleiche Nummer. Wer auch immer am anderen Ende der Leitung war, er schien mich wirklich dringend sprechen zu wollen.

»Niki Schmidt hier. Hallo?«, murmelte ich verschlafen, um eine Sekunde später erschrocken aufzuschrecken.

»Ich dachte, wir hätten eine Abmachung! Wie kommen Sie dazu, so eine miese Nummer abzuziehen?« Die Stimme war sehr aufgebracht und wütend. Und zudem auch noch sehr laut. Da schien jemand ernsthaft sauer zu sein.

»Häh … ich hab keine Ahnung, was Sie meinen. Sie müssen die falsche Nummer erwischt haben.«

Ich hörte den Anrufer erbost aufschnauben.

»Hier ist Tom Hansen, und ich habe bestimmt nicht die falsche Nummer gewählt!«

Ich setzte mich irritiert auf. Tom Hansen? Was wollte der denn von mir? Und das auch noch zu dieser Uhrzeit?

»Äh … Herr Hansen, hallo.«

»Verdammt! Warum haben Sie das gemacht?«

»Ich habe keine Ahnung, was Sie meinen. Ich habe nämlich gar nichts gemacht.« Ich dachte einen Moment verwirrt nach. »Auf jeden Fall kann ich mich nicht daran erinnern, irgendetwas gemacht zu haben, was Sie dazu bringen könnte, mich um sechs Uhr morgens wie ein Idiot anzubrüllen.«

Ich rutschte angespannt auf die Kante des Sofas.

»Sie haben also nichts gemacht?«, kam es noch immer wütend aus dem Handy.

»Nein. Das sagte ich bereits.«

»Und warum ruft mich dann dieser schmierige Reporter der größten Klatschzeitung des Landes an und will ein Statement über meine verstoßene Tochter?«

Mir wurde für einen Moment ganz flau im Magen. »Was?«

»Er wusste es, Frau Schmidt. Die ganze Geschichte. Dass ihre Mutter tot ist, dass sie keine Ahnung hatte, wer ihr Vater ist, dass sie wie Aschenputtel in einem Friseurladen arbeiten muss, während ihr reicher und berühmter Vater die böse Stiefmutter heiratet! Verdammt noch mal! Haben Sie eine Ahnung, was Sie damit angerichtet haben?«

Langsam dämmerte mir, was das Problem war. Und es hatte das Potenzial, mein ohnehin schon nicht an Problemen armes Leben um einiges zu verschlimmern.

»Hören Sie, Herr Hansen. Ich habe mit niemandem gesprochen, okay?!« Noch während ich es aussprach, dämmerte mir, dass es nicht ganz die Wahrheit war. »Also mit niemandem von der Presse.«

»Und woher sollen die das alles dann wissen?«

Nun, das konnte ich mir denken.

Eins musste man Birte Sauerland lassen, sie war nicht nur clever, sie verschwendete auch keine Zeit.

»Ich habe da so eine Ahnung.« Und bevor er nachfragen konnte, ergänzte ich: »Das ist etwas kompliziert. Es gab da vor ein paar Tagen einen kleinen Zwischenfall mit einer Kollegin von mir. Erinnern Sie sich an die Frau, die uns im Biergarten angesprochen hat? Ich kann mir denken, dass sie dahintersteckt.«

Einen Moment herrschte Schweigen am anderen Ende der Leitung, und ich konnte förmlich hören, wie seine Gehirnzellen angestrengt arbeiteten und er die Möglichkeit abwog, dass ich eventuell die Wahrheit sagte.

»Herr Hansen? Sind Sie noch dran?«

Ein tiefer Seufzer. »Ja, ich bin noch dran.«

»Was wollen Sie jetzt machen?«

Ein trockenes, sehr zynisches Lachen kam durch den Lautsprecher des Handys. »Ich werde versuchen, irgendwie diesen Tag zu überstehen. Was angesichts der Tatsache, dass ich um zwölf Uhr heute Mittag meine Verlobte vor ungefähr dreihundert Gästen in der Schiffskapelle von Bentow zum Traualtar führe, eine echte Herausforderung ist.«

»Oh!« Seine Hochzeit. Die hatte ich gar nicht mehr auf dem Schirm gehabt. Und schon gar nicht, dass sie heute stattfand.

»Oh?! Das ist alles, was Sie dazu zu sagen haben?«

»Passen Sie auf, ich denke, ich weiß ja, wem wir das zu verdanken haben, und ich werde mich darum kümmern.« Was eine ziemlich harmlose Beschreibung dafür war, dass ich Birte Sauerland den Hals umdrehen würde. »Und da wir schon mal beim Thema sind: Mel kennt mittlerweile auch die Wahrheit. Sie weiß, dass Sie ihr Vater sind.«

Wieder ein bedrücktes Schweigen. Seine Stimme klang jetzt fast ein wenig ruhiger.

»Und … und wie hat sie reagiert?«

»Na wie wohl? Sie war super begeistert und konnte sich vor Freude kaum halten.« Ich verdrehte genervt die Augen.

»Wirklich?«, kam es erstaunt zurück.

»Oh, Mann, natürlich nicht! Mel ist stinksauer auf Sie und das absolut zu Recht. So sauer, dass sie Sie nicht sehen, hören oder sonst was von Ihnen will.«

»Verstehe.«

»Ich glaube, Sie verstehen nicht ansatzweise, was in Ihrer Tochter vorgeht, aber egal.«

Ich atmete tief durch und riss mich zusammen, um ihm nicht noch weitere Vorhaltungen zu machen. Es war sowieso umsonst, denn egal, was er tun würde, es würde Mels Verletzung niemals heilen.

»Und was unternehmen Sie jetzt wegen dieser Zeitung?«

Er atmete einmal schwer durch. »Ich habe sie hingehalten und ihnen eine Exklusivstory angeboten, wenn sie dafür sorgen, dass die Hochzeit heute ohne Probleme über die Bühne gehen kann.«

Das überraschte mich. »Und die sind darauf eingegangen?«

»Ja.«

»Na, das sind doch mal gute Neuigkeiten.«

»Kommt drauf an.« Er zögerte einen Moment. »Die wollen natürlich auch ein Exklusivinterview mit Mel. So was wie eine Homestory. Vater. Tochter. Stiefmutter.«

»Ich glaube nicht, dass Mel sich darauf einlassen wird.«

Etwas überfordert rieb ich mir über die Stirn.

»Wenn ich genauer darüber nachdenke, bin ich mir sogar ziemlich sicher, dass sie es nicht tun und Sie zum Teufel jagen wird.«

»Okay, und was schlagen Sie stattdessen vor?«

Dafür, dass er bis zum Hals in Schwierigkeiten steckte, klang seine Stimme ganz schön fordernd, wie ich fand.

»Ich schlage vor, dass Sie sich mit Mel treffen.«

»Aber sie will mich doch gar nicht sehen!«

»Mit Teenagern kennen Sie sich echt nicht so gut aus, was?« Ich verdrehte wieder genervt die Augen.

»Sie will nicht den *ersten* Schritt machen. Sie will, dass Sie auf sie zukommen, kapiert?«

»Kapiert.«

»Also überlegen Sie sich, wie Sie das hinbekommen und rufen mich dann an.«

»Okay.« Das klang nicht gerade begeistert.

»Ach, so.« Mir fiel noch etwas Wichtiges ein. »Und vielleicht sollten Sie Ihrer Verlobten erzählen, was los ist. Und zwar bevor Sie sie heute zum Traualtar führen.«

Bevor er noch etwas erwidern konnte, beendete ich die Verbindung und warf das Handy sauer auf den Tisch.

Liesel war auch aufgewacht und kämpfte sich durch die Decken an meine Seite, gähnte ausgiebig und sah mich dann verschlafen an. Ich kraulte das weiche Fell hinter ihren Ohren und sah sie deprimiert an.

»O Mann, Liesel, was soll aus dieser ganzen Nummer denn noch alles werden?«

Liesel gähnte erneut und schien darauf auch keine passende Antwort zu haben.

Kapitel 15

»Ich habe ja schon immer gewusst, dass du eine ganz miese Schlampe bist, Birte Sauerland. Aber dass du so mies bist, war mir nicht klar.«

Zwanzig Augenpaare richteten sich auf mich, und in dem schicken, durchgestylten Laden in Berlins angesagter Mitte herrschte Totenstille. Birte Sauerland stand perfekt gestylt hinter der futuristischen Theke und starrte mich entsetzt an.

Ich baute mich vor ihr auf. »Ist klar, dass du mich nicht leiden kannst. Und es ist klar, dass du dir meinen Laden unter deine gierigen Finger reißen willst, aber musst du das Mel antun? Mein Gott, sie ist erst fünfzehn! Und sie hat ihre Mutter verloren!«

Birte starrte mich noch immer sprachlos an. Vermutlich kam es nicht oft vor, dass irgendjemand so mit ihr sprach. Allerdings wurde es höchste Zeit, dass sie diese Erfahrung machte. So wie sie mit ihren Mitmenschen umging.

Ich war nach dem Telefonat mit Hansen unter die Dusche gesprungen, um einen klaren Kopf zu bekommen und um mir zu überlegen, was ich jetzt machen sollte. Auf jeden Fall musste ich Mel möglichst schonend beibringen, was in den nächsten Tagen auf sie zukam: Vater, Stiefmutter und ungefähr jeder Klatschreporter des Landes. Während das lauwarme Wasser über meinen Kopf rann (es war immer noch unerträglich heiß in Berlin), war ich zu der Erkenntnis gelangt, dass es vielleicht besser war, damit erst mal zu warten. Und mir die Schuldige für das Desaster persönlich vorzuknöpfen. Denn diesmal sollte Birte Sauerland mit ihrer miesen Masche nicht ungestraft davonkommen.

Also hatte ich nach der Dusche Mel geweckt, sie gebeten, Benny zu seinem Training zu bringen, mit Liesel eine Runde zu machen und dann mit Herrn Michalke wie gewohnt den Laden aufzuschließen. Ich würde später dazukommen. Und dann hätten wir wohl etwas Wichtiges zu besprechen.

Mel hatte widerspruchslos zugestimmt (vermutlich war sie einfach noch zu verschlafen, um Widerstand zu leisten), und ich war in Richtung Mitte aufgebrochen, wo Birte Sauerlands Hauptgeschäft, der Flagstore ihres Berliner Hairstyle-Imperiums, lag.

Obwohl es noch früh am Morgen war, war ihr Laden, der mit seiner klinischen Eleganz mehr an den Applestore eine Querstraße weiter erinnerte, bereits rappelvoll, und das kam mir gerade recht. Sie blickte mich immer noch wie paralysiert an, öffnete den Mund, so, als wollte sie etwas sagen, und bekam vor lauter Schreck keinen Ton heraus.

»Verdammt noch mal!« Ich schlug mit der flachen Hand auf die weiße, in Lackoptik verblendete Theke und sah zufrieden, wie sie zusammenzuckte. »Was. Sollte. Das.«

Sie starrte mich an und schüttelte den Kopf.

»Du hast nichts dazu zu sagen?«

»Nein …« Ihre Stimme klang sehr dünn.

»Aber mit diesem Typen von der Presse hast du prima reden können?«

Wieder kam ein Zaghaftes: »Nein …«

»Du hast nicht mit dem Reporter vom ›Berliner Blitz‹ gesprochen?«

Sie schüttelte erneut den Kopf und starrte mich an wie das Kaninchen die Schlange.

»Du bist so ein feiges Miststück, Birte. Hast noch nicht mal den Schneid, es zuzugeben, wenn du was verbockt hast.«

Ganz langsam kam wieder Leben in die wie zur Salzsäule erstarrte Frau.

»Ich … ich … »

Sie blickte zu einer ihrer Angestellten, die peinlich berührt die Szene verfolgte. »Betty! Sag dem Sicherheitsdienst Bescheid!«

Ich lachte zynisch auf. »Du hast einen Sicherheitsdienst?«

Ihr Kopf fuhr herum, und nun erkannte ich Mordlust in ihren Augen. »Ja, den habe ich. Und wenn du nicht augenblicklich das Geschäft verlässt, dann wird es sehr unangenehm für dich.«

Aus den Augenwinkeln sah ich, wie besagte Betty mit jemandem am Handy sprach und auch die anderen Anwesenden zu tuscheln begannen. Es wurde Zeit, den Rückzug anzutreten.

»Ich verspreche dir, Birte, das wird dir alles noch sehr, sehr leidtun. Tom Hansen wird dich fertigmachen, das kann ich dir versprechen. Da hast du dich mit dem Falschen angelegt.«

Ich hatte nicht die geringste Ahnung, ob meine Drohung stimmte. Aber es tat gut, es auszusprechen. Immerhin war dieser Mann, im Gegensatz zu mir, reich und berühmt. Und wenn er heute Nachmittag mit seiner Braut an der Seite aus der Kirche trat, vermutlich noch reicher und berühmter. Wenn ich so darüber nachdachte, war ich mir ziemlich sicher, dass Birte Sauerland eine Menge Ärger erwartete. Was mir eine gewisse Genugtuung bescherte.

Mit einem letzten verächtlichen Blick wandte ich mich ab und war so plötzlich, wie ich in den Laden gekommen war, auch wieder verschwunden.

Auf dem Rückweg zu Schillers Locke malte ich mir in den schillerndsten Farben aus, wie Tom Hansen mit all seinem Geld und seiner Berühmtheit sich an Birte Sauerlands Verrat rächen würde. Es waren sehr angenehme Tagträume.

Herr Michalke war allein im Laden und empfing mich mit besorgter Miene.

»Gut, dass Sie da sind, Niki.«

»Morgen, Herr Michalke. Sorry, ich musste noch mal kurz bei Birte Sauerland vorbei.« Während ich meine Tasche hinter den Tresen stellte und einen kurzen Blick in mein Terminbuch warf, redete ich weiter. »Und keine Angst. Ich habe die blöde Kuh am Leben gelassen. Auch wenn's mir schwergefallen ist.« Bei der Erinnerung an ihren entsetzten Gesichtsausdruck musste ich lächeln. Sie hatte tatsächlich Angst vor mir gehabt. Gut. Denn genau das hatte die blöde Schnepfe verdient.

»Ist Mel hinten? Oder hat sie Sie mit der ganzen Arbeit allein gelassen?« In mir stieg leichter Ärger auf. »Sie hatte mir versprochen, dass sie Ihnen hilft.«

Herr Michalke trat etwas verlegen von einem Fuß auf den anderen und machte den Eindruck, als würde das Jüngste Gericht bei ihm anklopfen und um Rechenschaft für die Taten seines immerhin 87-jährigen Lebens bitten.

»Mel hat mir hoch und heilig versprochen, dass alles mit Ihnen abgesprochen ist und ich mir keine Gedanken machen soll.«

Er atmete herzergreifend durch, und die Verzweiflung stand ihm ins Gesicht geschrieben.

»Ich hätte mir denken müssen, dass da was nicht stimmt. Es tut mir so leid.«

So langsam keimte in mir der unschöne Verdacht, dass Mel etwas angestellt hatte, das meinen ohnehin schon miesen Morgen noch einmal kräftig nach unten ziehen würde.

»Was ist denn los? Was hat Mel angestellt? Außer Sie hier allein zu lassen.«

Er deutete auf die Kasse. »Sie hat sich die Einnahmen und das Wechselgeld genommen und dann ein Busticket im Internet bestellt.«

Ich starrte ihn mit offenem Mund an. Mit allem hatte ich an diesem ohnehin schon recht verrückten Morgen gerechnet. Doch ich musste zugeben … damit nicht.

»Was?«

»Das Wechselgeld genommen und dann …«

»Den Teil habe ich verstanden, Herr Michalke.« Ich winkte ab. »Was ich eigentlich wissen will, ist, warum hat sie denn so was gemacht?«

Er zuckte mit den Schultern. »Das hat sie leider nicht verraten. Aber sie meinte, Sie würden das bestimmt völlig okay finden.«

Ihm schien noch etwas Wichtiges einzufallen, denn er holte aus der Tasche seines Meisterkittels einen Umschlag hervor.

»Oh, und das soll ich Ihnen auch geben.«

Auf dem Umschlag stand mein Name, und es war eindeutig Mels Handschrift. Hastig riss ich ihn auf und entnahm das kleine Blatt Papier mit unseren Logo, das von dem Abrissblock stammte, auf dem ich normalerweise für unsere Kunden die nächsten Termine aufschrieb.

Liebe Niki,
du hattest recht. Bin auf dem Weg nach Rügen, um meinem »Vater« Hallo zu sagen. Sorry wegen der Kohle (es folgte ein Tut-mir-leid-Emoji).
Mel

P.S. Kann sein, dass sich ein Typ von der Zeitung bei dir meldet. Falls ja, sag ihm, ich nehme das von jetzt an allein in die Hand.
Mel

P.P.S. Der Reporter-Typ ist ein Idiot.
Mel

Ich starrte auf den Zettel und versuchte zu verstehen, was sie mir sagen wollte. Rügen? Zeitung? Reporter? Was hatte Mel mit alldem zu tun? Ich blickte ratlos zu Herrn Michalke auf, der noch immer mit furchtbar schlechtem Gewissen vor mir stand. Und dann begriff ich es. So wie es schien, hatte ich Birte Sauerland heute Morgen völlig zu unrecht den Tag versaut.

Das kleine, völlig überteuerte und gut klimatisierte Hipster-Café war brechend voll, sodass ich lieber draußen in der Hitze unter einem Sonnenschirm angespannt darauf wartete, dass Mike aus den Glastüren des schicken Zeero-Bürogebäudes kam. Liesel war an meiner Seite, hechelte etwas und verstand die ganze Aufregung nicht. Ab und an blickte sie zu mir hoch und schenkte mir einen ihrer vorwurfsvollen Dackelblicke. Sie wäre wohl lieber bei Herrn Michalke im Laden geblieben.

Nachdem mir klar geworden war, was Mel angestellt hatte, hatte ich genau das getan, was ich in den letzten Monaten immer getan hatte, wenn's bei mir brenzlig wurde. Ich rief Mike an und schilderte ihm das ganze Drama. Jetzt stand ich hier und wartete darauf, dass er mir einmal mehr dabei half, meine aus den Fugen geratene Welt wieder ins Lot zu bringen. Als ich ihn endlich erblickte, stürmte ich auf ihn zu.

»Mike! Dafür werde ich dir ewig dankbar sein!«

Er schob seine Sonnenbrille ins Haar und schenkte mir ein schiefes Lächeln. Dann zog er mich am Arm leicht hinter die nächste Häuserecke.

»Lass uns schnell verschwinden.« Liesel folgte uns verdutzt und schien etwas beleidigt zu sein, dass Mike ihr keine Aufmerksamkeit schenkte.

»Wenn mein Chef mitkriegt, dass ich nicht die Sommergrippe habe, sondern auf dem Weg nach Rügen bin, war's das mit der Beförderung.« Er deutete auf ein rotes

Mini-Cabrio mit silbernen Streifen im Retro-Schick, das am Straßenrand geparkt war. »Wir können Stellas Wagen nehmen.«

Ich spürte wieder diese leichte Eifersucht in mir aufsteigen. »Du hast ihr davon erzählt?«

»Natürlich hab ich das.« Er sah mich erstaunt an. »Warum denn nicht?«

Ich wusste, dass meine Argumente kindisch waren. Es änderte allerdings nichts daran, dass ich sie trotzdem aussprach.

»Weil es sie nichts angeht. Das ist allein unsere Sache.«

»Unsere?« Er hob verärgert die Augenbrauen.

»Ja! Unsere! Das ist … das ist eine Familienangelegenheit. Und soweit ich mich erinnern kann, gehört sie nicht dazu.« Ich öffnete mit Schwung die Beifahrertür. »Jedenfalls noch nicht.«

Mike atmete tief durch. »Weißt du, Niki, du bist …«

»Ich bin am Rande eines Nervenzusammenbruchs, wenn du nicht endlich mal aus dem Quark kommst.«

Ich hob die verdutzte Liesel in den Fußraum des Wagens und setzte mich dann auf den Beifahrersitz. Der Wagen sah aus, als wäre er funkelnagelneu. Und roch auch so. Mike folgte uns nach einem erneuten heftigen Durchatmen, um seinen Unwillen in den Griff zu bekommen. Ich sah ihn von der Seite an.

»Benny wartet am Fußballplatz auf uns. Da müssen wir noch vorbei.«

Mike nickte knapp und startete den Wagen. Bevor er losfuhr, warf er mir noch einen Seitenblick zu. »Ich finde es übrigens sehr nett von Stella, uns ihren Wagen zu leihen. Damit wir Mel, die sie nicht kennt, und diesem Vollhorst Hansen, den sie auch nicht kennt, aus der Patsche zu helfen.« Er hob die Hand, bevor ich protestieren konnte. »Und obwohl sie eine Tierhaarallergie hat.«

Ich stieß nur ein dumpfes Schnauben aus und streichelte Liesel über den Kopf, die mich fragend ansah.

»Tierhaarallergie … pfff … als ob du was dafür kannst, Liesel.«

Mike warf mir erneut einen genervten Blick zu. »Für jemanden, der kein Auto und keinen Führerschein besitzt, meine Liebe, lehnst du dich gerade ziemlich weit aus dem Fenster.«

Womit er nicht ganz unrecht hatte. Ich schenkte ihm ein falsches Grinsen, und er fuhr ohne einen weiteren Kommentar aus der Parklücke und fädelte sich in den Verkehr ein.

Noch im Laden hatte ich versucht, Tom Hansen anzurufen, aber er ging nicht an sein Telefon. Vermutlich war er schon auf dem Weg zum Standesamt oder zur Kirche oder hatte irgendetwas anderes wahnsinnig Wichtiges zu tun. Was angesichts der Tatsache, dass schließlich sein Hochzeitstag war, auch nicht weiter verwunderlich war. Schließlich hatte ich ihm auf die Mailbox gesprochen und kurz erklärt, was passiert war. Er sollte sich am besten schon mal innerlich darauf vorbereiten, in absehbarer Zeit einem höchst wütenden Teenager gegenüberzustehen, dem er ein paar Erklärungen schuldete.

Ich hoffte inständig, er würde die Nachricht abhören, bevor Mel bei ihm auftauchte. Sie hatte den FlixBus um kurz nach zehn am Alex genommen, der sie in knapp sechs Stunden nach Binz bringen würde. Wenn wir uns beeilten und es keine größeren Probleme mehr gab, würden wir mit dem Auto vor ihr da sein. Ich hatte einen Augenblick überlegt, Benny bei Herrn Michalke zu lassen, doch es wurde Zeit, dass auch er endlich die Wahrheit über Mel und ihren Vater erfuhr. Ich hatte diese ganzen Heimlichkeiten satt. Und da ich schon mal dabei war, kam Liesel ebenfalls mit.

Eine Weile schwiegen wir vor uns hin, während Mike sich durch den dichten Hauptstadtverkehr quälte, der die Straßen immer noch verstopfte, obwohl die Rushhour längst vorbei war. Als wir an einer Ampel darauf warteten, hinter dem Treptower

Hafen auf die Warschauer Brücke abzubiegen, warf er mir einen Seitenblick zu.

»Bist du dir hundert Prozent sicher, dass Mel das war mit diesem Schmierenblatt?«

Ich nickte knapp. Mike schüttelte den Kopf und rieb sich den Nacken.

»Das verstehe ich nicht. Erst will sie nicht mit ihm reden, dann hetzt sie ihm die Presse auf den Hals. Warum macht sie das?«

Ich zuckte mit den Schultern. »Um es ihm heimzuzahlen.« Ich atmete tief durch. »Verdammt noch mal, ich hätte es wissen müssen.«

»Was?«

»Dass sie sich nicht so einfach damit abfindet. Ich hätte es merken müssen. Sie war viel zu ruhig und vernünftig gestern. Das passt doch gar nicht zu Mel.«

»Dir Geld zu klauen und einfach abzuhauen passt besser zu ihr?«

Er sah mich wieder mit diesem schiefen Lächeln an, das mich früher schwer genervt hatte und das ich mittlerweile unwiderstehlich fand. Ein wenig.

»Das meine ich nicht, Mike.«

Die Ampel schaltete auf Grün, und wir fuhren weiter. Nach einem Moment fügte ich hinzu: »Ich habe nur das gesehen, was ich sehen wollte. Es ist doch klar, dass ein fünfzehnjähriger Teenager ausflippt, wenn sie erfährt, dass ihr eigener Vater sie seit fünfzehn Jahren verleugnet, weil er in Ruhe seine Promihochzeit feiern will.« Ich schüttelte frustriert den Kopf. »Mein Gott, warum ist Suse nur auf die absurde Idee gekommen, ich könnte mich um ihre Kinder kümmern! Ich kriege ja nicht mal mein eigenes Leben auf die Reihe!«

Er sagte einen langen Moment nichts, dann warf er mir wieder einen Seitenblick zu. »Wenn hier jemand was verbockt hat, dann sind es dieser Hansen und Suse. Nicht du, Niki.«

Ich schaute ihn wenig überzeugt an.

Er achtete konzentriert auf den Verkehr, sprach aber weiter. »Sie haben Mist gebaut. Und dich und Mel damit allein gelassen.«

Er sah wieder kurz zu mir rüber. »Und du hast im vergangenen Jahr ziemlich viel ziemlich gut auf die Reihe bekommen, wenn du mich fragst. Also wäre es wohl ganz gut, wenn du damit aufhörst, dir ständig Fehler einzureden.«

Ich blickte ihn verdutzt an. »Meinst du das ernst?«

Er nickte. »Und das mit Mel, das kriegst du wieder hin. Da bin ich mir sicher.«

Er lächelte mich an, und in diesem Moment dachte ich für einen kurzen Augenblick, dass ich es tatsächlich hinbekommen könnte.

Der Mini war zwar klein, hatte aber ordentlich PS unter der Haube. Nachdem wir Benny vom Sportplatz abgeholt und ich ihm die Lage erklärt hatte, nahm er es reichlich gelassen auf. Nur dass wir nun nicht mehr an die Müritz fuhren, enttäuschte ihn ein wenig. Anschließend hatten wir das Cabriodach zugemacht, die Klimaanlage angestellt und waren mit einer Durchschnittsgeschwindigkeit, die jedem Formel-1-Piloten Ehre gemacht hätte, über die Autobahn Richtung Norden gebrettert. Kurz vor Stralsund mussten wir eine Pause einlegen, weil Benny dringend aufs Klo wollte, und auch Liesel sah mittlerweile etwas unglücklich aus. Während sie auf ihren kurzen Dackelbeinen über das deprimierend vertrocknet aussehende Gras schnüffelte, sah ich durch die Scheiben der Raststätte, wie Mike vor den Regalen stand, Cola, Schokoriegel und Mineralwasser einpackte und geduldig an der Kasse wartete, wo ein halbes Dutzend Urlauber ihre Tankrechnungen bezahlten und sich ebenfalls mit Brötchen und Würstchen versorgten. Benny stürmte zu ihm, sagte kurz etwas, was ich nicht hören konnte, was Mike aber zum Lachen brachte. Wie die beiden da so standen und es unverkennbar war, dass sie ein tolles Vater-Sohn-Gespann abgaben, spürte ich wieder diese Wehmut. Wenn Mike das Sorgerecht für seinen Sohn haben wollte, konnte ich es ihm und Benny nicht verweigern, ganz egal, was Suse eigentlich für Benny geplant hatte. Sie hatte ihre Entscheidung getroffen, als Mike noch ein anderer gewesen war. Ein Lebenskünstler, der um jede Verantwortung einen möglichst großen Bogen machte, der verrückten Träumen hinterherjagte, die sich niemals erfüllen würden, und der kaum genug Geld verdiente, um das kleine, heruntergekommene WG-Zimmer zu bezahlen, in dem er wohnte. Suse wäre verrückt gewesen, diesem Mike Benny anzuvertrauen. Doch wenn sie ihn jetzt sehen würde, würde ihre Entscheidung nicht doch eine andere sein? Suse war tot, so plötzlich aus dem Leben gerissen, als hätte man den Lichtschalter im Raum ausgeknipst. Ich konnte sie nicht mehr fragen. Das war auch gar nicht nötig. Denn die Antwort, das ahnte ich in diesem Moment, war mir völlig klar.

Der Klingelton meines Handys riss mich aus meinen Gedanken, und ich spurtete zurück zu der geöffneten Beifahrertür des Minis. Oben auf meiner Tasche lag es auf dem Sitz und atemlos nahm ich den Anruf entgegen. Es war Tom Hansen. Endlich.

»Tom?«

»Ja, ich bin's.« Seine Stimme klang angestrengt und gepresst, so als würde er in irgendeiner Ecke stehen und heimlich ein verbotenes Telefonat führen.

»Stimmt das wirklich? Mel ist auf dem Weg hierher?«

»Ja, sie hat heute Morgen den Bus nach Binz genommen.«

Dass sie mich außerdem beklaut hatte, verschwieg ich lieber.

»So ein Mist«, hörte ich ihn unterdrückt fluchen. »Und was mache ich, wenn sie plötzlich vor mir steht?«

Dafür, dass dieser Typ ein hochbezahlter, erfolgreicher Promikoch war, schien er etwas unterbelichtet zu sein, was allgemeine Lebenstauglichkeit betraf. Womit er sich nicht groß von den meisten anderen Männern unterschied, die mir in meinem Leben über den Weg gelaufen waren.

»Vielleicht einfach mal Hallo sagen? Schön dich endlich kennenzulernen, Tochter?« Meine Stimme war bissig vor Zynismus. »Herrgott noch mal, Sie sind Mels Vater! Kommen Sie endlich damit klar!«

Er schwieg einen Moment. Im Hintergrund hörte ich fröhliche Stimmen und ein helles Frauenlachen.

»Tom?«

»Ja, ich bin noch dran. Hören Sie, das Standesamt haben wir gerade hinter uns gebracht. Nach dem Sektempfang geht's in die Kirche. Wir fahren gleich los. Ich stehe quasi kurz vorm Traualtar.«

»Na, dann, herzlichen Glückwunsch.«

Ich hörte ihn kurz aufstöhnen. Er stand wirklich unter Druck. Mels Bus kam gegen drei in Binz an. Und wenn sie es geschickt anstellte, hatte sie gute Chancen, rechtzeitig in der Kirche aufzukreuzen. Was ich ihm wohl besser nicht sagen sollte. Der Mann stand auch so schon kurz vor einem Nervenzusammenbruch.

»Passen Sie auf, Tom, ich bin auch auf dem Weg nach Rügen. Wir sind gerade kurz vor Stralsund und können in einer Stunde bei Ihnen sein. Vielleicht kann ich Mel ja doch noch davon abhalten, eine große Dummheit zu machen.«

»Sie sind auf dem Weg?«

Er klang ernsthaft überrascht. Und erleichtert.

»Ja, bin ich. Was nicht heißen soll, dass Sie sich einfach so aus der Affäre ziehen können. Sie werden sich mit Ihrer Tochter auseinandersetzen müssen, ob Sie nun wollen oder nicht.«

»Okay, alles klar.« Eine kurze Pause, dann fuhr er gepresst fort: »Ich muss jetzt los.«

»Warten Sie, wo findet die Hochzeit statt?«

Er gab mir die Adresse der kleinen Gutshofanlage, in deren Kirche die Trauung stattfinden und dann das große Fest gefeiert werden sollte. Die Eltern seiner Braut besaßen das Gut als Feriendomizil.

»Sie können es nicht verfehlen, Niki. Hier sieht's aus wie bei einem verdammten Staatsempfang.«

Ich verabschiedete mich von ihm und schaltete das Handy aus.

Im nächsten Moment standen Mike und Benny vor mir. Mike sah mich besorgt an.

»Neuigkeiten von Mel?«

Ich schüttelte den Kopf. »Hansen. Und er hat mächtig die Hosen voll, dass Mel ihm den Tag der Tage versaut.«

Mike und Benny wechselten einen kurzen Blick.

Ich rief Liesel zu mir, die noch immer verträumt an den vertrockneten Grashalmen schnupperte. Sie kam auf ihren kurzen Beinen zu uns getrottet. Ich hob sie auf den Rücksitz und blickte entschlossen zu Mike.

»Wir sollten ein wenig auf die Tube drücken. Ansonsten kann ich für nichts mehr garantieren.«

Es war lange her, dass ich an der Ostseeküste gewesen bin. In den letzten zehn Jahren hatte ich ja eher das angenehm warme Wasser und die Hitze des Mittelmeers vorgezogen. Ich war in die Touristenhochburgen an der türkischen Riviera oder an überfüllte Strände Mallorcas gereist, um nichts weiter tun zu müssen, als mich in der Sonne braten zu lassen und mittelmäßiges

Büfettessen in mich hineinzufuttern. Vom Land, in das man reiste, bekam man da nicht viel mit.

Als ich noch klein war, fuhren meine Eltern mit mir und meinen beiden Geschwistern jedes Jahr hoch an die Küste. Wir packten unsere Zelte aus und lebten drei lange Wochen meist nur an der frischen Luft, unternahmen Radtouren, besuchten Sehenswürdigkeiten und gingen natürlich ausgiebig baden. Als Kind hatte ich es geliebt. Doch mit der Pubertät gingen mir das familiäre Getue und die erzwungene Nähe der anderen Urlauber auf dem Campingplatz auf die Nerven, und ich kam mir vor wie eine Exotin unter lauter Spießern. Auch Rügen hatten wir in einem langen heißen Sommer besucht, doch als wir nun auf die neue Brücke fuhren, die das Festland vor Stralsund mit der Insel verband, und dessen Stahlkonstruktion silbern im Sonnenlicht schimmerte, konnte ich mich kaum noch daran erinnern. Wir überquerten den Strelasund, und ich beobachtete die weißen Segel der Schiffe, die in der lauen Sommerbrise elegant durchs Wasser glitten.

Ich deutete auf die Schilder, die kurz hinter Altefähr auftauchten.

»Wir müssen die Schnellstraße nehmen. Die 96 Richtung Bergen. Mein Navi sagt, das ist der schnellste Weg.«

Mike nickte knapp. Während die sanft geschwungenen Hügel der Rügener Landschaft an uns vorbeiglitten, versuchte ich Mel anzurufen. Sie hatte ihr Handy abgeschaltet. Natürlich. Ich hätte es an ihrer Stelle genauso gemacht, um nur ja nicht daran gehindert zu werden, zu tun, was ich unbedingt tun wollte.

»Hier ist es schön.«

Benny, auf dem Rücksitz, beobachtete durch das Seitenfenster die Landschaft, während Liesel halb auf seinem Schoß lag und sich kraulen ließ.

»Können wir an den Strand, wenn wir Mel gefunden haben? Ich war noch nie am Meer.«

»Mal sehen, Benny.« Ich drehte mich lächelnd zu ihm um. »Ein kurzer Ausflug zum Eisstand wird bestimmt drin sein.«

Er begann zu jubeln. Mike warf mir einen kurzen Seitenblick zu. »Wie spät ist es jetzt?«

»Kurz vor drei. Wenn Mels Bus pünktlich ist, dann müsste sie jetzt ungefähr in Binz angekommen sein.«

»Sollen wir zum Busbahnhof oder direkt zu diesem Gut?«

Das war eine gute Frage. Wenn Mel es clever anstellen würde (und ich kannte sie gut genug, um das für sehr wahrscheinlich zu halten), würde sie irgendeine Möglichkeit finden, sich sofort auf den Weg zu ihrem Vater zu machen.

»Gleich zum Gut.«

Mike nickte. »Okay.« Dann sah er mich wieder kurz prüfend an. »Woher will Mel eigentlich wissen, wo sie ihren Vater findet?«

Ich atmete tief durch. »Glaub mir, sie weiß es. Steht schließlich seit Wochen groß und breit in diesen Klatschblättern. Und die liegen in Massen bei uns im Laden aus. Falls das nicht reichen sollte, gibt's immer noch das Internet.«

Er stimmte mir zu, während er etwas riskant, wie ich fand, einen gemütlich vor uns hin tuckernden Mercedes aus Gelsenkirchen überholte. Der Fahrer, ein älterer Herr mit schlohweißem Bart und Schlapphut, sah mich empört durchs Seitenfenster an, als Mike den Mini wieder knapp vor seine Motorhaube setzte.

»Ich weiß, die Zeit drängt. Aber wir sollten schon noch lebend ankommen«, ermahnte ich ihn.

Er schenkte mir nur ein müdes Lächeln und tauschte einen verschwörerischen Blick mit Benny im Rückspiegel.

»Papa fährt super«, hörte ich Benny zustimmend hinter mir. »Kannst ruhig noch schneller fahren.«

Ich musste schlucken. Nicht, weil ich angesichts ihrer gemeinsamen Leidenschaft fürs schnelle Fahren überrascht war. Es war nur das erste Mal, dass Benny seinen Vater Papa genannt hatte.

Kurz vor Binz bogen wir auf eine kleine Seitenstraße ab, die auf einem Sandweg irgendwo im Nirgendwo endete. Also fuhren wir den ganzen Weg wieder zurück, um in einem kleinen Dorfgasthof nach dem richtigen Weg zum Gutshaus zu fragen. Mein Navi hatte uns in die Pampa geführt und verfügte wohl nur unzureichend über das richtige Kartenmaterial für die Rügener Einöde.

Als wir die kleine gepflasterte Straße, die von alten Obstbäumen gesäumt war, auf das Gutshofgelände zu fuhren, war schnell klar, dass Tom Hansens Hochzeit mit seiner Angebeteten keine kleine Veranstaltung sein musste. Bereits an der Zufahrt zum eigentlichen Gutsgelände erwarteten uns zwei klobige schwarze SUV mit verdunkelten Scheiben, an denen muskelbepackte Männer lehnten. Sie trugen schwarze Anzüge (völlig ungeeignete Kleidung bei dem Wetter) und breite Sonnenbrillen, die ihnen etwas Mafiöses gaben, und versperrten uns den Weg.

»Sorry, Privatveranstaltung. Hier können Sie nicht durch.«

Der Mann mit Glatze und Tattoo am Hals nahm seine Sonnenbrille gar nicht erst ab, als er mit mir durch das geöffnete Seitenfenster sprach.

Ich informierte ihn kurz, wer wir waren und zu wem wir wollten. Ich hoffte inständig, dass Tom Hansen seinem Sicherheitsdienst Bescheid gegeben hatte und der uns durchlassen würde. Während der Mann in ein winzig kleines Funkgerät sprach, lehnte sich Mike zu mir herüber.

»Heiratet Hansen ein Mitglied der Mafia?«

Ich zuckte nur mit den Schultern.

»Alles klar.« Der Mann beugte sich wieder zu uns ins Auto. »Sie können durch.«

Mir fiel noch etwas Wichtiges ein.

»Hier ist nicht vor Kurzem ein Teenager vorbeigekommen? Ein Mädchen. Rotblonde Locken, ungefähr eins siebzig groß, sieht Ihrem Chef ziemlich ähnlich. Also, Herrn Hansen ähnlich. Tom Hansen.«

Der Mann lupfte seine Sonnenbrille und sah mich prüfend an. Für einen Bodyguard hatte er erstaunlich sanfte braune Augen, was vermutlich die Sonnenbrille erklärte. Damit sah er wesentlich aggressiver aus.

»Nee.«

Ich bedankte mich mit einem Lächeln und bedeutete Mike, loszufahren.

»Dann sind wir doch noch vor ihr da?« Er sah mich fragend an.

»Sieht ganz so aus.«

Das Gutshaus lag am Ende eines weitläufigen riesigen Parks, in dem mächtige Buchen standen und der sogar Platz für einen kleinen Teich bot. Ein riesiger Bereich war als Parkplatz ausgewiesen worden, und zwei weitere dunkel gekleidete Herren mit Sonnenbrille und strengem Blick wiesen uns den Weg zu einer Parklücke. Wir kamen uns völlig fehl am Platze vor mit unserem Mini zwischen all den blank polierten, riesengroßen SUV der Luxusklasse. Mike war schwer beeindruckt, als wir ausstiegen.

»Wie reich ist noch mal diese Frau vom Hansen?«

»Keine Ahnung.« Ich zuckte mit den Schultern und deutete auf die Autos, die uns umringten. »Sehr reich?«

»Kein Wunder, dass der Schiss hat.«

Ich probierte erneut, Mel anzurufen. Vielleicht stand sie ja doch noch in Binz am Busbahnhof und bereute ihren Entschluss bereits.

»Sie geht nicht ran.« Ich steckte das Handy wieder ein und sah frustriert zu Mike.

Benny hatte Liesel an die Leine genommen, die aufgeregt zwischen den Autos schnupperte und bereits eins ihrer kurzen Dackelbeine hob, um gegen die blitzende Felge eines Luxusschlittens zu pinkeln.

»Tust du mir einen Gefallen, Benny?« Ich hockte mich vor ihn hin und sah ihm ernst in die Augen. »Kannst du hier mit Liesel auf uns warten?« Ich hielt es für besser, wenn Benny nicht Zeuge dessen wurde, was wir gleich mit Tom Hansen zu besprechen hatten. »Und falls du hier irgendwo Mel entdeckst, dann rufst du mich sofort an, ja?«

Er kniff zweifelnd die Augenbrauen zusammen. »Ich hab aber kein Handy.«

»Das haben wir gleich.« Auffordernd streckte ich Mike die Hand entgegen. Er zögerte kurz.

»Hast du eine bessere Idee?«

Schweren Herzens gab er Benny sein Smartphone und nannte ihm die Pin fürs Entsperren.

»Kannst du dir das merken?«

Benny verdrehte nur kurz die Augen und sah seinen Vater empört an, der entschuldigend die Hände hob. »Sorry, war ja nur ’ne Frage.«

Ich drückte Benny einen Kuss auf die Stirn. »Wir sind gleich wieder da. Und bitte, bleib beim Wagen, ja?«

Er nickte sehr gewissenhaft. »Klar.«

Wir eilten den breiten Kiesweg entlang, der direkt zum Gutshaus führte. Als wir um den mächtigen schneeweißen Bau mit verspielten Erkern und einer unverschämt großen Terrasse herumgingen, die festlich geschmückt war, sahen wir die kleine Kirche, die etwas versteckt im hinteren Teil des riesigen Geländes lag. Sie war restauriert und umgeben von den üblichen Buchen. Vor der Kirche war ein kleiner Platz mit Kies aufgeschüttet, und die Ränder hatte irgendjemand mit teuer aussehenden und großen Pflanzenkübeln geschmückt, in denen Palmen und Orangen- und Zitronenbäume standen. Vor der Terrasse des Gutshauses auf der Rasenfläche sollte wohl das Fest stattfinden, denn man hatte ein riesiges Zelt aufgebaut, in dem die Tische für die Hochzeitsgesellschaft standen und die bereits festlich eingedeckt waren.

Mike war beeindruckt. »Die lassen sich den Spaß echt was kosten.«

Ich konnte Mike kaum widersprechen.

Um das Festzelt herum hatte man kleinere Zelte aufgebaut, in denen zahlreiche Bedienstete bereits mit der Vorbereitung für das Hochzeitsmenü beschäftigt waren. Es gab verschiedene Outdoorküchen, in denen man Tom Hansens Kollegen dabei zuschauen konnte, wie sie halbe Hummer, Austern und ganze Fische darauf vorbereiteten, bald auf dem Grill zu landen. An anderer Stelle wurden ganze Fleischberge mariniert, und aus den Augenwinkeln nahm ich eine gigantische Pyramide aus flachen Sektschalen wahr, in die zwei Kellner in strahlend weißer Uniform auf einer Leiter stehend die Gläser mit Champagner füllten. Was zugegebenermaßen beeindruckend aussah. Mir allerdings reichlich unpraktisch erschien. Wollten die jedes Mal auf die Leiter steigen, um ihren Gästen etwas zu trinken anzubieten?

»Und? Was machen wir jetzt?« Mike unterbrach meine Überlegungen. »Reingehen oder hier warten?« Er beugte sich verschwörerisch zu mir herunter und deutete auf die Pyramide. »Soll ich uns was zu trinken besorgen?«

Ich musste unwillkürlich lächeln.

»Alkohol könnte nicht schaden. Du … «, ich hielt inne, als plötzlich ein schwarzer SUV mit viel zu hoher Geschwindigkeit den breiten Kiesweg hochgebrettert kam, und erkannte einen der Security-Typen, die uns am Eingang des Geländes aufgehalten hatten. Der Kies spritzte auf, als er den Wagen abrupt zum Stehen brachte und die beiden Männer aufgeregt heraussprangen.

Ich blickte irritiert zu Mike, der einen ähnlich überraschten Eindruck machte wie ich. Dann wurde auch schon die Tür der kleinen Kirche aufgestoßen, und eine schlanke, junge Frau in einem strahlend weißen Brautkleid stürzte heraus, dicht gefolgt von zwei Damen in identischen, altrosafarbenen Abendkleidern, die ihr bestürzt hinterhereilten.

Mike hob die Augenbrauen und spitzte den Mund. »Keine Ahnung, was das zu bedeuten hat. Aber es sieht nicht gut aus.«

Eine ältere, elegant gekleidete Dame mit einem riesigen cremefarbenen Hut auf dem dunklen Haar kam nun ebenfalls aus der Kirche gestürmt und eilte der Braut hinterher. Ich vermutete schwer, dass es die Brautmutter war.

Aus der Kirche drangen nun aufgeregtes Gemurmel und empörte Rufe. Und dann sahen wir, wie Mel am Arm von Tom Hansen aus der Kirche geführt wurde, dicht gefolgt von den beiden Security-Mitarbeitern, die die beiden vor neugierigen Blicken und dem Blitzlichtgewitter der Fotoapparate abschirmten.

»Shit.« Wir sprachen es nahezu zeitgleich aus und sahen uns bestürzt an.

Mel hatte es tatsächlich geschafft, Tom Hansen den Tag aller Tage zu versauen. Und wenn ich nicht ganz falsch lag, dann traf dies vermutlich auch für den Rest seines Lebens zu.

Kapitel 16

»Mir doch egal, wenn ich ihm diese blöde Hochzeit versaut habe.«

Mel stand mit trotzig vor der Brust verschränkten Armen vor mir und starrte mich aus zusammengekniffenen Augen an.

»Mel …« Mike legte ihr beruhigend eine Hand auf die Schulter.

»Was?« Ihr Tonfall war bissig, und sie schien sich allergrößte Mühe zu geben, das schlechte Gewissen, das sich langsam in ihr breitmachte, mit Aggression zu kompensieren.

»Vielleicht sollten wir uns jetzt alle mal ein bisschen beruhigen.« Er warf mir einen Seitenblick zu, der mehr als deutlich sagte: *Reg dich bitte nicht auf.* Was angesichts dessen, was Mel gerade getan hatte, eigentlich unmöglich war.

Sie hatte es in Binz geschafft, mit einem der Catererwagen, den ein junger Student fuhr, unerkannt auf das Gut zu gelangen. Der junge Mann hatte sich wohl etwas mehr von dem gemeinsamen Ausflug versprochen, hatte dann allerdings den Rückzug angetreten, als Mel ihm erklärte, wie alt sie tatsächlich sei. Dann hatte sie sich einfach unter die Hochzeitsgäste gemischt, und anscheinend war bei der ganzen Aufregung niemandem aufgefallen, dass sie für einen Hochzeitsgast ziemlich underdressed war.

Sie sah mich jetzt wieder sauer an. Ich hob beruhigend die Arme. »Ich bin ganz ruhig, Mel. Ich werde dir keine Vorwürfe machen. Ich möchte einfach nur wissen, warum du es getan hast?«

Nun schaute sie mich an, als würde ich die einfachste Sache der Welt nicht verstehen.

»Ehrlich, Mel, ich möchte es wirklich verstehen.«

Sie beruhigte sich ein wenig und wich meinem Blick aus. Stattdessen starrte sie auf ihre Füße und zog mit ihren ausgetretenen Chucks unsichtbare Kreise auf dem edlen Stäbchenparkett der Gutshausbibliothek, in die uns Tom Hansen kurzerhand verfrachtet hatte. Mit dem knappen Hinweis, wir sollten uns bloß nicht von der Stelle rühren.

Mike berührte sie leicht am Arm. »Komm schon, erzähl's uns.«

Sie seufzte einmal schwer, und in diesem Seufzer lagen all der Schmerz und die Verletzlichkeit eines Teenagers, der einfach völlig überfordert war mit den Turbulenzen des Lebens.

»Ich wollte gar nicht, dass das so aus dem Ruder läuft.« Ihre Stimme war leise und die Wut und die Aggression waren daraus verschwunden.

»Eigentlich wollte ich mir das nur ansehen. Ihn nur mal ansehen.«

Sie blickte mich verletzt an. »Verdammt noch mal, der hat sogar diesen blöden Presseheini um den Finger gewickelt.«

»Den du ihm auf den Hals gehetzt hast?«

Ich tauschte einen stummen Blick mit Mike.

Mel fühlte sich sofort wieder angegriffen.

»Na und? Hast du dir mal die Storys von dem auf Insta angeschaut? Oder die ganzen blöden Artikel in den Klatschblättern? Der Typ macht auf heile Welt und tolle Familie und großes Glück und so. Dabei ist das alles erstunken und erlogen.« Ich sah den Schmerz in ihren Augen darüber, dass ihr Vater sie auf diese Art verleugnete. »Und außerdem ist mein Vater ein Arsch.«

Sie wischte sich trotzig die Tränen aus den Augenwinkeln, die aufgestiegen waren und die sie nicht mehr zurückhalten konnte.

Sie war überrascht, als ich ihr da kaum widersprach, und erzählte deprimiert weiter.

»Als die dann in der Kirche wieder damit anfingen, ihre heile Welt und alles ist supi aufzuführen, da konnte ich einfach nicht mehr. Ich bin aufgesprungen und hab's ihm gesagt. Hab ihm gesagt, dass ich seine Tochter bin.«

Und den ungefähr dreihundert anwesenden Hochzeitsgästen. Sie blickte erst mich und dann Mike hilflos an.

»Eigentlich weiß ich gar nicht mehr so genau, was ich in der Kirche gesagt habe. Das war, als würde ein ganz schräger Film ablaufen.«

Ich nahm sie einfach nur in den Arm, was sie nur unwillig geschehen ließ, wie ich an der Art merkte, wie sich ihr Körper versteifte. »Ist gut, Mel. Ich verstehe dich ja.«

Sie schniefte ganz nah an meinem Ohr. »Wirklich?«

Ich nickte. Sie entspannte sich, und dann konnte sie sich nicht länger beherrschen und begann herzergreifend zu weinen.

»Scheiße, Mann …«

Ich drückte sie enger an mich, strich ihr behutsam über den Kopf und gab ihr sanft einen Kuss in diese feinen rotblonden Locken.

»Schschsch. Ist gut Mel, alles gut …«

Wir waren Lichtjahre davon entfernt, dass alles gut war, aber in diesem Moment wäre die Realität wohl für uns alle kaum zu ertragen gewesen.

Es schien eine Ewigkeit zu dauern, bis sie sich wieder beruhigte.

Mike deutete nach draußen. »Vielleicht sollten wir einfach verschwinden.«

Die Gäste standen noch immer in kleinen Gruppen zusammen, diskutierten, schüttelten die Köpfe und machten den Eindruck, als wären sie auf einer Trauerfeier.

»Und Benny nicht mehr länger warten lassen.«

Mel blickte auf. »Benny ist auch hier?«

Ich nickte. »Er wartet am Wagen. Zusammen mit Liesel.«

Auf Mels Gesicht erschien ein zaghaftes Lächeln.

»Oh, Mann, das ist ja ein richtiger Familienausflug.«

Mike erwiderte es mit diesem ihm eigenen Grinsen, das alle Sorgen vertreiben konnte. »Allerdings der echt schrägen Art, das muss man uns lassen.«

Ich mochte ihm nicht widersprechen.

»Okay, dann lasst uns machen, dass wir hier wegkommen.«

Wir waren schon fast an der großen, schweren, mit Ornamenten verzierten Eichentür, als diese aufgestoßen wurde und ich fast mit Tom Hansen zusammenstieß. Er hatte sein Jackett ausgezogen, die Krawatte gelockert und sah sehr, sehr blass aus. Kurz stutzte er.

»Wo wollen Sie denn hin?«

Das ging ihn zwar nichts an, aber angesichts der Tatsache, dass wir ihm gerade die Hochzeit ruiniert hatten, fand ich, dass wir ihm eine Antwort schuldeten.

»Wir bringen Mel nach Hause.« Auf seinen irritierten Blick fügte ich überflüssigerweise hinzu: »Nach Berlin.«

Er lachte trocken auf, rieb sich überfordert den Nacken und machte den Weg frei.

»Nur zu. Meine Tochter scheint ja auf den ganz großen Auftritt zu stehen. Ich bin mir sicher, die ›Mode‹ oder der ›Berliner Blitz‹ oder irgendein anderes Schmierenblatt wartet schon mit einem großen Scheck auf sie.«

Er deutete mit einer Geste zur Tür an, dass wir endlich verschwinden sollten. Mike, Mel und ich zögerten.

»Was genau meinen Sie damit? Die warten mit ’nem Scheck auf uns?« Ich verstand tatsächlich nicht, was er damit sagen wollte.

Er blickte auf, und in seinen hellen Augen, die Mels so unglaublich ähnlich waren, lag echte Überraschung.

»Wollen Sie mich jetzt verarschen?«

Mike schnaufte, und ich ahnte, dass er anfing, sehr, sehr sauer zu werden. Das Ganze drohte ziemlich unschön zu werden. Bevor er etwas sagen konnte, was wir alle noch bereuen würden, ergriff lieber ich die Initiative.

»Nein, wir wollen Sie ganz bestimmt nicht verarschen, Herr Hansen.« Ich war selbst überrascht, wie ruhig und beherrscht meine Stimme klang. Hansen schaute mich erneut forschend an, dann sah ich die Erkenntnis in seinen Augen aufflackern.

»Sie haben wirklich keinen blassen Schimmer davon, was sie angerichtet hat?«

Mike und ich tauschten einen Blick, während Mel betroffen zu Boden schaute.

Tom Hansens Lachen klang gar nicht wie ein Lachen, und er rieb sich erneut den Nacken, während er den Blick an die meterhohe Decke dieser altehrwürdigen Bibliothek hob, um vermutlich irgendeine Gottheit anzuflehen, ihn von diesen Idioten zu befreien.

»Ich glaub das einfach nicht …«

Ich wartete ein paar Sekunden. Dann sprach ich in einem ruhigen Ton weiter und wollte mir meine Unsicherheit auf keinen Fall anmerken lassen.

»Ich weiß nicht, was Sie da so erheitert. Aber vielleicht lassen Sie uns einfach dran teilhaben, dann können wir mitlachen.«

Seine Miene wurde wieder todernst, und er sah mich sekundenlang schweigend an.

Mike reichte es.

»Mel. Niki. Kommt. Der Typ hat nicht mehr alle Latten am Zaun.«

Er wollte uns an Hansen vorbei hinausschieben, doch der hob beruhigend die Hände.

»Okay … okay … Sorry, mir sind ein bisschen die Nerven durchgegangen.«

Er bedachte mich wieder mit diesem anklagenden Blick. »Was angesichts meiner momentanen Situation nicht ganz überraschend kommt.«

Ich hob nur fragend eine Augenbraue und verschränkte die Arme vor der Brust. Wenn er etwas sagen wollte, dann würde es langsam Zeit damit werden.

Er verstand meine Geste und atmete tief durch. Dann fuhr er fort: »Mel kann nicht zurück nach Berlin. Jedenfalls nicht, wenn sie nicht will, dass die nächsten Tage oder Wochen die Paparazzi vor ihrer Haustür kampieren und sie auf jeden Schritt und Tritt verfolgen.«

Mel blickte auf, und zum ersten Mal sahen sich Vater und Tochter an. Tom Hansen sprach weiter, ohne den Blick von Mel zu lösen.

»Gratuliere, Mel. Du hast der gesamten Regenbogenpresse heute die Story des Jahres geliefert. Und die werden nicht eher Ruhe geben, bis sie dir und mir das Leben zur Hölle gemacht haben.«

Ich sah, wie Mel schluckte und dann verunsichert von Hansen zu mir und zu Mike blickte. Und in diesem Moment dämmerte mir, dass er vollkommen recht hatte. Eine verpatzte Hochzeit, ein verleugnetes Kind, das auch noch auf tragische Weise seine Mutter verloren hatte – diese Story hatte alles, was die Klatschpresse sich nur erträumen konnte. Sie würden sich wie die Aasgeier auf Mel stürzen. Und ich hatte keine Ahnung, wie ich sie jetzt noch davor beschützen konnte.

Ich sah ratlos zu Tom Hansen. »Und was sollen wir jetzt machen?«

Er hatte auch keine Antwort auf meine Frage.

Ich rieb mir überfordert die Stirn und begann, nervös auf und ab zu gehen.

»Wie kommen wir denn jetzt aus dieser Nummer wieder raus?«

Kapitel 17

Suse war immer der Meinung gewesen, dass, wenn einem das Wasser bis zum Hals steht, man tunlichst nicht den Kopf hängen lassen sollte. Sie hatte den Spruch bestimmt aus einem dieser lustigen Wandkalender, die unsere Kundinnen uns gern zu Weihnachten oder Ostern schenkten. Und sie war eine unverbesserliche Optimistin gewesen.

Ich sah das wesentlich realistischer.

Wenn man nämlich mit dem Rücken zur Wand steht, dann bleiben einem nur zwei Dinge übrig. Entweder stellt man sich dem Kampf, egal, wie groß die Übermacht ist. Oder man beschließt, den Rückzug anzutreten.

Fight or Flight, wie es immer so schön in den Ratgeberartikeln der Frauenzeitschriften heißt.

Ich habe noch nie viel von Kampf gehalten.

»Du hast echt 'ne eigene Insel? Wie cool ist das denn.«

Benny stand neben Tom Hansen am Steuer der kleinen Motoryacht, die zügig über den Bodden fuhr. Der Fahrtwind zerzauste seine dunklen Locken, und er strahlte über das ganze Gesicht angesichts eines unverhofften Abenteuers, das vor ihm lag.

Ich saß mit Mel auf einer weißen Sitzbank ganz am Ende des Bootes und beobachtete Mike dabei, wie er sich mit einer Hand an der Reling festhielt und finstere Blicke in Richtung Tom Hansen schickte.

Wir waren auf dem Weg zu seinem Ferienhaus, das sich abgelegen auf einer kleinen Insel im Bodden zwischen dem Festland und Rügen befand. Tom Hansen war der Meinung, dass wir dort geschützt wären vor neugierigen Reportern, die nur darauf warteten, uns ihre Kameras oder Mikrofone unter die Nase zu halten. Und dort könnten wir uns ebenfalls Gedanken über die weitere Zukunft machen.

Er hatte sich nicht einmal die Zeit genommen, sich umzuziehen, und trug noch immer seinen teuren Designer-Maßanzug und das weiße Hemd, was an Bord der Yacht ziemlich unpassend aussah. Lediglich die Krawatte hatte er abgelegt. Er sah noch immer blass aus, zog vor Konzentration die Augenbrauen zusammen, und am Mahlen seiner Kiefermuskeln war gut zu erkennen, wie angespannt er war. Auch wenn er nach außen ruhig und überlegt schien. Der Mann hatte sich gut im Griff, das musste man ihm lassen.

Ich mochte mir gar nicht vorstellen, was er sich von seinem Schwiegervater in spe, der nun nicht mehr sein Schwiegervater werden würde, hatte anhören müssen, als er kurz aus der Bibliothek verschwand und alles für unsere Flucht vorbereitete.

Mike war allein zu Benny auf den Parkplatz geeilt, hatte ihn und Liesel in den Mini verfrachtet und war dann unbehelligt nach Binz gefahren. Sie hatten die nötigsten Sachen besorgt, die wir für unseren Aufenthalt auf Rügen brauchen würden. Wir trafen die beiden zwei Stunden später an dem kleinen Yachthafen in Gager, wo Tom Hansen sein Boot liegen hatte.

Mel und ich hatten uns zusammen mit Tom im Wagen eines seiner Angestellten vom Gutshofgelände fortgestohlen. Während der Fahrt gab er seinem Mitarbeiter genaue

Anweisungen, das Restaurant in der kommenden Woche zu schließen. Alle Köche und die Servicemitarbeiter würden in Urlaub geschickt, bis er die Sache, wie er es nannte, geregelt habe. Ich bemerkte, wie der junge Mann uns im Rückspiegel beobachtete und seinen Blick kaum von Mel lassen konnte. Die Ähnlichkeit mit ihrem Vater war wirklich verblüffend. Er musste jedoch viel zu großen Respekt vor seinem Chef gehabt haben, um irgendwelche Fragen zu stellen.

»Alles okay mit dir?« Ich legte den Arm um Mel und drückte sie an mich, während sie geistesabwesend Liesels Ohren kraulte, die sich auf ihrem Schoß zusammengerollt hatte und ebenfalls nicht sehr glücklich wirkte. Wasser war nicht wirklich Liesels Element. Und das Schaukeln des Bootes behagte ihr noch weniger. Ob Hunde auch seekrank werden können?

»Hmm … ja.« Sie sah ebenso blass aus wie Tom Hansen, und in den vergangenen Stunden war wohl die Befürchtung in ihr Bewusstsein gesickert, dass sie es sich mit ihrem Vater für alle Zeit verdorben hatte.

Dann sprachen wir kein Wort mehr, und nach einer Dreiviertelstunde drosselte Tom den Motor. Ein kleiner Holzsteg, der weit aus dem Schilf ins Wasser ragte, kam hinter der Biegung der Insel in Sicht. Von hier aus war nicht zu erkennen, wohin der Steg führte, und auch die Insel selber machte einen verlassenen, menschenleeren Eindruck. Nur die Kormorane, die auf den kahlen Ästen abgestorbener Bäume im flachen Wasser des Uferbereichs hockten, musterten uns misstrauisch und schienen über den menschlichen Besuch alles andere als erfreut zu sein. Als wir anlegten und Tom geschickt mit wenigen Handgriffen das Boot am Steg festmachte, flogen sie empört auf, und ihre majestätischen Gestalten verschwanden hinter den Baumkronen im Innern der Insel.

Wie sich herausstellte, war Toms kleines Ferienhaus eine alte umgebaute Fischerkate, die den Ansprüchen eines modernen Urlaubslebens durchaus gerecht werden konnte. Und weit darüber hinaus ging. Sah sie von dem kleinen Weg, der vom Steg durch das Schilf zum Haus führte, noch klein und bescheiden aus, so überraschte sie beim Betreten mit modernem Design und einem großen, mit Glas verkleideten Anbau nach hinten hinaus. Eine riesige Holzterrasse auf Stelzen schloss nahtlos an den Anbau an und gab einem das Gefühl, mitten im Wasser zu stehen. Durch die Panoramafenster hatte man einen spektakulären Blick aufs Wasser, und man konnte die Sonne am Horizont tief am Himmel stehen sehen.

»Wow!« Benny war ganz aus dem Häuschen und schaute sich beeindruckt um. Unser unfreiwilliger Gastgeber zog sich sein Jackett aus, schmiss es auf eines der großen Sofas, die im Wohnbereich rechtwinklig vor einem modernen Kamin angeordnet waren, und eilte dann den kleinen Flur entlang, der zur rechten Seite weiter ins Haus führte.

»Fühlt euch wie zu Hause.« Er deutete auf zwei Türen im Flur. »Hier und hier sind die Gästeschlafzimmer. Ihr habt euer eigenes Bad. Ich bin oben.«

Damit stieg er eine steile Stahltreppe hinauf ins ausgebaute Dachgeschoss.

»Wie reich ist der Typ eigentlich?«

Mike hatte sich zu mir herübergebeugt und ins Ohr geflüstert. In seinen Augen las ich Erstaunen und eine gewisse Bewunderung für das kleine »Sommerhaus«.

»Na ja. Ziemlich reich, würde ich sagen.« Ich zuckte mit den Schultern.

Benny hatte die großen Glastüren aufgeschoben und war auf die Terrasse gestürzt, um sich alles anzusehen.

»Wow! Papa, schau mal, unter uns ist echt das Meer.«

Genau genommen war es der Bodden. Mike warf mir noch einen vielsagenden Blick zu, dann folgte er seinem Sohn. Ich blickte zu Mel, die stumm inmitten des riesigen Wohnzimmers stand, Liesel an der Leine hielt und total verloren wirkte. In diesem Moment tat sie mir unendlich leid, ganz egal, was sie getan hatte. Und die Wut auf Tom Hansen begann wieder in mir aufzusteigen. Hätte er schon vor Jahren zu seiner Verantwortung als Vater gestanden, dann wäre all das nicht passiert.

»Lass uns mal sehen, wo wir schlafen können.« Ich legte ihr den Arm um die Schultern, und sie ließ sich widerstandslos in eines der Zimmer führen. Es war, wie alles an dem Haus, sehr geräumig und bot ebenfalls einen spektakulären Ausblick über den Bodden. Das Zimmer hatte zwei große Einzelbetten, war geschmackvoll und modern eingerichtet, und eine Schiebetür führte in ein kleines Duschbad nebst Toilette.

»Nicht schlecht.« Ich nickte anerkennend. »Wollen wir zwei hierbleiben oder willst du noch das andere Zimmer sehen?«

Sie schüttelte nur den Kopf und ließ sich erschöpft auf eines der Betten sinken, auf dem eine Tagesdecke lag.

»Ist es okay, wenn ich einen Moment alleine bleiben kann?«

Ihre Stimme klang ganz dünn und matt.

»Natürlich ist das okay.«

Ich setzte mich neben sie und nahm sie in den Arm.

»Es wird schon alles gut werden. Ganz bestimmt.«

Sie nickte nur knapp. Liesel stand vor dem Bett und wollte hoch zu uns, doch ihre kleinen Dackelbeine waren für einen Sprung einfach ungeeignet. Mel erbarmte sich und hob sie vorsichtig hoch, woraufhin Liesel übers Bett flitzte, an der Decke schnupperte und sich dann mit einem zufriedenen Seufzer zwischen uns legte.

»Er hat nicht mit mir gesprochen.«

Aus ihrer Stimme klang großer Kummer, und als ich sie fragend ansah, fuhr sie leise fort und spielte dabei verlegen mit der Hundeleine.

»Mein … Tom … Tom hat mich in der Kirche angebrüllt, und dann seid ihr ja schon gekommen. Seitdem hat er kein einziges Wort zu mir gesagt. Er redet nur mit euch.«

»Ach, Mel …« Ich drückte sie fester an mich.

»Er hasst mich.« Sie lachte auf, und es klang sehr bitter. »Na ja, vermutlich hat er das schon immer.«

Sie sah mich an und dieser Blick brach mir fast das Herz.

»Aber jetzt hat er wenigstens einen Grund dafür, stimmt's?«

»Nein, Mel. Es gibt absolut keinen Grund dafür, dich zu hassen. Ganz im Gegenteil.«

Sie begann wieder zu weinen, schluchzte hemmungslos an meiner Schulter, während ich sie festhielt.

Ich weiß nicht, wie lange wir so dasaßen.

Mike steckte kurz den Kopf ins Zimmer, und als ich nur stumm den Kopf schüttelte, ging er mit Benny ins gegenüberliegende Zimmer und ich hörte sie begeistert die Betten erobern.

Wir saßen noch eine Weile so da, dann blickte Mel mich aus tränenverschleierten Augen an.

»Sorry …«

Ich strich ihr eine rotblonde Strähne aus der Stirn, und auf einmal hatte ich das Gefühl, wieder das kleine, aufgeweckte, freche Kind vor mir zu sehen, das mir in Schillers Locke durch die Beine wuselte, während ihre Mutter und ich die Kundinnen betreuten, und das den Laden mit Lachen und Freude erfüllt hatte.

»Besser?«

Sie nickte stumm und trocknete sich mit dem Handrücken die nassen Wangen.

»Ich weiß nicht, wie es dir geht.« Ich lächelte sie aufmunternd an. »Aber ich habe heute noch nichts gegessen. Ich habe einen Bärenhunger.«

Sie nickte. »Geht mir auch so.«

Ich ließ sie los und stand auf.

»Dann mach dich im Bad ein bisschen frisch, und ich gucke mal, ob's in diesem Haus irgendwas zu essen gibt.«

An der Tür drehte ich mich noch einmal um. »Falls nicht, schicke ich Mike und Benny zum Fischefangen.«

Jetzt lächelte sie wieder dieses ironische Teenagerlächeln, das einem immer das Gefühl gab, irgendwie etwas Falsches gesagt zu haben.

»Ich glaube, wenn wir Liesel losschicken, sind die Chancen größer, nicht zu verhungern.«

»Auch wieder wahr. Wenn ich in der Küche eine Dose mit Ravioli finde, hörst du meine Jubelschreie.«

So, wie es aussah, konnten wir gut aufs Angeln oder auf die Dosenravioli verzichten. Allein mit den Lebensmitteln, die ich in dem großen silbernen Kühlschrank vorfand, hätte man Bennys Fußballtruppe eine Woche lang durchfüttern können. Da gab es frischen Salat, Auberginen und Zucchini. Frischehalteboxen stapelten sich in anderen Fächern, und ich konnte durch das Plastik erkennen, dass sie Fleisch, Fisch und frische Garnelen enthielten. Auf dem großen Tresen, der den Küchenbereich vom Wohnbereich trennte und in schicker Betonoptik daherkam, standen Schüsseln mit frischem Obst, noch mehr Gemüse und allen möglichen Kräutern. In den Weinfächern darunter stapelten sich teuer aussehende Weine, und in dem riesigen Kühlschrank lagerten etliche Flaschen Champagner. Das sah nicht gerade so aus, als wäre es die normale Ferienhausausstattung. Und mir kam ein Verdacht, als mir auffiel, wie hübsch das Haus mit frischen Blumenbouquets an jeder Ecke dekoriert war. Hier hatte jemand alles sorgfältig für einen ganz besonderen Besuch vorbereitet, und ich ging davon aus, dass nicht wir damit gemeint waren.

»Gibt's was zu essen?« Mike tauchte hinter mir auf und schnappte sich einen Apfel aus einer der Obstschalen. »Benny hat Hunger.« Er biss herzhaft in den Apfel und kaute zufrieden.

»Ich dachte, ich mache Nudeln mit Tomatensoße.«

»Guter Plan.«

Während er weiter an dem Apfel knabberte, suchte ich Töpfe und Pfannen hervor und legte Tomaten, Zwiebeln und Knoblauch auf den Tresen.

»Ist Benny in eurem Zimmer?«

Mike schüttelte den Kopf. »Er ist bei Mel. Ich glaube, er tröstet sie.«

Ich atmete tief durch. »Das war ein harter Tag für sie.«

»Kann man so sagen.«

Eine Weile beobachtete er mich stumm, während ich die Zwiebeln schälte und klein hackte.

»Was ist?« Ich legte das Messer beiseite und sah ihn fragend an.

»Nichts. Was soll sein?«

»Du siehst mich wieder so komisch an, Mike.«

Er wurde tatsächlich etwas rot und tat so, als suche er den Abfalleimer, um die abgeknabberten Reste des Apfels zu entsorgen.

Bevor ich noch etwas sagen konnte, hörte ich Schritte auf der Metalltreppe, und im nächsten Moment stand Tom Hansen in seiner Küche.

»Was machen Sie da?«

Er hatte sich umgezogen und trug nun Jeans und T-Shirt mit irgendeinem Band-Aufdruck. Zudem war er barfuß. Auch im lässigen Freizeitoutfit machte er einen attraktiven Eindruck und wirkte wesentlich jünger und entspannter als in dem Geschäftslook, den ich normalerweise von ihm kannte.

»Nach was sieht es denn aus?« Meine Antwort war schnippischer, als ich beabsichtigt hatte. »Wir haben den ganzen Tag noch nichts gegessen und die Kinder haben Hunger. Also koche ich uns was, wenn Sie nichts dagegen haben.«

Er trat näher und besah sich meine bisherige Arbeit.

»Und was soll das werden?«

»Nudeln mit Tomatensoße.«

Er schnaubte: »Nudeln mit Tomatensoße.«

Ich konnte mir kaum vorstellen, dass es daran etwas auszusetzen gab. »Ja, Nudeln mit Tomatensoße. Das essen Mel und Benny nämlich sehr gern.«

»Schön, wenn sie das gern essen.« Er funkelte mich kampflustig an. »Das Problem ist nur: Das ist meine Küche. Und in meiner Küche gibt es nur einen, der kocht. Und das bin ich.«

Er nahm mir einfach das Messer aus der Hand und legte es auf dem Tresen ab. Dann schob er mich an Mikes Seite.

»Na, los, gehen Sie. Machen Sie mit Ihrem Freund einen kleinen Spaziergang.«

»Wir sind nicht …«

Er unterbrach mich erneut, ohne mich eines Blickes zu würdigen, und wedelte abschätzend mit der Hand.

»Ich bin der Koch. Also gehen Sie schon und lassen Sie mich in Ruhe meine Arbeit machen. Kommen Sie in einer Stunde wieder.«

Ich wollte noch etwas sagen, aber Mike zog mich am Arm fort.

»Danke für die tolle Gastfreundschaft.« Mikes Stimme triefte vor Sarkasmus. »Müssen wir uns Sorgen machen, dass Sie was unters Essen mischen?«

»Hahaha.« Tom Hansen blickte nicht auf, während er schon dabei war, routiniert Kräuter, Gemüse und alles Mögliche aus dem Kühlschrank zu holen.

Mike sah mich genervt an. »Komm, Niki, ich brauche dringend frische Luft.«

Widerstandslos ließ ich mich nach draußen führen.

Von der Terrasse aus führte eine kleine Treppe hinunter an einen Uferweg, der sich auf Holzbohlen durchs Schilf schlängelte und schließlich an einer kleinen, naturbelassenen, sandigen Bucht endete. Das Wasser war hier ganz seicht, und in dem feinen Sand lagen ein paar Kanus, die zu einem Ausflug aufs Wasser einluden.

Der Bodden glitzerte märchenhaft in der tief stehenden Sonne, und an dem Augusthimmel war keine einzige Wolke zu sehen. Von Ferne hörte ich den Schrei eines Vogels, und ich sah ihn hoch über unseren Köpfen elegant durch die Luft gleiten. Ich hätte schwören können, es war ein Seeadler. Auch wenn ich nicht genau wusste, wie Seeadler klingen.

Erschöpft ließ ich mich in den Sand fallen, der noch ganz warm von der Sonne war.

»Ganz schön schräg das alles.«

Mike ließ sich ebenfalls neben mir in den weichen Sand plumpsen. »Eins muss man dieser Familie lassen: Mit euch wird's nie langweilig.«

Ich warf ihm einen mahnenden Blick zu. »Das ist nicht lustig, Mike.«

»Ich weiß.« Er nickte bedächtig und ließ den feinkörnigen Sand durch seine Finger rieseln und dachte scheinbar angestrengt über etwas nach.

»Damit muss man wohl leben.«

»Mit was genau?«

»Na, mit den Errungenschaften der modernen Familie. Vater, Mutter, Kind – das gab's bei unseren Eltern, vorausgesetzt, es lief gut bei ihnen.« Er blinzelte, weil ihn die tief stehende Sonne blendete. »Wir haben alle Freiheiten der Welt, und jetzt guck mal, was dabei rauskommt: Zwei Kinder. Zwei Väter. Und eine Ersatzmutter.«

Aus irgendeinem Grund tat es weh, dass er so über uns und über mich redete.

»Wäre es dir lieber, Stella wäre jetzt bei dir?« Meine Stimme hatte einen bissigen Unterton, den ich gar nicht beabsichtigt hatte. Er stellte sich ganz automatisch ein. »Mit ihr könntest du bestimmt prima auf Kleinfamilie machen.«

Sein Gesichtsausdruck blieb unergründlich. »Stella und ich, wir haben uns getrennt.«

Das kam jetzt ein wenig überraschend.

»Sie hat dir doch den Wagen geliehen.«

Er wich meinem Blick aus und zuckte nur mit den Schultern.

»Das muss ja nicht gleich heißen, dass sie mich heiraten will.«

Er schwieg wieder einen Moment, und ich sah ihn verstohlen von der Seite an. Schließlich schenkte er mir ein verunglücktes Lächeln.

»Sie fand meine Idee mit dem Sorgerecht für Benny nicht so toll. Sie meinte, sie sei noch nicht bereit für so was.«

»Für so was?!«

»Beziehung. Kind. Verantwortung.« Er wandte den Blick ab und schaute übers Wasser. »Für so was halt.«

Ich war wie selbstverständlich davon ausgegangen, dass seine neue Freundin natürlich mit seinen Plänen einverstanden war und bereits das gemeinsame Familiennest plante. So sehr konnte man danebenliegen.

»Hat sie dich vor die Wahl gestellt?«

»Nein.« Er schüttelte den Kopf. »Stella ist nicht so.«

Ich wurde tatsächlich etwas rot. »Tut mir leid, dass ich das gesagt habe. Ich kenne sie ja kaum. Sie ist bestimmt eine tolle Frau.«

Er sah mich wieder von der Seite an, und um seine Mundwinkel lag ein melancholischer Zug. »Sieht so aus, als hätte ich immer Pech mit tollen Frauen.«

Ich wich seinem Blick aus und tat so, als wäre der Sand zu meinen Füßen wahnsinnig interessant.

»Du willst das jetzt ganz alleine mit Benny durchziehen?«

»Ja. Aber, wie gesagt, nur wenn du und die Kids damit einverstanden sind.«

»Hast du es ihnen denn schon gesagt?«

Er schüttelte den Kopf. »Noch immer nicht so richtig. Ich hab gestern mal ein paar Andeutungen gemacht.«

»Und was meint Benny?«

»Du kennst ihn. Er war begeistert.«

Seine Worte trafen mich, und ich musste mir wohl eingestehen, dass Benny viel mehr an seinem Vater hing als an mir. Was auch nicht verwunderlich war.

»Allerdings ist er wohl davon ausgegangen, dass Mel gleich mitkommt. Und du.«

»Ich?«

Er nickte. »Was ziemlich blöd ist, weil das ja nicht geht. Mit uns beiden.« Er sah mich wieder mit diesem Blick an, der mein Innerstes berührte.

»Ich hab das Thema dann lieber fallenlassen.« Er zuckte mit den Schultern. »Schien mir irgendwie vernünftiger.«

»Ja, das ist es wohl.«

Und dann starrten wir weiter aufs Wasser, jeder in seiner eigenen Gedankenwelt gefangen, und sahen der untergehenden Sonne zu.

»Schmeckt super.«

Benny schaufelte eine weitere Gabel mit Spaghetti in sich hinein und spritzte dabei Tomatensoße auf sein T-Shirt.

»Möchtest du noch etwas Käse?« Tom kam hinter dem großen Küchenblock hervor, mit einer Reibe und einem Stück Käse in der Hand, und nachdem Benny begeistert genickt hatte (sein Mund war zu voll, um zu sprechen), rieb er den Käse geschickt über Bennys Teller. Der Käse hatte ein wunderbares Aroma, ganz anders als der aus der Plastiktüte, den ich normalerweise besorgte, wenn es bei uns Nudeln gab und der eigentlich nach gar nichts schmeckte.

Tom sah fragend in die Runde, wie ein sehr aufmerksamer Gastgeber. »Noch jemand?«

Wir schüttelten den Kopf und aßen stumm weiter. Die Nudeln, die Tom gekocht hatte, und die perfekte Soße dazu, waren um Längen besser als alles, was ich jemals zustande gebracht hatte. Wenn ich ehrlich war, war es besser als alles, was ich jemals an Nudeln gegessen hatte. Dazu hatte er einen frischen grünen Salat gemacht, der aussah, als hätte er die Wiese vor dem kleinen Ferienhaus gerupft. Doch der Geschmack der filigranen, in allen möglichen grünen und violetten Farbschattierungen schimmernden Blätter war köstlich. Würzig und frisch und das Dressing mit gerösteten Pinienkernen und irgendetwas anderem, was ich nicht identifizieren konnte, passte perfekt dazu. Es war beeindruckend, was man in nicht mal einer Stunde aus dem, was der Kühlschrank hergab, zaubern konnte.

Tom ging wieder in die Küche und putzte mit schnellen, routinierten Bewegungen die Arbeitsplatte, den Herd und die Spüle. Man merkte ihm an, dass es eine Arbeit war, die er schon tausendmal gemacht haben musste und die ihm in Fleisch und Blut übergegangen war. Die Küche blitzte mittlerweile so sauber wie bei unserer Ankunft. Als er fertig war, ließ er seinen Blick etwas unsicher über die Schränke gleiten. Vermutlich fragte er sich, was er jetzt noch tun könnte, um zu vermeiden, mit uns am Tisch zu sitzen.

Schließlich holte er eine Flasche Wein hervor und begann sie in einem Akt der schieren Verzweiflung zu öffnen.

»Möchte noch jemand? Ich könnte jetzt einen Schluck vertragen.«

Ich wechselte einen kurzen Blick mit Mike. »Ja, gern.«

Mike verzog keine Miene. »Ich nehme lieber ein Bier, wenn Sie eins dahaben.«

Tom blickte kurz auf, und ich sah eine gewisse Missbilligung in seinem Blick. »Steht im Kühlschrank.«

Mike nickte knapp und stand auf.

»Es ist ein ganz guter Roter aus Ligurien. Voller Körper, aber nicht zu schwer.« Tom kam zu mir und goss mir das Glas, das neben meinem Teller stand, voll.

Ich sah zu ihm auf. »Es hat wirklich gut geschmeckt. Alles. Ich fürchte, meine Nudeln hätten einfach nur nach Nudeln geschmeckt.«

Tom sah mich kurz an, sagte aber nichts und schnappte sich das Glas neben Mikes Teller, um sich ebenfalls Wein einzuschenken. Dann stellte er die Flasche ab und nahm einen Schluck. In der Küche hörte ich ein Plopp, als Mike die Bierflasche öffnete und uns zuprostete. »Zum Wohl.«

Wieder herrschte einen Moment peinliches Schweigen. Die ganze Situation war einfach nur absurd.

Nachdem Tom sein Glas in einem Zug geleert und sofort wieder aufgefüllt hatte, blickte er mit einem verzweifelten Lächeln in die Runde.

»Vielleicht sollten wir das *Sie* einfach mal lassen und uns duzen. Scheint mir irgendwie passender zu sein, angesichts der Lage.«

»Der Lage?!« Mel hatte die ganze Zeit nur schweigend auf ihren Teller gestarrt. Jetzt blickte sie zu ihm auf.

»Ja, der Lage.« Tom schüttete auch das nächste Glas Rotwein hinunter, als wäre es Traubensaft. Während er nach der Weinflasche griff, redete er weiter. »Ich meine, anstatt mit meiner Braut ein romantisches Hochzeitswochenende an dem Platz zu verbringen, den ich liebe … «, er deutete auf den Raum um uns herum, »nämlich hier, bekoche ich lieber meine *neue Familie*. Ich finde, da kann man sich schon mal duzen, oder was meint ihr?«

Ich starrte ihn an. Mike kam aus der Küche zurück, stellte sein Bier auf dem Tisch ab und schnappte Tom die Weinflasche aus der Hand.

»Vielleicht solltest *du* es mal etwas langsamer angehen lassen.«

Tom lachte nur bitter auf, schnappte sich die Flasche zurück und setzte sich dann ans Kopfende des Tisches, um den Wein einfach aus der Flasche in sich hineinzukippen.

Mel räusperte sich, und ihre Stimme war leise, aber gefasst. »Tut mir leid, was passiert ist.«

Tom starrte sie an. Als sie merkte, wie sein Blick auf ihr ruhte, blickte sie wieder auf ihren Teller.

»Das … das hab ich eigentlich gar nicht gewollt. Sorry.«

Tom starrte sie noch immer an. »Sorry? Echt jetzt? Sorry?«

Die Situation begann außer Kontrolle zu geraten, und ich überlegte fieberhaft, was man tun könnte, um das Schlimmste zu verhindern.

»Magst du noch mehr Nudeln, Benny?«

Er schüttelte kurz den Kopf, sein Teller war immerhin noch halb voll, und verfolgte gebannt, was zwischen den Erwachsenen gerade so los war.

»Hast du auch nur die geringste Ahnung, was du angerichtet hast?« Tom stand wieder auf, wobei er leicht schwankte, und starrte seine Tochter wütend an.

Mel blickte wieder hilfesuchend zu mir. »Ihm die Hochzeit versauen?«

»Herr Hansen … Tom … lass uns das später …«

Ich hielt inne, weil ich mich so erschreckte, denn Tom hatte mit der flachen Hand auf den Tisch geschlagen.

»Später gibt's nicht mehr!«

Aus ihm sprach die pure Verzweiflung.

»Ich hab schon eine Mail von meinem Senderchef bekommen. Meine Kochshow ist abgesetzt. Einfach so. Von einem Moment auf den anderen. Mein Restaurant muss ich auch schließen, weil meinem Schwiegervater, der nun leider nicht mein Schwiegervater ist, nämlich das ganze Haus gehört. Und er nichts mehr mit mir zu tun haben will. Ich hab so hohe Schulden, dass eigentlich nur eins klar ist – bezahlen können werde ich die nie. Alles ist weg. Alles, was mir etwas bedeutet hat. Auch dieses Haus hier. Alles, wofür ich zwanzig Jahre meines Lebens geschuftet habe. Und alles, was ihr dazu zu sagen habt, ist *sorry*?!«

Wir schwiegen bedrückt und starrten auf unsere Teller.

Mel brach in Tränen aus, und ein leises Schluchzen ließ ihre Schultern zucken. Benny starrte seinen Vater an und ließ die Gabel mit den Nudeln sinken. Mike legte ihm beruhigend den Arm um die Schultern.

»Da das jetzt raus ist, kannst du vielleicht mal einen etwas ruhigeren Ton anschlagen, Alter.«

Toms Kopf fuhr hoch, und die beiden Männer maßen sich stumm mit Blicken. Mike war ganz ruhig geblieben. Was allerdings auch nicht weiter verwunderlich war. Sein Leben hatte sich ja auch nicht aufgelöst wie ein Luftballon, aus dem man die Luft herausgelassen hatte.

Tom fuhr sich kurz mit beiden Händen durchs Haar, atmete einmal tief durch und setzte sich dann wieder.

»Tut mir leid, dass ich laut geworden bin.«

Aus ihm schien alle Energie zu weichen, und er verbarg sein angespanntes Gesicht in den Handflächen.

»Ich weiß nicht, wie's jetzt weitergehen soll.«

Für Mike schien das keine Entschuldigung zu sein. »Jedenfalls nicht mit Selbstmitleid.«

Tom sah ihn kurz an, dann erhob er sich und ging, ohne uns eines weiteren Blickes zu würdigen, hinaus.

Es war spät in der Nacht, als ich das Terrassenholz leise knarren hörte, das unter seinen Schritten nachgab, als er endlich wieder zurück ins Haus kam.

Ich hatte Mel getröstet, bis sie aufhörte zu weinen. Hatte mit Benny und Mike den Tisch abgeräumt und das schmutzige Geschirr in die Spülmaschine sortiert. Dann hatten wir vor dem riesigen Flachbildschirm gesessen und uns irgendeinen amerikanischen Actionfilm angeschaut, der zwar reichlich albern war, aber uns immerhin ablenkte. Zwischendurch hatte ich einen kurzen Blick auf mein Handy geworfen und realisiert, dass Herr Michalke mich den Tag über im Stundentakt angerufen hatte. Ihn hatte ich bei der ganzen Aufregung glatt vergessen. Also holte ich es kurz nach, versicherte, dass wir in Ordnung seien und noch ein paar Tage auf Rügen bleiben würden. Um den Laden müsste er sich keine Gedanken machen. Ich fügte ausweichend hinzu, dass es wohl klüger wäre, Schillers Locke bis zu unserer Rückkehr zu schließen. Und sollte irgendein windiger Reporter auftauchen, der Fragen über Mel stellte, sollte er ihm am besten aus dem Weg gehen. Wie es seine Art war, hatte der alte Herr das alles klaglos hingenommen, und ich wusste, ich konnte mich auf ihn verlassen.

Dann waren wir alle früh ins Bett gegangen, völlig erschöpft von den Turbulenzen des vergangenen Tages.

Irgendwann hörte ich Mel im Bett neben mir leise und regelmäßig schnaufen und bewunderte die Selbstheilungskräfte eines Teenagers. Sie konnte tatsächlich nach allem tief und fest schlafen. Ich hingegen bekam kein Auge zu, und so langsam fing ich an, mir um Tom Hansen Sorgen zu machen. Ich hoffte inständig, er würde nicht irgendetwas Dummes anstellen, und war unendlich erleichtert, als ich draußen seine schweren Schritte hörte.

Ich wartete, ob er ins Haus kommen würde. Schließlich stand ich leise auf, schlüpfte in meine Jacke und schlich mich aus dem Zimmer.

Er saß auf einer der Holzbänke und starrte regungslos aufs Wasser.

»Ich hatte schon befürchtet, du würdest ins Wasser gehen, wie in diesen alten, total melodramatischen Filmen.« Ich überlegte einen Moment. »Wobei das eigentlich mehr der Frauenpart ist, wenn ich genau darüber nachdenke.«

Als er meine Stimme hörte, drehte er sich erschrocken zu mir um. Ich lächelte ihn entschuldigend an.

»Sorry, ich konnte nicht schlafen.«

Er nickte die Information kurz ab. »Sind die anderen im Bett?«

»Ja.«

»Mel auch?«

»Schläft tief und fest.«

Er schien überrascht, verkniff sich dann aber einen Kommentar über das offenbar sorglose Verhalten seiner Tochter.

Ich kam langsam näher. »Kann ich mich setzen? Oder willst du lieber allein sein?«

Er deutete auf den Platz neben sich.

Eine Weile blickten wir beide stumm aufs Wasser. Es wehte eine leichte Brise, die die Nacht angenehm kühl nach der Hitze des Tages machte. Irgendwo schrie ein Vogel, und das Wasser plätscherte leise unter uns. Der Mond spiegelte sich fast makellos auf dem Bodden. Ich konnte verstehen, dass Tom Hansen diesen Ort liebte. Er war einfach perfekt. Idyllisch, ganz nah an dieser wunderbaren Natur und trotzdem ausgestattet mit allem, was die Errungenschaften des modernen Lebens hergeben konnten.

»Mel tut es wirklich leid. Das alles. Wenn sie gewusst hätte, was bei ihrem Auftritt in der Kirche herauskommen würde, dann hätte sie es ganz bestimmt nicht getan.«

Tom wandte den Kopf langsam zu mir, und seine hellen Augen spiegelten silbern das Mondlicht. Jetzt sah er unglaublich jung und verletzlich aus, und in diesem Moment konnte ich Suse verstehen, sich an einem einsamen Strand in Thailand vor vielen Jahren in ihn verknallt zu haben. Der Mann hatte ganz eindeutig etwas Besonderes an sich. Ich schob den Gedanken schnell in die hinterste Ecke meines Hirns. Immerhin war mein Leben auch so schon kompliziert genug. Von seinem ganz zu schweigen.

»Sie kann manchmal ziemlich ätzend sein. Aber das ist wohl ganz normal für eine Fünfzehnjährige. Quasi die Werkseinstellung.«

Er hörte mir aufmerksam zu, sagte keinen Ton. Also machte ich einfach weiter.

»Aber eigentlich ist sie eine ziemlich tolle Fünfzehnjährige, die tollste, die ich kenne. Sie macht sich über alles Mögliche Gedanken. Sie hat mich und Suse sogar gezwungen, nur noch Pflegeprodukte im Laden zu verwenden, die garantiert tierversuchsfrei sind. Und dass wir kein Wasser mehr verschwenden und solche Sachen. Sie ist immer für Benny da. Sie sagt immer das, was sie denkt, und ist die mieseste Lügnerin, die man sich vorstellen kann. Sie hat ein Händchen für Blumen, das hat sie von ihrer Mutter, und sie ist der tapferste Mensch, den ich kenne.«

Tom Hansen hatte mir aufmerksam zugehört. Jetzt nickte er langsam, und seine Brust hob sich in einem langen Seufzer.

»Falls du mich aufmuntern wolltest, dann muss ich dir sagen: Ist leider schiefgegangen. Jetzt fühle ich mich noch mieser.« Nach einer kleinen Pause fügte er resigniert hinzu. »Falls das überhaupt möglich ist.«

»Ich will nur nicht, dass du böse auf sie bist. Sie glaubt, du hasst sie. Vor allem nach dem, was sie heute getan hat.«

Er schüttelte leicht den Kopf und zog verärgert die Stirn kraus, sodass sich zwischen seinen hellen Augenbrauen eine Falte bildete.

»Ich könnte sie niemals hassen. Das ist doch absurd.«

»Na ja, man kann nicht gerade behaupten, dass Mel bislang ein besonders wichtiger Teil deines Lebens war. Und man kann auch nicht gerade behaupten, dass du dir große Mühe gegeben hast, das zu ändern. Da kommt man schon mal auf ziemlich dumme Gedanken, wenn du mich fragst.«

Er wich meinem anklagenden Blick aus und starrte wieder aufs Wasser. Ich biss mir innerlich auf die Zunge. Eigentlich hatte ich nicht vorgehabt, ihm schon wieder Vorhaltungen zu machen.

»Ist es wirklich so schlimm, wie du vorhin gesagt hast? Bist du wirklich dein Restaurant und das alles los?«

Er nickte.

Ich stöhnte kurz auf.

»Und deine … Frau? Hast du versucht, mit ihr zu reden?«

Ich hörte ihn bitter auflachen. »Ich fürchte, das wird sie auch in hundert Jahren nicht tun. Mit mir reden.« Er sah mich wieder müde an. »Sie hat sofort einen Anwalt beauftragt, die Eheschließung auf dem Standesamt für nichtig erklären zu lassen. In ihren Kreisen legt man Wert auf Diskretion. Da ist es nicht hilfreich, wenn man auf den Titelseiten irgendeiner Klatschpresse als unglücklichste Braut des Jahrhunderts bezeichnet wird.«

Ich hob beeindruckt die Augenbrauen. »Hast du dir das gerade ausgedacht? Das mit der Braut?«

Er zückte sein Smartphone, rief die Online-Seite des »Berliner Blitz« auf und hielt sie mir kommentarlos unter die Nase. Er hatte tatsächlich nicht übertrieben.

Ich hörte, wie er tief Luft holte und einen Seufzer ausstieß, den man vermutlich auch auf der anderen Seite des Boddens hätte hören können.

»Weißt du, was das Komische ist?«

Er sah mich ruhig an, und ich schüttelte nur den Kopf.

»Im Grunde macht es mir gar nicht so viel aus.«

Er musste wohl meinen erstaunten Blick bemerkt haben, denn einen Moment später fuhr er auch schon fort, ohne den Blick von mir abzuwenden: »Also nicht nichts, aber nicht so sehr, wie ich gedacht hätte. Die ganze Situation ist ausgesprochen ärgerlich, und mir tut es um Lisa leid und auch um ihre Eltern. Aber wenn ich ehrlich bin, dann war diese ganze Hochzeit gar nicht das, was ich eigentlich gewollt habe.«

Ich sah ihn nur verständnislos an. Dieser Mann war komplizierter als jeder andere Mann, den ich kannte. Und in Berlin liefen eine Menge schräger Typen rum.

»Lisa kann … etwas anstrengend sein. Von ihren Eltern ganz zu schweigen.«

»Verstehe ich dich jetzt richtig? Du hast sie gar nicht heiraten wollen? Du liebst sie nicht genug?« Ich blies etwas überfordert die Wangen auf. »Puuh, ganz im Ernst, Tom Hansen, du bist noch mieser, als ich gedacht habe.« Ich funkelte ihn sauer an. »So was tut man keiner Frau an. Klar?! Dann hast du sie bestimmt nur wegen der Kohle heiraten wollen!«

Ich wollte erbost aufstehen. Doch Tom hielt mich am Arm zurück.

»Natürlich hab ich's nicht wegen der Kohle gemacht!«

»Und warum dann? War dir gerade langweilig?«

Er zuckte mit den Schultern und ließ meinen Arm wieder los. Dann blickte er stumm aufs Wasser. Ich wartete einen

Moment auf eine weitere Erklärung, die aber nicht kam, und setzte mich wieder hin. Es war ihm anzumerken, wie sehr er mit sich zu kämpfen hatte.

»Okay, du hast mich echt neugierig gemacht. Also, warum willst du eine Frau heiraten, die du gar nicht heiraten willst?«

»Ich hab's für eine coole Idee gehalten. Jedenfalls hab ich mir das eingeredet. Aber das war es nicht. Das ist mir heute Nacht klar geworden.«

Mir lagen tausend Fragen auf der Zunge, aber ich hielt mich zurück. Nach einem tiefen Atemzug fuhr er fort, und sein Blick ging irgendwohin in die Dunkelheit, um sich darin zu verlieren.

»Ich hatte wohl einfach nur Angst.«

»Vor Lisa?«

»Nein, nicht vor ihr.« Er nagte nervös an der Lippe. »Ich hab ihr den Antrag gemacht, an dem Tag, an dem ich von Suses Unfall erfahren habe.«

Jetzt blickte er zu mir, und in seinen Augen lagen Selbstanklage und Schmerz. »Ich schätze, ich habe eine Ausrede gesucht, um mich zu drücken. Vor Mel, vor all den Fragen, die sie mir stellen würde.«

So langsam begriff ich, was sein Problem war.

»Du hattest recht, damals im Büro bei Schwarz, Niki. Ich hätte Mel wahrscheinlich niemals die Wahrheit gesagt. Ich hätte in einem Jahr etwas anderes gefunden, was mich daran gehindert hätte, ihr Vater zu sein. Und dann wäre mir noch eine Ausrede eingefallen. Und dann noch eine. So, wie in den letzten fünfzehn Jahren auch.«

Ich sah ihn prüfend an. War das jetzt eine Masche, die er abzog, um bei mir Mitleid zu erregen? Sein Fehlverhalten mit den absurdesten Argumenten zu entschuldigen?

»Mel ist ein Kind, Tom. Dein Kind. Ein ziemlich normaler Teenager. Vor ihr muss man keine Angst haben. Ganz sicher nicht.«

Er nickte. »Und wenn ich Angst vor mir selbst habe? Vor den Fehlern, die ich gemacht habe?«

Scham ist ein sehr mächtiges Gefühl. Es hindert uns oft daran, eine Sache, die schiefgelaufen ist, wieder geradezubiegen. Und dann machen wir immer weiter, verstricken uns in ein Netz aus Lügen und Ausreden und Entschuldigungen. Und machen alles nur noch schlimmer.

Ich verstand endlich, warum Tom Hansen das getan hatte, was er getan hatte.

»Sie ist erst fünfzehn, Tom. Sie hat noch ziemlich viel Zeit vor sich. Und du auch. Mindestens fünfzig Jahre. Das ist eine ziemlich lange Zeit, um es wieder hinzubekommen.«

Er sah mich nachdenklich an, und ich erkannte, wie es in seinem Kopf arbeitete.

»Fang morgen damit an, dann hast du noch eine halbe Ewigkeit, um alles wieder richtig zu machen. Du musst nur einfach irgendwann mal anfangen.«

Dann stand ich auf, wünschte ihm eine gute Nacht und ging zurück ins Zimmer. Mel drehte sich kurz im Schlaf, murmelte etwas Unverständliches, wachte aber nicht auf. Ich hatte mich kaum hingelegt, da schlief auch ich erschöpft ein.

Kapitel 18

Ich weiß nicht, ob Tom Hansen das, was ich in der ersten Nacht auf dieser wunderschönen Insel zu ihm gesagt hatte, wirklich ernst nahm. Aber in den Tagen, die folgten, gab er sich große Mühe, so etwas wie ein zartes Band zu Mel zu knüpfen. Er tat es mit dem, was er richtig gut konnte. Kochen.

Als ich am nächsten Morgen aufwachte, war Mel schon aufgestanden. Durch das Haus zog ein verführerischer Duft nach frischem Kaffee, gebratenen Eiern, Speck und Orangensaft.

Tom hatte offenbar mühelos (und obwohl er kaum geschlafen haben musste) ein Frühstücksbüfett gezaubert, das jedem Fünf-Sterne-Hotel die Ehre gemacht hätte. Als ich verschlafen aus dem Zimmer stolperte, saßen Benny und Mike bereits am Tisch und schaufelten Berge von Rühreiern in sich hinein. Mel pickte etwas verloren in einem Obstsalat herum und starrte Löcher in die Tischplatte. Tom wirbelte herum, schnitt Tomaten, Zwiebeln und irgendwelche Kräuter klein und bot mir sein Spezialomelett an, als er mich in die Küche kommen sah.

Ich nahm mir einen Kaffee und setzte mich an den Tisch.

Benny hatte schon Pläne für den Tag gemacht, die er mir begeistert aufzählte. »Tom sagt, wir können nachher schwimmen gehen. Oder Kanu fahren.« Leider hatte er den Mund dabei voller Rührei, das auf den Tisch spritzte.

»Oh, tut mir leid …« Er sammelte es unbekümmert mit den Fingern auf und stopfte es sich wieder in den Mund.

Mike sah mich über den Rand seiner Kaffeetasse an und lächelte. »Gut geschlafen?«

Ich unterdrückte ein Gähnen und nickte. Dann blickte ich zu Mel, die wiederum verstohlen ihrem Vater dabei zusah, wie er das Omelett zauberte. Als sie meinen Blick bemerkte, senkte sie verlegen die Augen und spielte mit einer Haarlocke, die ihr in die Stirn fiel, während sie mit der Gabel weiter unmotiviert im Obstsalat herumstocherte. Ich atmete tief durch. Das alles war eine höchst skurrile Version eines Familien-Sonntagsfrühstücks, und ich hatte keine Ahnung, was davon zu halten war.

Tom kam zu mir und servierte mir das Omelett. Ich lächelte dankbar zu ihm auf. »Danke.«

Er sah mich gar nicht an, sondern betrachtete lieber seine Tochter dabei, wie sie kleine Apfelstücke von einer Seite der Müslischale auf die andere schob.

»Ist alles okay mit dem Obst? Möchtest du lieber was anderes?«

Sie blickte misstrauisch auf, so als würde der freundliche Tonfall ihres Vaters sie überraschen.

»Nee. Alles okay.« Und nach einer kleinen Pause fügte sie ein »Danke« hinzu.

Tom nickte und setzte sich dann zu uns, um sich ebenfalls einen Berg Rührei und den knusprig gebratenen Speck auf einen Teller zu schaufeln.

Das Omelett schmeckte wirklich fantastisch, und ich ließ es Tom wissen. Als Vater machte er nun wirklich keinen guten Eindruck, aber seine Kochkünste waren phänomenal.

»Ich habe gedacht, ich mache mit euch nachher mal eine kleine Tour über den Bodden. Mit dem Motorboot. Wenn ihr wollt. Ich kenne da eine ganz tolle Badestelle. Und es soll heute richtig heiß werden.«

Er gab sich wirklich Mühe, eine entspannte Atmosphäre zu schaffen. Das musste man ihm lassen. Mike warf mir einen fragenden Blick zu, und es war klar, dass ihm Toms Freundlichkeit Rätsel aufgab.

»Ich hab keinen Bikini dabei.« Es war nicht klar, an wen Mels Worte gerichtet waren, aber es klang nicht unfreundlich.

»Ich leider auch nicht, obwohl sich Baden sehr gut anhört.« Ich zwinkerte ihr aufmunternd zu, und sie erwiderte es mit einem kleinen Lächeln. Immerhin.

»Kein Problem. Im Boot hab ich immer ein paar Badesachen. Da ist bestimmt was für euch dabei.«

Mel traute sich nun doch einen Blick mit Tom zu wechseln, und der schaffte es, in diesem Moment tatsächlich so etwas wie ein schüchternes Lächeln hervorzuzaubern.

»Cool.« Zu mehr Konversation war Mel nicht fähig, aber es war immerhin ein Anfang.

Wir plauderten noch eine Weile weiter über belanglose Dinge, wie das Wetter, die Wassertemperatur und dass die Touristen, die Rügen jedes Jahr im Sommer wie die Heuschrecken heimsuchten, diesen Teil der Insel zum Glück noch nicht entdeckt hatten. Schließlich halfen Benny und Mel dabei, den Tisch abzuräumen und die Küche sauber zu machen.

Mike zog mich am Ellbogen auf die Terrasse, wo uns die anderen nicht hören konnten. Mit misstrauischem Blick beobachtete er Tom durch die geöffnete Terrassentür.

»Was ist denn in den gefahren?«

Ich zuckte nur mit den Schultern, nippte an meinem Kaffee und klopfte Mike aufmunternd auf die Schulter.

»Nicht fragen, Mike. Nur wundern.«

Er kniff die Augen zusammen, und das nicht, weil ihn die helle Morgensonne blendete.

»Wenn der nur so tut und Mel verarscht, dann …«

»Mike …«, unterbrach ich ihn und sah ihn tadelnd an. »Er will nett zu ihr sein. Gib ihm eine Chance zu beweisen, dass er das hinbekommen kann.«

»Was hinbekommen?«

Ich verdrehte die Augen. »Das mit dem Vatersein.«

Ich lehnte mich an die Brüstung und ließ meinen Blick über das Wasser unter uns schweifen.

»Überleg mal, wie lange du gebraucht hast, um das hinzubekommen.«

»Hmm …« Das, was er da von sich gab, klang eher wie ein Brummen.

»Du findest ihn nett.« Er ließ es nicht wie eine Frage klingen.

»Ja. Jedenfalls so nett, wie man sein kann, wenn man sich die meiste Zeit seines Lebens wie ein absoluter Blödmann verhalten hat.«

»Aha!« Er sah mich noch immer kritisch an, und plötzlich dämmerte mir, was hinter diesen hellen, wachen Augen vorging. Ich lachte kurz auf und schüttelte den Kopf.

Er sah mich überrascht an. »Was denn?«

»Lass es, Mike.«

»Was soll ich lassen?«

Ich drehte mich kurz zu den dreien in der Küche um.

»Was auch immer du grade denkst, Tom Hansen ist bestimmt nicht mein Typ, okay?«

Er wurde tatsächlich etwas rot, wich meinem Blick aus und wandte sich abrupt ab.

»Ich brauch noch ’nen Kaffee.«

Nach dem Frühstück gingen wir den schmalen Weg hinunter zum Bootsanleger und stiegen in das kleine Motorboot, so, als gehörten wir zu den unzähligen Touristen, die sich an einem sonnigen Augusttag auf Rügen die Zeit vertreiben. Benny war begeistert, als er das Ruder übernehmen durfte, staunte über die zahlreichen Fischreiher und Kormorane, die Tom uns zeigte, und sprang voller Elan vom Boot aus ins kühle Nass der Ostsee. Wir taten so, als wäre all dies völlig normal, als wären wir eine dieser kleinen modernen Bilderbuchfamilien aus einem dieser Urlaubskataloge, die ihre Ferien genossen und keinerlei Sorgen hatten. Wir saßen auf dem Sonnendeck der Motoryacht und plünderten hungrig den Picknickkorb, den Tom in Rekordzeit nach dem Frühstück zusammengestellt hatte, dösten anschließend in der Sonne und sprangen dann wieder ins Wasser. Ich lief mit Liesel eine Runde über die Dünen. Natürlich hatten wir sie mitgenommen, und die Würstchen und Käsestücke, die sie von uns ausnahmsweise bekam, entschädigten sie dafür, mit uns über etwas so Unheimliches wie Wasser fahren zu müssen. Tom hatte nicht gelogen, und Mel und ich trugen ziemlich trendige Bikinis, die vermutlich seiner ehemaligen Verlobten gehört haben mussten. Und bestimmt mehr kosteten als alle Bikinis zusammen, die ich mir jemals im Leben gekauft hatte.

Benny war einfach unbezahlbar. Seine kindliche Begeisterung, seine gute Laune und seine Energie rissen uns alle mit und ließen uns vollkommen vergessen, in was für ein absurdes Drama wir geraten waren, in dem wir auch noch die Hauptdarsteller waren. Zumindest galt dies für Tom und Mel. Wir anderen waren wohl eher die Statisten.

Es war rührend mit anzusehen, wie die beiden sich verstohlen beobachteten, wenn sie glaubten, der andere würde gerade nicht hinsehen. Und ich erkannte in den Blicken neugieriges Erstaunen und Erkennen, von kleinen Dingen, die sie gemeinsam hatten. Wie sie sich die rotblonden Strähnen aus der Stirn pusteten, oder nervös an ihrem Ohrläppchen zogen, wenn sie verunsichert waren.

An diesem herrlichen, sonnigen Tag im August begannen sie sich vorsichtig anzunähern, wechselten kurze knappe Sätze miteinander, die sich hauptsächlich um so banale Dinge drehten wie: »Kann ich mal das Brot haben?« »Ist noch Mortadella da?« »Und gibt's auf dem Boot auch ein Klo?«

Es war eine erste, zarte Annäherung, und ich betete, dass keiner von beiden einen Fehler machen würde und eine unpassende Bemerkung, ein unbedachtes Wort alte Wunden wieder aufreißen ließ. Oder neue Verletzungen verursachte.

Am Abend dieses ersten Tages standen beide zum ersten Mal gemeinsam in der Küche. Ich hatte mich angeboten, Tom beim Kochen zu helfen, und Mel hatte sich ganz einfach zu uns gesellt. So wie es aussah, war das Thema Kochen für beide der Eisbrecher. Mel stellte interessiert Fragen zu verschiedenen Zutaten, und Tom erklärte leidenschaftlich, warum man sie so und nicht anders verarbeiten musste. Es vergingen keine dreißig Minuten, da stahl ich mich klammheimlich aus der Küche und leistete Mike und Benny Gesellschaft, die auf der Terrasse saßen und in der Abendsonne dösten. Ich war mir sicher, es war Tom und Mel gar nicht aufgefallen.

Mike sah grinsend auf, als ich mich neben ihn auf die Holzliege setzte, und deutete in Richtung Haus.

»Bist du dir sicher, dass man die beiden jetzt schon allein lassen kann? Immerhin haben sie Messer in der Hand.«

»Die kommen miteinander klar.« Ich drehte mich um und beobachtete eine Weile, wie sie, ganz in den Kochvorbereitungen versunken, miteinander redeten. »Sie haben sich auch eine Menge zu erzählen.«

Mike sah mich einen Moment so an, als würde er mir ebenfalls etwas Wichtiges sagen wollen, dann wandte er den Blick wieder ab und deutete auf Benny.

»Mein abenteuerlustiger Sohn will morgen unbedingt Klaus Störtebeker treffen.« Er drückte mir einen Flyer in die Hand. »Er hat seine Leidenschaft für Piraten entdeckt.«

Ich studierte die Broschüre, die Benny wohl irgendwo in Toms Haus entdeckt haben musste, und die einlud, ein imposantes Theaterspektakel auf irgendeiner Naturbühne in Ralswiek zu bestaunen. Mitsamt wilden Pferden, Schwertkämpfen und Piratenschiffen.

»Lust mitzukommen?« Er lächelte mich wieder mit diesem Lächeln an, das gar kein Nein erlaubte.

»Klar komme ich mit.«

Er deutete wieder in Richtung Küche. »Und die beiden lassen wir allein?«

Ich nickte und grinste vielsagend. »Jemand muss doch auf Liesel aufpassen.«

Mike hob die Hand, und wir klatschten uns gegenseitig ab.

War der erste Abend in der Küche für Tom und Mel der Eisbrecher gewesen, so wurden die nächsten zwei Tage für die beiden eine Art Achterbahnfahrt, auf der es turbulent zuging. Sie standen Seite an Seite in der Küche, redeten intensiv miteinander, stritten sich, gingen am Uferweg des Boddens spazieren, paddelten mit dem Kanu am Schilf entlang und saßen nachdenklich an der Feuerschale, die wir abends anmachten. Als Benny, Mike und ich uns zurückzogen, blieben sie sitzen und redeten die ganze Nacht leise weiter.

Kapitel 19

Am fünften Tag gingen unsere Vorräte langsam zur Neige, und wir beschlossen, in den Hafen nach Gager zu fahren, um dort einzukaufen. Mike war der Ansicht, er habe mittlerweile genügend nautisches Wissen angesammelt, um die Fahrt über den Bodden auch ohne Tom hinzubekommen. Immerhin fuhren wir mindestens einmal am Tag hinaus aufs Meer oder den Bodden. Mike ließ sich alles ganz genau erklären, um immer öfter das Ruder zu übernehmen. Tom war alles andere als begeistert, doch angesichts der Tastsache, dass er noch nicht bereit war, sich der Öffentlichkeit zu stellen, blieb ihm nichts anderes übrig, als Mike die Schlüssel auszuhändigen und ihm noch einmal die wichtigsten Grundregeln des Motorbootführens zu erläutern. Mike verdrehte genervt die Augen und freute sich anschließend wie ein kleines Kind, als er am Steuer der Yacht den Dieselmotor aufheulen ließ und ablegte. Benny und Mel wollten lieber auf der Insel bleiben, mit den Kanus rausfahren und den wunderschönen Sommertag garantiert nicht in einem Supermarkt verbringen.

Es stellte sich heraus, dass Mike tatsächlich einiges gelernt hatte, denn er steuerte die kleine Motoryacht so souverän und lässig in den Yachthafen von Gager, dass wohl auch dem

Hafenmeister nicht weiter auffiel, was für einen Leichtmatrosen er da vor sich hatte. Wir vertäuten das Boot, suchten den nächstbesten Supermarkt auf und arbeiteten die ellenlange Liste ab, die Tom uns mitgegeben hatte. In der kleinen Fischhalle kauften wir anschließend den halben Fang auf, den die einheimischen Fischer am frühen Morgen von ihren Touren mitgebracht hatten. Nach zwei Stunden kehrten wir schwerbepackt mit all den Tüten und Taschen zu unserem Boot zurück.

»Erst halb zwei.«

Mike sah auf die große Uhr, die am Büro des Hafenmeisters angebracht war und neben der Uhrzeit auch die Lufttemperatur, die Windgeschwindigkeit und die Wassertemperatur anzeigte. Es war ein heißer Tag. Selbst hier am Wasser.

»Das ist viel zu früh, um wieder auf eine einsame Insel zu verschwinden.«

Er entdeckte ein kleines Café, dessen Holzterrasse ganz am Ende des Hafenpiers lag und romantisch zum Verweilen einlud.

»Die haben bestimmt ein sensationelles Eis.«

Ich kam gar nicht dazu, irgendetwas zu erwidern.

Es war mir ein Rätsel, wie er es tatsächlich schaffte, den gigantischen Berg aus Eis, Sahne, eingelegten Früchten und dicker dunkler Schokoladensoße in der gleichen Zeit zu vertilgen, die ich brauchte, um an zwei Kugeln Zitroneneis zu lutschen. Mal ganz davon abgesehen, dass die Kalorien, die er damit verdrückte, locker eine Kleinfamilie durch den Winter gebracht hätten. Das Eis schmeckte allerdings hervorragend und war genau das, was wir bei den heißen Temperaturen brauchten. Wir bestellten uns noch einen Espresso und sahen dann träge mit prallen Bäuchen über die glitzernde Oberfläche des Wassers hinaus auf den Bodden. Um uns herum tobte das Leben, Kinder sprangen zwischen den Tischen umher, Paare machten Selfies vor der Kulisse des malerischen Hafens, und ständig kamen neue Touristen hinzu, die ihre Fahrräder abstellten und sich in die lange Schlange vor der Eisausgabe anstellten.

Ich beobachtete Mike von der Seite, wie er mit weit ausgestreckten Beinen, seine Sonnenbrille auf der Nase, den Kopf in den Nacken gelegt und mit geschlossenen Augen in der Mittagshitze döste. Die Sonne und das Ostseewasser hatten seine kastanienbraunen Locken etwas ausgebleicht und helle Strähnchen hinterlassen. Was ihm wieder dieses unwiderstehliche Aussehen eines Surferboys gab. Schwer vorzustellen, dass dieser Mann in Berlin hinter einem Computer sitzen sollte und nicht den Tag draußen in der Sonne auf einem Boot oder an einem Strand verbringen durfte. Es passte viel besser zu ihm. Und in diesem Augenblick wurde mir klar, dass er todunglücklich werden würde, wenn er wie all die anderen Computer-Nerds in einem seelenlosen Großraumbüro vor sich hin an irgendwelchen Algorithmen arbeiten musste. Dieser Mann musste raus in die Welt, sein eigener Herr sein und mit Menschen und nicht mit Computern sein Leben verbringen. Auch wenn ich die Idee mit den Glückskeksen immer noch nicht wirklich erfolgversprechend fand, war mir klar, was es für ihn bedeutet hatte. Freiheit und Eigenständigkeit. Um ein guter Vater zu werden, hatte er sich entschlossen, all das aufzugeben. Stattdessen würde er irgendeine Maschine programmieren, die Menschen Dinge verkaufte, die sie weder brauchten noch wirklich wollten. Als er mitbekam, dass ich ihn beobachtete, öffnete er ein Auge und schob die Sonnenbrille ins Haar.

»Was ist? Hab ich mich irgendwo mit Sahne bekleckert?«

»Nein.« Ich wich seinem Blick verlegen aus. »Ich musste nur gerade an was denken.«

Er hob misstrauisch die Augenbrauen »Aha?!«

»Ich werde dir nicht im Weg stehen, was Benny angeht, Mike.«

Er richtete sich auf und schaute mich ernst an.

»Wenn du das Sorgerecht für ihn haben willst, dann ist das okay für mich. Nicht nur okay, sondern richtig gut. Ich bewundere dich sogar ein bisschen dafür, dass du alles aufgibst, um für Benny der Vater zu sein, auf den er sich verlassen kann. Wirklich.« Ich musste kurz auflachen. »Wenn mir das jemand vor einem Jahr erzählt hätte, dass ich so über dich rede, den hätte ich für verrückt erklärt.«

Er beugte sich vor, um mir prüfend in die Augen zu schauen. »Und was ist mit dir?«

»Mit mir?«

»Ja, mit dir, Niki Schmidt. Du bist wichtig für Benny. Und für Mel. Du bist ihre …«

»Halt. Stopp. Sprich es nicht aus. Bitte, Mike.« Ich sah ihn ernst an. »Wir wissen beide, dass ich nicht ihre Mutter bin, dass ich niemals auch nur ansatzweise in die Nähe davon komme. Ich bin das, was ich schon immer für sie gewesen bin. Ihre große Freundin.« Ich überlegte einen Moment. »Oder so was wie eine große Schwester.«

Ich spielte verlegen mit der leeren Espressotasse. »Die beiden brauchen mehr als das.«

»Blödsinn!« Er spuckte das Wort förmlich aus. »Wie kommst du nur auf diesen Schwachsinn?«

»Weil es die Wahrheit ist. Irgendwie. Sieh dir nur mal Mel an. Die hat nach fünf Tagen schon eine innigere Bindung zu Tom aufgebaut als ich in fünfzehn Jahren.«

Er sah das komplett anders. »Das glaubst du wirklich?«

Ich nickte. »Und Benny himmelt dich an.«

Er schüttelte den Kopf. »Du bist genauso wichtig für ihn.«

»Natürlich bin ich immer für euch da. Für Benny und für Mel. Und auch für dich. Aber ich will dir auch nicht im Weg stehen.«

»Du stehst mir nicht im Weg!«

»Komm schon, Mike, du wirst nicht ewig Single bleiben. Und garantiert eine Frau treffen, die sich nicht nur in dich, sondern auch in Benny verknallt.« Ich sah ihn mit ironischem Grinsen an. »Das ist nur eine Frage der Zeit, glaub mir. Dafür kenne ich dich viel zu lange und zu gut.«

Er gab einen empörten Ton von sich.

»Vielleicht ist es ja genau anders rum.« Er kniff die Augen zusammen, und seine hellen Augen blitzten kampfeslustig.

Ich verstand nicht, was er meinte.

»Vielleicht ist es ja so, dass ich dir im Weg stehe, Niki. Und Benny auch.«

»Häh?!«

»»Pfff …« Er lehnte sich zurück und setzte sich wieder die Sonnenbrille auf die Nase, damit ich seinen Blick nicht ergründen konnte. »Da muss man sich gar nicht groß anstrengen, meine Liebe, um das rauszubekommen. Ich meine, Tom Hansen hat im Augenblick vielleicht keinen besonders guten Lauf. Aber das wird sich bestimmt bald wieder ändern. Dann hat er wieder Kohle, ist berühmt und sicherlich ein Superfang. Ich hab euch beide beobachtet.«

Ich starrte ihn fassungslos an. Glaubte er tatsächlich, dass ich auf dem besten Weg war, mich in Tom Hansen zu verlieben? Das war absoluter Blödsinn.

»Ich hab mich getäuscht, Mike Broder. Was ich da gerade über dich gesagt habe.« Ich schüttelte den Kopf. »Du bist und bleibst ein Idiot!«

Damit stand ich auf und ging ohne einen weiteren Kommentar zurück zum Boot.

Er folgte mir nach einer kurzen Weile, nachdem er unser Eis und den Kaffee bezahlt hatte, und ohne ein weiteres Wort legten wir im Hafen von Gager ab. Eine halbe Stunde herrschte demonstratives Schweigen zwischen uns. Nur das Rauschen der Wellen, die sich am Rumpf des Bootes brachen, der Motor, der unter unseren Füßen dumpf dröhnte und leichte Vibrationen erzeugte, die sich auf den Körper übertrugen, und der Fahrtwind, der an unseren Haaren zerrte, waren zu hören. Ich vermied es, Mike anzusehen. Der Ärger über das, was er gesagt und vor allen Dingen, was er über mich gedacht hatte, lag wie eine heiße Kugel in meinem Bauch und machte mich so unsagbar wütend, dass ich ihn am liebsten über Bord geworfen hätte. Wie konnte er nur glauben, dass ich Benny loswerden wollte, um … ja, um was eigentlich? Freie Bahn bei Tom Hansen zu haben? Wie konnte er nur so etwas von mir denken?

Die kleine Landspitze unserer Insel kam in Sicht, hinter der der Anleger für die Motoryacht lag. Mike drosselte den Dieselmotor, lenkte die Yacht in die Nähe des Ufers und stoppte dann. Ich sah ihn fragend an.

»Warum halten wir?«

Er warf mir nur einen kurzen Blick zu, ging nach vorn an den Bug des Schiffes und warf den Anker. Dann kam er zu mir zurück und baute sich vor mir auf.

»Ich kann so nicht zurückfahren, Niki.«

»Kein Problem. Dann schwimm ich den Rest eben.«

Ich wollte mich abwenden, doch er hielt mich am Ellbogen fest.

»Niki, bitte. Warte.« Seine Stimme hatte tatsächlich einen sanften Unterton, den ich so nicht erwartet hätte.

»Du hast recht, ich bin ein Idiot. Dir das mit Tom Hansen zu sagen war nicht gerade der cleverste Move, den man sich vorstellen kann. Tut mir leid. Sehr leid sogar.«

Ich drehte mich zu ihm um und verschränkte trotzig die Arme vor der Brust. So leicht wollte ich ihn nicht davonkommen lassen.

»Du denkst, damit ist jetzt alles okay?« Ich pustete mir eine Haarsträhne aus der Stirn, die der Wind mir in die Augen geweht hatte. Aus irgendeinem mir unbekannten Grund schien ihn das zu erheitern.

»Was gibt's da zu grinsen?«

Sein Lächeln wurde breiter. »Nichts. Absolut gar nichts. Aber du erinnerst mich gerade ein wenig an meine Sandkastenliebe mit fünf. Die konnte auch immer so sauer gucken.«

Ich hielt seinem Blick stand und verzog keine Miene.

Er wurde wieder ernst. »Sorry, ging mir gerade nur so durch den Kopf.«

Er lehnte sich an der anderen Seite des Bootes an die Reling, und ich suchte seinen Blick.

»Glaubst du wirklich, ich würde mich in Tom verlieben?«

Er schüttelte den Kopf.

»Und warum sagst du dann so einen Blödsinn?«

Er zuckte etwas hilflos mit den Schultern. »Na ja, das ist eigentlich offensichtlich, oder?«

»Ich kann dir versichern: Das ist es nicht!« Ich sah ihn auffordernd an. »Erklär's mir bitte.«

Er stöhnte leicht auf. So langsam verlor ich die Geduld.

»Ich kann auch gern ins Wasser springen.« Erneut nestelte ich an meinem T-Shirt herum.

»Mann, Niki! Ich bin eifersüchtig auf den Typen.«

»Weil er reich und berühmt ist?« Aus solchen Dingen hatte sich Mike doch nie etwas gemacht.

»Nein, weil er auf dich steht. Das ist ja wohl offensichtlich.«

Nun, für mich war das nicht so offensichtlich.

»Und wie kommst du zu dieser hirnrissigen Vermutung?«

Er lachte kurz trocken auf. »Welcher Mann lässt sich von einer Frau erklären, wie er mit seiner Tochter umgehen soll? Und setzt das dann auch noch so wunderbar um? Glaub mir, der fährt ziemlich auf dich ab.«

Das war durchaus schmeichelhaft für mich. Andererseits auch völlig unsinnig. Tom Hansen war sicherlich ein attraktiver Mann. Erfolgreich, wohlhabend (mittlerweile vielleicht nicht mehr ganz so wohlhabend), ein Frauenschwarm. Aber ich war meilenweit davon entfernt, in ihm mehr zu sehen als den Vater von Mel. Ich wollte beide glücklich sehen. Mehr nicht.

»Und wenn schon.« Ich blickte schulterzuckend zu ihm auf. »Was nicht bedeutet, dass es mich völlig kalt lässt. Ich meine, es ist immerhin Tom Hansen. Da fühlt man sich als Frau schon geschmeichelt.«

Mike sah mich wieder aus schmalen Augen an. »Ha, dann stehst du doch auf ihn!«

»Nein, tue ich nicht. Und werde es vermutlich auch nicht, selbst wenn er der einzige Mensch auf dieser Insel sein sollte.« Ich deutete auf den Schilfsaum, der vor uns lag und das Ufer begrenzte. »Außerdem finde ich, wir benehmen uns gerade wie ein paar Teenager auf dem Pausenhof. Wer auf wen warum steht …« Ich stieß einen empörten Laut aus. »Selbst Mel benimmt sich nicht so kindisch. Und das will was heißen.«

Einen Moment sahen wir uns an. Und dann mussten wir grinsen.

Er fuhr sich mit der Hand durch die zerzausten Locken. »Das war total albern.«

»Absolut kindisch.«

Aus dem Grinsen wurde ein Lachen, und wir atmeten beide erleichtert auf. Nach einem kurzen Moment sah er mich wieder intensiv an.

»Ich liebe dich, Niki.«

Er sagte es mit einer Klarheit und Einfachheit, dass mir für einen Moment die Luft wegblieb und mein Herz einen Schlag aussetzte.

»Schon seit einer Ewigkeit.«

Er kam langsam auf mich zu, blieb dann kurz vor mir stehen und schenkte mir diesen Blick, der mein Innerstes zum Schmelzen brachte.

»Jedes Mal, wenn ich eine Frau kennenlerne und mit ihr flirte und ich mir einrede, mich gerade zu verlieben, weiß ich im

Grunde schon, wie es ausgehen wird. Dass es nur eine Frau gibt, die mir wirklich wichtig ist. Die mir etwas bedeutet. Und mit der ich mein Leben teilen will. Und das bist du, Niki.«

Er sah mich an, als hätte er mir gerade gestanden, an einer unheilbaren, schweren Krankheit zu leiden, für die es keinerlei Rettung gab.

»Mike …«

»Ich weiß, dass das eine ziemlich einseitige Sache ist. Ist schon klar, das hast du mir ziemlich deutlich zu verstehen gegeben.« Er zuckte hilflos mit den Schultern. »Aber ich kann nichts dagegen machen. Und glaub mir, ich hab's versucht.«

Ich sah ihn an, wie er vor mir stand, den Kopf leicht geneigt. Verlegen und ratlos und hoffnungslos.

In diesem Augenblick begriff ich, dass das, was diesen Mann quälte, genau das war, was auch mich seit Jahren daran hinderte, glücklich zu werden. Was mich jeden Mann, den ich näher kennenlernte und mit dem ich eine Affäre begann, schon nach kurzer Zeit mit Mike vergleichen ließ. Mit der Art, wie er ging, wie er lachte, wie er sich nachdenklich den Nacken rieb, wenn er ernsthaft über etwas nachdenken musste. Ich hatte ihn angezickt, auf Abstand gehalten, ihn nicht nah genug an mich herankommen lassen, damit er mir nicht gefährlich werden konnte. Ich hatte Angst gehabt, im schlimmsten Falle ihn und meine beste Freundin zu verlieren. Die menschliche Seele ist manchmal ziemlich kompliziert.

Ich nahm seine Hand, die locker an seiner Seite herabhing.

»Mike …«

Sein Blick spiegelte Erstaunen.

Ich zog ihn nah an mich, hob den Kopf und meine Lippen suchten die seinen. Er war viel zu überrascht, um etwas anderes zu tun, als meinen Kuss zu erwidern.

Zuerst vorsichtig, tastend, dann immer leidenschaftlicher. Ich spürte seine warmen Hände auf meinem Rücken, wie sie langsam die Wirbelsäule hinauffuhren, meinen Nacken erreichten und sich in mein Haar gruben. Schmeckte diese Lippen, die noch ganz süß waren von dem Eis, das er gegessen hatte. Es war ein intensiver Kuss, ein Kuss, der alle Sinne elektrisierte, der unser Innerstes aufwühlte wie der Sturm das Meer. Ein Kuss, der alle Mauern mühelos durchbrach, die wir jahrelang zwischen uns aufgebaut hatten und die nun zusammenstürzten, als wären sie aus Sand gebaut.

Nach einer Ewigkeit lösten wir uns atemlos voneinander. Sahen uns stumm in die Augen. Ein seliges Lächeln umspielte seine weichen Lippen, die ich schon wieder vermisste.

In seinem Blick lag so große Erleichterung, so große Freude, dass es meinem Herzen einen warmen Schlag versetzte.

Ich spürte seine Finger, die sanft über meine Wange glitten, als würde er unerforschtes Terrain betreten. Ich schmiegte meinen Kopf in seine Hände und schloss die Augen, während seine Lippen wieder die meinen fanden und wir uns erneut in einem innigen Kuss verloren.

Eine Stunde später lagen wir verschwitzt und erschöpft zwischen den durchwühlten Laken der Kajüte. Das leichte Schaukeln des Bootes hatte etwas Hypnotisierendes, und das Plätschern der Wellen am Bug verstärkte dieses Gefühl, als befände man sich weit, weit weg in einer völlig neuen, unbekannten Welt. Das, was zwischen diesem wunderbaren Mann an meiner Seite und mir in der letzten Stunde passiert war, war nicht einfach nur Sex gewesen. Und es war ganz anders als das, was wir vor vielen Jahren in dieser einen Nacht getan hatten. Es war, als hätten unsere Körper und unsere Seelen all die Jahre auf genau diesen einen Moment gewartet, um dann in einem Sturm von unbekannten Empfindungen und Emotionen aufgelöst zu werden. Es war nicht einfach nur Sex, es war … Ja, was eigentlich? Ich begann zu kichern. Vielleicht hatte ich ja gerade das erlebt, was diese Esoteriker gern als Erleuchtung umschrieben.

»Ich hoffe, du lachst, weil du glücklich bist.« Mike fuhr sanft mit der Hand die Rundung meines Kinns entlang. »Und nicht weil du gerade ein frustrierendes Erlebnis hattest. Das wäre irgendwie ziemlich enttäuschend.«

Ich drehte mich zu ihm um und legte mein nacktes Bein über seine Oberschenkel. Unsere Gesichter waren nur einen Hauch voneinander entfernt.

»Nun, auf einer Skala von eins bis zehn …« Ich grinste ihn frech an.

Er tat so, als wäre er erschrocken, »Sag's bitte nicht«, und küsste mich zärtlich auf den Mund, um mich zu unterbrechen.

»Ein bisschen Luft nach oben gibt's noch.« Ich sah ihn gespielt ernst an, und er rückte ein Stück von mir ab.

»Oh, ja … dann …« Er schien tatsächlich etwas verlegen und unsicher zu sein. Dafür, dass er der Womanizer Nummer eins war, der jeden Monat eine Neue anschleppte und vermutlich in einem Jahr mehr Sex gehabt haben musste als ich in meinem ganzen Leben, war er ziemlich leicht aus der Fassung zu bringen. Ich musste erneut kichern.

»War nur ein Scherz.« Ich küsste ihn auf den Mund.

»Und wenn ich ganz ehrlich bin, es war … irgendwie erleuchtend.«

Er sah mich an, und in seinen Augen erkannte ich die Frage, ob ich ihn jetzt schon wieder auf den Arm nehmen wollte.

Meine Hand legte sich auf seine Brust und fuhr die Muskeln entlang, die nun entspannt und warm unter meinen Finger lagen.

»Ich bin gerade sehr, sehr glücklich.«

Die Brust hob sich in einem langen Seufzer, und er lächelte mich an.

»Ich auch.«

Seine Stimme war leise und etwas belegt, so, als würden die Gefühle ihn völlig überfordern.

Eine Weile sahen wir uns in die Augen, lächelten und mussten gar nichts sagen, denn unsere Körper und unsere Seelen verstanden sich wortlos. Ich beugte mich vor und küsste ihn erneut. Während er den Kuss innig erwiderte und seine Hand unter das Laken glitt und meinen Rücken entlangfuhr, hinunter zu meinen Hüften und sie sanft liebkosten, wurde mir warm und gleichzeitig eiskalt und die Härchen auf meiner Haut stellten sich auf. Das Begehren, ihn wieder zu spüren, seinen Körper zu erkunden, wurde stärker und stärker und wir verloren uns erneut in diesem Rausch der viel zu lange unterdrückten Gefühle. Die Welt um uns herum verschwand. Es gab nur noch uns, das Schaukeln des Bootes, das Plätschern des Wassers … und …

»Hey, hier seid ihr. Wir su…«

Bennys Stimme drang wie durch Watte an mein Ohr.

»Oh, ’tschuldigung.«

Wir fuhren erschrocken hoch und blickten in das verdutzte Gesicht eines sehr überraschten Neunjährigen, der an der Luke zur Kajüte stand und seinen Kopf neugierig hereinsteckte.

»Was macht ihr hier?«

Ich bedeckte schnell meine Blöße und lief vermutlich dunkelrot an.

»Benny!«

Mike versuchte, so zu tun, als wäre das alles total normal.

»Hi, Kumpel.«

Benny musterte uns einen Moment mit gerunzelten Augenbrauen, und dann erkannte ich, wie ihm klar wurde, was wir machten. Er starrte uns mit offenem Mund an.

»Was ist jetzt, Benny? Sind sie da unten?«

Jetzt erkannte ich Mels Stimme, und im nächsten Moment steckte auch sie den Kopf durch die Luke.

»Was gibt’s hier zu gucken?«

Im Gegensatz zu ihrem Bruder brauchte sie nur zwei Sekunden, um die Lage zu überblicken.

»Hi, Mel.« Ich hob kurz die Hand, um ihr zuzuwinken.

»Ihr …«, ich musste mich räuspern und tauschte einen Blick mit Mike, dem die ganze Sache vermutlich ebenfalls peinlich war, auch wenn er es besser überspielen konnte.

» …ihr seid ja hier?«

Was völlig überflüssig war zu erwähnen, aber mir fiel einfach nichts Besseres ein.

Mel starrte mich einen langen Moment an. Dann fing sie sich. »Wir haben das Boot vom Ufer aus gesehen und wollten schauen, was bei euch los ist.«

»Tja.« Mike kratzte sich etwas verlegen die Stirn. »Wir haben wohl ein bisschen die Zeit vergessen.«

Er sah kurz zu mir, und ich nickte eifrig. »Gebt uns zwei Minuten, dann sind wir startklar.«

Mels Miene war undurchdringlich und schwer zu ergründen. Sie nickte langsam. »Okay.«

Dann zog sie Benny mit sich an Deck, und wir atmeten erleichtert auf. Nach einem Moment fingen wir an, unterdrückt zu kichern.

»Hör sofort damit auf.« Ich stupste Mike an und flüsterte ihm ins Ohr: »Sie können uns oben hören.«

Er riss sich mühsam zusammen und sah mich dann liebevoll an.

»In Zukunft müssen wir wohl etwas vorsichtiger sein.«

Ich nickte eifrig. »Ich bitte darum.«

Dann kicherten wir wieder los. Die Situation war mal wieder absurd, doch so langsam gewöhnte ich mich daran. Immerhin hatten wir ein Problem weniger. Nämlich wann und wie wir es Benny und Mel sagen sollten. Alles Weitere würde sich schon ergeben. Irgendwie.

Als wir keine fünf Minuten später aus der kleinen Kajüte kamen, warteten die beiden schon am Steuerstand auf uns. Das Kanu, mit dem sie uns gefunden hatten, war am Heck vertäut und dümpelte träge im Wasser vor sich hin. Mike tat so, als wäre nichts geschehen und fragte Benny, ob er mal das Steuer übernehmen wollte, nachdem er den Motor gestartet hatte. Wie zu erwarten gewesen war, nahm Benny die Gelegenheit, Kapitän spielen zu können, begeistert an. Ich beobachtete Mel, die ebenfalls so tat, als wäre alles in Ordnung, und ich fragte mich, ob dies bei ihr tatsächlich auch der Fall war. Aus ihrer verschlossenen Miene wurde ich einfach nicht schlau. Als sie merkte, dass ich sie beobachtete, lächelte sie mich nur leicht an und hob fragend die Augenbrauen. Ich lächelte zurück und hob entschuldigend die Hände. Mein Lächeln war genauso gekünstelt wie ihres.

Kurz darauf kamen wir am Anleger an, auf dem uns schon Tom und Liesel erwarteten. Liesel sprang aufgeregt herum, bellte und freute sich irrsinnig, als wären wir monatelang auf dem Meer verschollen gewesen. Einen Moment fürchtete ich, sie würde einfach vom Steg springen, noch bevor wir das Boot festmachen konnten, doch ihre Wasserscheu hielt sie Gott sei Dank davon ab.

Mit einer Hand schirmte Tom seine Augen vor der mittlerweile tief stehenden Sonne ab und sah uns etwas empört an.

»Mensch, wo habt ihr nur so lange gesteckt? Wir haben uns schon Sorgen gemacht.«

Ich sprang aus dem Boot und vertäute es längsseits zum Anleger an den Klampen, während Mike, Mel und Benny bereits unsere Taschen mit den Einkäufen des Tages über Bord hievten, wo Tom sie in Empfang nahm. Benny sprang mit einem großen Satz an Land, grinste breit und erklärte mit kindlicher Unschuld kurz und knapp die ganze Situation.

»Mike und Niki sind verknaa-aalt.«

Tom hätte fast die Tüte fallen lassen und blickte erst mich, dann Mike verblüfft an. »Ich denke, ihr beide seid nur …«

Mel gab ihm einen leichten Klaps auf den Hinterkopf.

»Mann, Benny, du Holzkopp.«

Er fuhr empört herum. »Stimmt doch.« Dann wandte er sich wieder an Tom, dem die Unterhaltung mehr als unangenehm war.

»Und sie haben die Sache gemacht.«

»Welche Sache?«

Und bevor ich es verhindern konnte, plapperte Benny munter weiter.

»Bumsen. Bumsen. Bumsen.« Dabei sprang er aufgeregt auf der Stelle und klatschte in die Hände.

Ich wurde auf der Stelle knallrot und ich fragte mich, woher er nur solche Wörter kannte. Und sie auch richtig einzusetzen wusste. Mit neun!

Mel verdrehte genervt die Augen. »Oh, Mann, der kann unmöglich mein Bruder sein.«

Mike legte seinem Sohn kumpelhaft den Arm um die Schultern und zog ihn an sich.

»Wir zwei machen jetzt mal einen kleinen Spaziergang, mein Sohn.«

Er schaute schief lächelnd zu mir. »Schafft ihr das alleine mit den Einkäufen?« Dabei nickte er fast unmerklich in Richtung Mel. So wie es aussah, sollte ich wohl mit Mel die neuesten Entwicklungen klären.

»Klar, kein Problem.« Ich drückte Mel zwei Taschen in den Arm, schnappte mir zwei weitere und lächelte Tom an, der etwas irritiert das Ganze verfolgte.

»Nimmst du den Rest?«

Er nickte eilig und folgte uns dann den schmalen Pfad hoch zum Haus.

»Nun frag schon, was du fragen willst.«

Ich sah Tom auffordernd an, der gerade die restlichen Lebensmittel akribisch in den riesigen Kühlschrank sortierte.

Während ich ihm dabei half, die Einkäufe zu verstauen, war Mel in unser Zimmer verschwunden und hatte den Vorfall mit keinem weiteren Wort erwähnt. Ich hatte bemerkt, wie Tom mich immer wieder verstohlen von der Seite musterte, und in seinem Kopf schien es ordentlich zu arbeiten.

Nun sah er betont unschuldig auf.

»Du, nee, ist schon okay.«

Er konzentrierte sich auf die Avocado, die er in der Hand hatte, und nahm sie kritisch unter die Lupe.

»Du und Mike, ihr werdet schon wissen, was ihr tut.«

»Was soll das denn jetzt heißen?«

»Gar nichts.«

»Das klang aber nicht so.«

Ich sah ihn auffordernd an. Schließlich gab er klein bei, legte die Avocado beiseite und lehnte sich an die Arbeitsplatte, die Arme vor der Brust verschränkt.

»Ich will mich da in nichts einmischen, Niki, ganz bestimmt nicht.«

»Jetzt kommt bestimmt ein *Aber*.«

»Genau.« Er lächelte leicht. »Ist es was Ernstes zwischen euch?«

Ich nickte. »Ziemlich ernst.«

Einen Moment dachte er nach und hob die Augenbrauen.

»Und wie lange schon?«

Ich zuckte leicht mit den Schultern. »Vermutlich schon eine halbe Ewigkeit.«

Er gab einen kurzen Ton von sich, der an ein Brummen erinnerte, und schwieg dann wieder. Ich sah ihn auffordernd an.

»Was hat das Brummen jetzt zu bedeuten?«

»Mel hat mir erzählt, dass ihr gute Freunde seid. Nur gute Freunde. So was wie Bruder und Schwester.« Er lächelte schief. »Allerdings in Steinalt. O-Ton: Mel.«

»Das hat sie dir erzählt?« Ich fühlte mich für einen Augenblick, als hätte mich jemand, dem ich bedingungslos vertraute, verraten.

Warum hatte Mel überhaupt etwas über uns, über mich und Mike und Benny gesagt. Ich musterte Tom kritischer. Kannte er nun all unsere Familiengeheimnisse? Er musste meine Gedanken erraten haben und hob lächelnd die Hände.

»Keine Angst. Wir haben die letzten Tage über alles Mögliche gesprochen. Darüber, wie ich Suse kennengelernt habe, wie verzweifelt ich war, als sie mir von unserer Tochter erzählte. Wie ich die falschen Entscheidungen getroffen hab«, fügte er reumütig hinzu.

Ich war trotzdem noch nicht ganz versöhnt.

»Das muss ja nicht heißen, dass sie auch alles über mich erzählt.«

»Hat sie ja auch gar nicht.«

Ich verdrehte demonstrativ die Augen.

Tom trat zu mir.

»Sie hat dich unglaublich lieb, Niki. Und Mike auch. Ohne dich hätte sie das letzte Jahr nicht überstanden.«

Ich warf ihm einen Seitenblick zu, und er fuhr ernst fort: »Sie vermisst ihre Mutter unendlich. Und ich glaube, diese Trauer wird sie noch sehr, sehr lange begleiten.«

»Das weiß ich doch. Mir fehlt Suse auch.«

»Wir alle vermissen sie.«

Einen Moment schwiegen wir wieder, jeder gefangen in seinen eigenen Erinnerungen an sie.

»Warum eigentlich erst jetzt?«

Er stellte die Frage völlig unvermutet, und ich war so überrumpelt, dass ich ihn vermutlich nur ratlos anschaute, denn er fügte ernst hinzu: »Wenn das mit euch schon ewig so geht, warum seid ihr erst jetzt zusammen. Du und Mike?«

Die Sache war kompliziert, und ich wusste selber ja kaum, was all die Jahre mit uns los gewesen war.

»Keine Ahnung.« Ich stieß überfordert die Luft aus und sah an die Decke. »Na ja, da war schon vorher was zwischen uns. Kurz, nachdem Suse und Mike sich getrennt hatten.«

Ich sah ihn von der Seite an und wartete auf eine Reaktion. Doch er betrachtete mich nur aufmerksam. Also redete ich weiter. »Ich glaube, ich war von Anfang an in ihn verknallt. Schon als wir uns das erste Mal begegnet sind.«

Er kratzte sich nachdenklich am Kopf. »Verstehe. Komplizierte Situation.«

»Ich hätte niemals was mit ihm angefangen. Er war Suses Freund. Und dann ihr Ex-Freund. Und Suse war nicht einfach nur meine beste Freundin, Tom. Suse war all das, was ich nie so richtig hatte. Meine Familie ist nämlich eine Katastrophe. Und sie und Benny und Mel waren meine Ersatzfamilie. Jemand, der mich so genommen hat, wie ich bin. Der an mich glaubt und mir nicht ständig das Gefühl gibt, ich wäre die größte Versagerin auf diesem Planeten.«

Das schien ihn zu überraschen.

Ich seufzte auf. »Bei ihnen war ich nicht mehr das schwarze Schaf in der Familie.«

»Verstehe, ist schon blöd.«

»Ich habe mich damit abgefunden, dass ich mich, wenn's schwierig wird, nicht auf sie verlassen kann. Aber auf Suse, da konnte ich mich verlassen.«

»Trotzdem hast du ihr nichts davon erzählt.«

Ich schüttelte den Kopf. »Ich hab Angst gehabt, dass sie mich dann …« Ich sprach den Satz nicht zu Ende und senkte erneut beschämt den Blick.

»Dass sie was?«

»Dass sie mich dann nicht mehr in ihrem Leben und in ihrem Laden haben will.«

Er sah mich einen kurzen Augenblick nachdenklich an.

»Was ausgemachter Blödsinn ist, Niki.« Er lächelte ziemlich schief. »Ich glaube ja eher, sie hätte sich für euch gefreut.«

Ich sah zweifelnd zu ihm auf. »Und was, wenn nicht?«

Ein Geräusch ließ mich herumfahren.

Und da war Mel auf der anderen Seite der Arbeitsplatte und schaute mich anklagend an. Sie hatte ihr Handy in der Hand und in den Ohren die Stöpsel ihrer Kopfhörer. Ich hatte keine Ahnung, wie lange sie da schon stand und uns zuhörte.

»Mel!«

Ich blickte kurz zu Tom, der seine Tochter freundlich anlächelte, und dann zu mir sah.

»Hast du Lust, beim Abendessen zu helfen. Ich dachte, wir machen den Boddenzander, den Niki und Mike mitgebracht haben.«

Mel zuckte nur mit den Schultern. »Klar. Muss nur kurz was erledigen.«

Dann war sie verschwunden. Tom schenkte mir ein ermutigendes Lächeln.

»Ich weiß, das hört sich ziemlich schräg an für jemanden, der nicht gerade ein Meister darin ist.« Er klopfte mir aufmunternd auf die Schulter. »Rede mit ihr. Erklär ihr alles. Sie wird es verstehen.«

Tom hatte recht. Ich konnte schließlich nicht so tun, als wäre nichts passiert. Auch wenn ich eine höllische Angst vor dem Gespräch mit Mel hatte.

Sie schmiss gerade ihre Sachen in die kleine Reisetasche, die sie aus Berlin mitgenommen hatte, und knuddelte die Bettdecken und das Kissen zusammen, als ich das Zimmer betrat.

»Kann ich kurz … Was machst du da?«

Ihre Blicke waren alles andere als freundlich. »Nach was sieht es denn aus?«

»Und wo willst du damit hin?«

Sie verdrehte genervt die Augen. »Ich penne bei Benny.«

Ihre Stimme triefte vor bitterem Sarkasmus. »Dann kannst du mit Mike da weitermachen, wo ihr vorhin aufgehört habt.«

Ich atmete tief durch und schloss die Tür hinter mir.

»Komm schon, Mel, setz dich hin und lass es mich erklären, okay?«

In ihren Augen sah ich den Widerstreit ihrer Gefühle. Am liebsten wäre sie an mir vorbei aus dem Zimmer gestürmt. Aber die letzten Tage, all das was wir gemeinsam erlebt haben, ließen sie ihren Zorn wohl für einen Augenblick zurücknehmen. Sie schmiss die Tasche und das Bettzeug auf den Boden und ließ sich auf das abgezogene Bett plumpsen. Ihr Blick unter den rotblonden Locken war finster.

»Okay. Erklär's mir.«

»Puuh …« Ich setzte mich gegenüber auf das andere Bett und knetete nervös die Hände in meinem Schoß. »Is gar nicht so einfach.«

Sie musterte mich kühl. »Was ist daran kompliziert? Du und Mike, ihr vögelt miteinander. Na und?!«

Die Worte sollten mich verletzen, und das taten sie auch.

»Es ist mehr als das, Mel«

»Nee, is klar«, kam es ätzend zurück. »Die große Liebe und so. Bla, bla, bla.«

Ich versuchte, ruhig zu bleiben. »Ich weiß nicht, ob es das ist. Aber falls es so etwas gibt, dann muss es sich vermutlich genau so anfühlen, schätze ich mal.«

Mel sprang auf, und es kam so überraschend, dass ich erschrocken zurückfuhr.

»Erzähl das jemand anderem, aber nicht mir.«

»Mir ist es aber wichtig, dass du es verstehst, Mel.«

Sie lachte bissig. »Klar, so wichtig, wie es dir war, dass Mama es verstand.«

Sie funkelte mich provozierend an.

»Ach, nee, das ging ja nicht.« Sie schlug sich vor die Stirn und lieferte eine gute Vorstellung von *ich hab da was übersehen* ab. »Da warst du ja zu feige für.«

Ihr Blick war so abschätzend, dass es mich erschaudern ließ. »Das ist so was von erbärmlich von dir.«

Langsam wurde ich wütend.

»So war es nicht. Und das weißt du.«

Ich stand ebenfalls auf, und wir beide standen uns nun gegenüber, wie zwei kampferprobte Katzen, die ihr Revier bis aufs Blut verteidigen wollten.

»Ich weiß nur, dass du hinter Mamas Rücken mit Mike gevögelt hast. Den Teil des Gesprächs habe ich nämlich mitbekommen.« Sie schrie es mir entgegen. »Und ihr hast du die tolle Freundin vorgespielt. Weißt du was, Niki? Deine Family hat recht. Du kriegst nichts gebacken.« Sie spuckte mir die Worte regelrecht entgegen. »Gar nichts. Den Laden nicht. Die Sache mit Benny und mir nicht. Du kriegst ja noch nicht mal eine Freundschaft hin. Eine echte Freundschaft. Du bist die totale Loserin.«

Ich weiß nicht, warum ich es tat, aber ich bereute es bereits in dem Augenblick, in dem es geschah. Meine Hand fuhr automatisch hoch, und ich gab ihr eine schallende Ohrfeige. Sie wich einen Schritt zurück, starrte mich aus großen, entsetzten Augen an und hielt sich die schmerzende Wange.

»Mel, das … das wollte ich nicht …« Ich ging einen Schritt auf sie zu, wollte sie in den Arm nehmen, aber sie wich vor mir zurück und sah mich nur aus diesen riesengroßen Augen an. Die Enttäuschung über mich, über das, was ich getan hatte, war in ihnen zu lesen. Es war ein furchtbarer Anblick, und ich verfluchte mich dafür, völlig die Beherrschung verloren zu haben.

Wir bemerkten nur am Rande, wie die Tür des Zimmers aufging und Mike und Tom vorsichtig hereinlugten.

»Alles okay mit euch? Wir haben gehört, wie …«

»Das verzeih ich dir nie!« Mel unterbrach sie schneidend.

Sie funkelte mich mit solchem Hass in den Augen an, dass ich erneut erschrak.

»Niemals! Ich wünschte, du wärst tot! Warum musste Mama sterben? Warum nicht du? Das wäre für uns alle besser gewesen!«

Sie stürmte an Mike und Tom vorbei hinaus, die ihr entsetzt nachblickten. Ich stand nur da, während ihre Worte in mein Bewusstsein drangen und mir eine Eiseskälte den Rücken herunterfuhr.

Warum musste Mama sterben und nicht du?

Die Worte kreisten in meinem Kopf herum wie ein Schwarm finsterer Krähen an einem kalten Novembermorgen.

»Sie hat es nicht so gemeint.« Mikes tröstende Arme umfingen meine Schultern und hielten mich sicher im Arm, während mir die Tränen unaufhörlich über die Wangen liefen.

»O Mann! Das war heftig.« Tom stand etwas ratlos im Zimmer, rieb sich den Nacken und machte einen ziemlich unglücklichen Eindruck. »Soll ich mit ihr reden?«

Ich schüttelte den Kopf. Das, was Mel mir gerade an den Kopf geworfen hatte, war nicht nur hässlich und gemein gewesen. Es hatte mich nicht nur verletzen sollen. Sie hatte nur das ausgesprochen, was sie sich mehr als alles andere wünschte. Und wenn einem ein fünfzehnjähriger Teenager erklärt, dass sie einen lieber tot sehen würde, dann konnte einen das ziemlich aus der Bahn werfen.

Ich riss mich mühevoll zusammen und blickte auf.

»Ich würde jetzt gern allein sein. Nur für einen Moment.«

Die beiden Männer tauschten einen kurzen Blick und nickten dann.

»Klar.«

»Natürlich.«

Mike ließ mich los, und ich spürte deutlich sein Zögern.

»Bist du dir sicher, Niki?«

Ich nickte und wischte mir mit dem Handrücken die Tränen aus dem Gesicht.

»Gib mir ein paar Minuten.«

Er erhob sich. Als er schon fast an der Tür war, hielt er noch einmal inne und kam zurück. Ich spürte, wie er sanft mein Gesicht in die Hände nahm und mich auf die Stirn küsste, als wäre ich ein kleines Kind, das getröstet werden muss.

»Ich liebe dich.«

Dann ließ er mich los und verschwand leise aus dem Zimmer.

Ich weiß nicht, wie lange ich einfach nur dasaß, aus dem Fenster starrte und das Spiel der Wellen und der Wolken auf dem Bodden beobachtete. Meine Tränen versiegten langsam, und in meinem Kopf hallte noch immer Mels wütende Stimme nach. Ein Teil von mir sagte sich immer wieder, dass sie es nicht so gemeint hatte, dass sie aufgewühlt und zornig gewesen war und mich einfach nur hatte verletzen wollen. Doch ein anderer Teil wusste es besser. Und ich fragte mich, wie oft Mel mich in dem vergangenen Jahr angesehen und gewünscht hatte, dass jetzt ihre Mutter vor ihr stehen würde. Wenn *ich* damals an einem kalten Märznachmittag auf einer Straße in Friedrichshain gestorben wäre. Es wäre bestimmt auch schlimm für ein paar Menschen gewesen. Für meine Eltern, auch wenn sie mir nicht gerade viel zutrauten. Für meine beiden Geschwister, die sicherlich nach kurzer Zeit wieder ganz mit ihrem eigenen Leben, der Karriere und ihren Kindern beschäftigt gewesen wären. Suse wäre sicherlich traurig gewesen, und Mel und Benny hätten mich vermisst. Doch die Lücke, die Suses Tod in das Leben von uns allen gerissen hatte, wog um so vieles schwerer und war einfach nicht zu schließen, so sehr ich mich auch bemühte. Mel war grausam gewesen und direkt. Doch das Leben war manchmal grausam und direkt, und sie hatte nur die Wahrheit ausgesprochen.

Es klopfte zaghaft an der Tür, und ich blickte auf. Es war Benny, der vorsichtig die Tür öffnete und seinen Kopf ins Zimmer steckte. Er hatte einen Becher Tee dabei. Seine Stimme war leise und unsicher.

»Möchtest du was trinken, Niki? Ich hab Tee für dich gemacht.«

Ich lächelte ihn zaghaft an.

»Danke, Benny.«

Er kam schüchtern näher und stellte die Tasse vorsichtig auf dem kleinen Tisch ab, der zwischen den beiden Betten stand. Er blickte auf, und seine Unterlippe zitterte vor unterdrückten Emotionen.

»Ist alles okay mit dir, Benny?« Ich sah ihn besorgt an. Er schüttelte den Kopf und senkte den Blick.

»Benny?«

Der kleine Körper explodierte förmlich, als er sich mir unvermittelt an den Hals warf und mich mit all seiner Kraft umklammerte.

»Du darfst nicht gehen, Niki! Niemals! Hörst du! Niemals!«

Ich war so überrumpelt, dass ich einen Moment lang gar nichts sagen konnte und nur spürte, wie sein Körper vom Schluchzen erschüttert wurde.

»Schschsch ... Benny, ist doch gut, ich bin ja hier ... schschsch ...«

Ich hielt ihn im Arm, streichelte seinen Rücken und wartete darauf, dass er sich wieder beruhigte. Ich schob ihn ein Stück von mir, um in seine verweinten Augen zu blicken.

»Ich bin hier, Benny. Und ich gehe nirgendwohin, ohne euch. Versprochen.«

Er schniefte herzergreifend und wischte sich mit dem Handrücken die Tränen aus den Augen.

Er schniefte noch einmal. »Ich habe euch gehört. Das, was Mel gesagt hat«, erklärte er nach einem weiteren Seufzer, der sich mehr nach einem Schluckauf anhörte. »Sie will, dass du tot bist.«

Wieder kullerten Tränen aus seinen Augen und er brach in Schluchzer aus.

»Aber das will ich nicht.«

Ich nahm ihn nun ganz fest in die Arme.

»Ist gut, Benny. Es ist alles gut.«

Ich schob ihn sanft wieder ein Stück von mir weg. »Sieh mich mal an, Kleiner.«

Er hob den Blick und sah mich mit einer solchen Angst in den Augen an, dass es mir fast die Kehle zuschnürte. Ich räusperte mich mühsam.

»Mel und ich, wir haben uns gestritten. Ganz blöde gestritten. Und dann sagt man manchmal Sachen, die man gar nicht so meint, verstehst du?«

Er schüttelte den Kopf, was mich nicht weiter verwunderte. Benny war einfach viel zu liebenswürdig. Er würde niemals auf die Idee kommen, im Streit etwas zu sagen, was böse und verletzend und nicht so gemeint wäre.

»Sieh mal, Benny. Nicht alle sind so wie du. Du bist ein toller, lieber Kerl, und ich weiß, dass du das nicht machen würdest.« Ich lächelte ihn leicht an. »Daran können wir uns vermutlich alle eine Scheibe abschneiden. Du bist ein richtig gutes Vorbild.«

Er runzelte die Stirn, und in seinem Blick waren die Zweifel deutlich zu erkennen. »Wirklich?«

»Absolut. Mel und ich, wir müssen da wohl noch eine Menge von dir lernen.«

»Dann vertragt ihr euch wieder?«

Ich war kurz versucht, Ja zu sagen. Aber das war nicht ganz die Wahrheit. Ich wusste nicht, ob Mel mir jemals verzeihen könnte, dass ihre Mutter hatte sterben müssen und ich am Leben war. Und ich wusste nicht, ob ich ihr dies jemals verzeihen könnte.

»Wir werden es versuchen, Benny.«

Er überlegte einen Moment. Dann nickte er. »Okay.«

Ich nahm ihn noch einmal fest in den Arm und drückte sanft einen Kuss auf seine dunklen Locken.

Tom stand in der Küche und hatte wie angekündigt den Zander zum Abendessen vorbereitet. Über dem Bodden ging langsam die Sonne unter. Mike und Benny hatten den Tisch gedeckt.

»Mel ist unten am Strand«, erklärte er mir, als ich nach ihr fragte. Er war ihr nach unserem Streit hinterhergelaufen und hatte versucht, mit ihr zu reden, die wütenden Wogen ein wenig zu glätten. Er hatte schnell gemerkt, dass es besser war, sie allein mit ihrer Wut zu lassen, und hatte sich dann um das Abendessen gekümmert.

»Vielleicht sollte jemand Mel Bescheid geben.« Mike zündete die Kerzen auf dem großen Esstisch an und warf mir einen liebevollen Blick zu. »Es wird gleich dunkel.«

Tom stimmte ihm zu. »Mir wäre es auch lieber, sie schmollt weiter in ihrem Zimmer als draußen am Bodden.«

Er drückte Benny den Kochlöffel in die Hand und deutete auf die Meerrettichsoße in dem kleinen Topf auf dem Herd.

»Übernimmst du mal für mich, Kumpel? Bin gleich wieder da.«

Benny nickte eifrig.

Als Tom hinaus zur Tür ging, legte er mir leicht die Hand auf die Schulter und schenkte mir ein Lächeln, das wohl sagen sollte, es wird alles wieder gut. Ich hoffte, er würde recht behalten.

»Geht's wieder?« Mike kam zu mir und nahm mich sanft in den Arm. Automatisch blickte ich zu Benny und war versucht, auf Abstand zu gehen.

»Hey, es ist alles okay.« Er sah mir in die Augen, und ich entspannte mich. Mein Kopf sank auf seine Brust, und ich genoss den Trost, der von seinem Körper ausging.

Ich spürte, wie er einmal tief Luft holte.

»Niki?«, fragte er leise. Ich blickte zu ihm auf. Seine hellen Augen sahen mich ernst an. »Egal, was Mel gleich sagt oder nicht sagt, es wird nichts zwischen uns ändern, nicht wahr?«

»Nein. Natürlich nicht.« Ich wich seinem Blick aus.

Er atmete erneut tief durch, und ich war mir nicht sicher, ob er mir glaubte.

»Das ist gut.« Er lächelte zaghaft. »Ich will dich nämlich nicht wieder verlieren. Nie mehr, hörst du?«

Das war vermutlich die schönste, ehrlichste und wundervollste Liebeserklärung, die mir jemals ein Mensch gemacht hatte, und ich schaute ihn an.

»Das stehen wir zusammen durch.« Er legte sanft die Hand an meine Wange und küsste mich auf den Mund. »Egal, was passiert.«

Ich nickte, unfähig das zu sagen, was mir tatsächlich durch den Kopf ging. Denn wenn Mel für den Rest meines Lebens so wütend auf mich war, dann wusste ich nicht, wie ich es jemals schaffen sollte, glücklich zu werden.

»Ich helfe Benny mal mit dem Essen.«

Ich löste mich aus seiner Umarmung, ohne ihn anzublicken und stellte mich zu Benny neben den Herd. Auch wenn ich es nicht sah, so spürte ich seinen Blick in meinem Rücken sehr wohl, der seine Unsicherheit ausdrückte.

»Schnell. Wo ist mein Handy!« Tom stürmte wie von der Tarantel gestochen von der Terrasse ins Haus und suchte auf der Küchenablage das Smartphone.

Ich zuckte erschrocken zusammen. »Was ist passiert? Wo ist Mel?“

Ich wartete darauf, dass sie nach ihm durch die Terrassentür kam, aber da war niemand. Ich schaute Mike besorgt an.

Tom hatte sein Smartphone gefunden und rief eine Nummer auf. »Sie ist mit dem Kanu raus.«

Wir sahen ihn nur verständnislos an.

»Sie ist damit rausgefahren, auf den Bodden«, erklärte er, während er darauf wartete, dass sich der Angerufene meldete.

Mike trat zu mir und sah mich irritiert an.

»Sie sind doch ständig mit den Kanus unterwegs. Was ist daran jetzt so schlimm?«

Tom hob die Hand, anscheinend hatte am anderen Ende der Leitung jemand seinen Anruf entgegengenommen.

»Tom Hansen hier. Ich muss einen Notfall melden.«

Seine Stimme klang angespannt. »Meine Tochter ist mit dem Kanu auf dem Bodden … keine Ahnung, vielleicht vor einer Stunde … sie ist fünfzehn … von der Vogelinsel Limste aus … ja, ich weiß, deshalb rufe ich Sie ja an! Bei der Strömung ist sie vermutlich schon raus auf die Ostsee getrieben … okay, ich schicke die genaue Position … okay … gut«

Er beendete das Gespräch atemlos.

Ich ging zu ihm. »Was ist mit Mel?«

Er schüttelte den Kopf, und in seinen Augen sah ich die Panik.

»Es ist Ebbe. Gegen die Strömung kann sie nicht anpaddeln.«

Mike kam zu uns. »Ich denk, an der Ostsee gibt's gar keine Ebbe und Flut. So weit kann sie da nicht gekommen sein, oder?«

Tom blickte uns verzweifelt an. »Weit genug, um von einem der großen Fährschiffe umgefahren zu werden.«

Und in diesem Moment wurde mir klar, dass es hier nicht um die Trotzreaktion eines wütenden Teenagers ging. Dies hier war ernst. Sehr ernst.

Kapitel 20

Das Wasser des Boddens lag friedlich vor uns, und nichts kündigte die Gefahr an, die es mit sich brachte.

Nachdem Tom die vermutliche Position Mels an die Rettungsstelle der Küstenwache durchgegeben hatte, waren wir alle zum Anleger geeilt. Tom wollte selbst nach Mel suchen, und nichts auf der Welt hätte ihn davon abbringen können.

Er löste hastig die Taue vom Steg und sprang ins Boot. Ich folgte ihm.

»Ich komme mit.«

Tom sah nur fahrig auf, und ich meinte, ein knappes Nicken zu erkennen.

Mike wollte ebenfalls zusammen mit Benny an Bord, doch ich hielt ihn zurück.

»Einer muss mit Benny hierbleiben.«

Ich sah das Zögern in seinem Blick. »Bitte, Mike, vielleicht taucht sie ja am Strand wieder auf, dann kannst du uns Bescheid sagen.«

Es war ihm anzumerken, dass es ihm nicht passte, untätig herumzusitzen und nichts anderes zu tun, als zu warten. Ich sah ihn eindringlich an. »Bitte, Mike.«

Benny stand an seiner Seite und hatte die ganze Zeit nichts gesagt. Er sah ganz blass aus unter der Sonnenbräune und zitterte am ganzen Körper. Mike begriff, was das Problem war, und wir schauten uns noch einen Moment intensiv an. Schließlich nahm er Benny einfach hoch und drückte ihn an sich. In seiner Stimme war eine Zuversicht, die auch mich überzeugte.

»Wir warten hier auf euch. Ihr werdet Mel finden.« Er gab Benny einen Kuss auf die Stirn. »Nicht wahr, Kumpel? Mel ist bald wieder bei uns.«

»Ja, Papa. Sie ist bestimmt gleich wieder da.«

Ich drückte ihm einen Kuss auf die Wange.

»Halt hier die Stellung, Benny. Wir bringen Mel zurück.«

Hinter mir hörte ich, wie Tom den Motor startete.

»Komm schon, wir müssen los.«

Ich nickte Mike noch einmal zu und stieg zu Tom an Deck, der das Boot vorsichtig vom Anleger wegsteuerte. Dann gab er Gas und fuhr mit hoher Geschwindigkeit raus aufs offene Gewässer. Ich drehte mich noch einmal um und konnte gerade noch die dunklen Umrisse von Benny und Mike ausmachen. Und dann gab es nur noch die Schwärze der Nacht.

»Unter der Sitzbank muss eine große Taschenlampe sein.« Tom brüllte mich über das Geräusch des Motors an. Mit Höchstgeschwindigkeit fuhr er zwischen der Insel und dem Festland hinaus auf das offene Meer. Auf dem Wasser war kein anderes Boot zu sehen, und an den Ufern sah man nur vereinzelt die Beleuchtung der Häuser. Tom hob kurz den Blick zum Himmel, der wolkenverhangen war.

»Mist, wenn die Wolken nicht wären, könnten wir was sehen. Es ist fast Vollmond.«

Ich blickte ebenfalls auf und sah, wie sich ein dunkler Wolkenberg vor den Mond geschoben hatte und das Wasser vor uns in tiefschwarze Dunkelheit tauchte. Wie sollten wir Mel und das winzig kleine Kanu so finden?

»Die Taschenlampe, Niki! Unter der Sitzbank!«, ermahnte mich Tom.

Ich fand sie sofort, es gab sogar zwei davon. Es waren große Stabtaschenlampen, die gern von irgendwelchen Sicherheitsdiensten benutzt werden und die stark genug waren, weit übers Wasser zu leuchten. Ich knipste sie ein paarmal probehalber an, die Batterien schienen in Ordnung zu sein. Ich wollte zurück zu Tom, als mir etwas unter dem Tisch, nahe der Sitzbank, auffiel.

»Liesel!« Ich kniete mich hin und erkannte im schwachen Licht der Bordbeleuchtung ihre spitze Nase. »Was machst du denn hier?«

Sie sah mich aus ihren großen braunen Augen ängstlich an und fiepte ein paarmal herzzerreißend.

»Komm, Kleine. Komm zu mir.«

Sie ließ sich widerstandslos von mir auf den Arm nehmen, und ich drückte sie an mich. Das kleine Wesen zitterte am ganzen Körper. »Schon gut, Liesel, ich bin ja da …«

Sie musste einfach an Bord gesprungen sein, als wir das Boot am Anleger losgemacht und wir sie nicht weiter beachtet hatten. Jetzt schien sie etwas überrascht von ihrer eigenen Courage zu sein. Auf dem Wasser fühlte sie sich immer noch sehr unsicher. Mit dem kleinen Hund auf dem Arm und den Taschenlampen ging ich zurück zu Tom an den Steuerstand.

Tom sah den Hund überrascht an.

»Wie kommt die denn an Bord?«

Ich zuckte mit den Schultern. »Blinder Passagier.«

Er nickte knapp und blickte dann wieder voraus aufs Wasser.

Wir fuhren eine lang gezogene Kurve um eine Landzunge herum, und dann drosselte Tom den Motor etwas. Ich blickte ihn fragend an.

»Was ist? Warum stoppst du?«

Er nahm mir eine Lampe ab und knipste sie an.

»Wir sind jetzt auf offenem Gewässer. Hier irgendwo muss Mel sein.«

Dann ließ er den Lichtstrahl der Taschenlampe über das Wasser gleiten. Ich verstand, was er vorhatte, und schnappte mir die andere Taschenlampe.

»Übernimm Backbord.«

Er musste meinen fragenden Blick gesehen haben und fügte automatisch hinzu: »Linke Seite.«

Ich lehnte mich mit Liesel auf dem Arm an die Reling und ließ den Strahl der Taschenlampe über das Wasser gleiten. Von Mel und ihrem Kanu war zwischen den Wellen, die viel höher und größer waren als auf dem Bodden, nichts zu sehen.

Tom fuhr langsam an der Küste hoch, und nach einer Weile wendete er das Boot und fuhr den gleichen Abschnitt wieder zurück. Diesmal kam es mir so vor, als wären wir etwas weiter von der Küste entfernt. Als ich ihn fragte, erklärte knapp: »Wir kreuzen. Es sind noch weitere Boote draußen. Die anderen übernehmen die Ostseite.«

Ab und an wurden wir von heftigen Wellen durchgerüttelt, die, wie Tom mir erklärte, von den großen Fährschiffen und Frachtern kamen, die auf ihrem Weg nach Sassnitz nah an diesem Küstenabschnitt vorbeikamen und deren Positionslichter wir in der Ferne gut erkennen konnten. Sie wühlten das Meer mit ihren riesigen Bugwellen auf, die dann an die Küste brandeten. Langsam begriff ich, was das Problem war. Wenn selbst wir mit unserer großen Motoryacht so von ihnen durchgerüttelt wurden, hätte Mel mit ihrem winzig kleinen Kanu überhaupt keine Chance. Die Gefahr zu kentern wäre groß.

Ich redete mir ein, dass dies schon nicht passieren würde. Versuchte mich zu beruhigen und nicht in Panik zu geraten. Es war Sommer, die Ostsee war zwar nicht warm, aber selbst wenn sie ins Wasser fiele, könnte sie mehrere Stunden darin treiben, ohne dass sie erfror. Sie trug sicherlich die Schwimmweste, denn Tom hatte ihr und Benny tagelang eingetrichtert, niemals ohne ins Kanu zu steigen. Ich betete inständig, dass sie sich daran gehalten hatte.

Wieder und wieder fuhr Tom die Küste entlang, sprach hin und wieder etwas ins Funkgerät und hörte, ob die anderen Boote etwas Neues zu berichten hatten. Vergeblich. Mel blieb verschwunden.

Ich hatte jegliches Zeitgefühl verloren und hätte nicht sagen können, ob wir eine Stunde oder zehn Stunden auf dem Wasser fuhren und in der Dunkelheit, in der nur kurz das Weiß der Wellenberge aufblitzte, nach einem Lebenszeichen von Mel Ausschau hielten. So oder so kam es mir vor wie eine Ewigkeit, und je länger es dauerte, je öfter Tom mit der Präzision einer Maschine das Boot wendete und die gleiche Route wieder zurückfuhr, desto lauter wurde diese Stimme in meinem Kopf, die ich so mühsam unterdrücken wollte.

Was, wenn sie keine Rettungsweste trägt?

Der Gedanke, Mel könnte so unwiederbringlich, so plötzlich aus meinem Leben verschwinden, wie es Suse getan hatte, war nicht auszuhalten. Die Panik stieg langsam in mir auf, und es war nicht die Kälte, die meine Hand mit der Taschenlampe zittern ließ. Plötzlich sah ich mich wieder in der überfüllten Notaufnahme eines Krankenhauses sitzen und mit dem Arzt sprechen, der kaum älter war als ich, und der bleich war und überarbeitet wirkte. Der mir mit vor Müdigkeit belegter Stimme davon erzählte, wie sehr sie sich alle bemüht hätten und doch nichts mehr für Suse Schiller hatten tun können.

Die Panik ergriff erst meinen Geist und dann mein Herz. Sie beschleunigte den Pulsschlag, und ich hörte mein Blut wie eine Sturmflut in meinen Ohren brausen. Sie nahm mir urplötzlich die Luft zum Atmen, und mein Körper begann unkontrolliert zu zittern. Ich fürchtete, dass meine Beine mich nicht mehr länger würden tragen können. Liesel, die ich noch immer eng an meinen Körper gedrückt im Arm hielt, musste meine Panikattacke spüren, denn sie begann unruhig zu strampeln und winselte aufgeregt.

»Alles gut, Liesel, alles gut«, versuchte ich sie zu beruhigen und bekam doch meine eigene Angst kaum in den Griff. Liesel war außer sich. Ihr Bellen ganz nah an meinem Ohr ließ das Trommelfell fast platzen, und sie zerkratzte mir die Unterarme, weil sie wie verrückt strampelte. Tom warf uns einen besorgten Blick zu.

»Was hat sie denn?«

»Ich weiß es nicht.«

»Bring sie lieber runter in die Kajüte.«

Plötzlich war sie aus meinen Armen verschwunden, hatte sich freigestrampelt und landete kopfüber auf dem Boden des Vordecks. Einen Moment schien sie benommen von dem Sturz und schüttelte sich kurz.

»Liesel!« Ich schrie sie panisch an. »Komm her zu mir!«

Sie sah mich kurz an, bellte einmal aufgeregt und lief ans Heck des Bootes.

»Liesel!«

Sie bellte wie verrückt die Wellen an, so, als würde sie sie auffordern, ihr den größten Schatz ihres Hundelebens wieder zurückzugeben.

Und dann sprang sie mit einem Satz ins Wasser.

»Liesel!«

Meine Stimme überschlug sich vor lauter Panik.

»Scheiße!«, hörte ich Tom brüllen und den Motor sofort stoppen. Ich stürzte mit der Taschenlampe ans Heck und ließ den Lichtstrahl über das Wasser gleiten. Da sah ich sie. Winzig klein, wild strampelnd ihre spitze Schnauze kaum über Wasser haltend.

Tom kam ans Heck gestürzt. Und dann huschte der Schein meiner Taschenlampe über etwas Unförmiges, Großes, das kieloben auf dem Wasser trieb.

»Das Kanu! Dort!« Er deutete mit der Hand in die Richtung.

Im nächsten Augenblick leuchtete das Orange der Rettungsweste in der Dunkelheit auf, die auf dem Wasser trieb, und wir sahen die nassen rotblonden Haare sofort, die wie ein Vorhang über Mels Gesicht lagen. Liesel hatte sie erreicht und strampelte wie eine Irre vor ihrem Gesicht herum.

Ohne zu zögern und noch bevor ich etwas sagen konnte, stürzte sich Tom auch schon kopfüber ins Wasser und war mit drei, vier kräftigen Kraulzügen bei seiner Tochter angelangt. Ich behielt beide im Schein meiner Taschenlampe im Blickfeld und sah, wie er mit Mel und Liesel im Arm auf die hintere Plattform zuschwamm, die wir immer für den Ein- und Ausstieg genutzt hatten, wenn wir vom Boot aus baden gegangen waren.

Ich kniete mich an Deck, packte die Rettungsweste, um Mels leblosen Körper an Bord zu hieven. Sie war schwerer, als ich es jemals für möglich gehalten hatte, und es kostete mich sämtliche Kraft, sie aus dem Wasser zu ziehen. Im nächsten Moment hob Tom auch die verdutzte Liesel aus dem Wasser, die kurz erschöpft liegen blieb, Atem holte, sich schließlich schüttelte und dann zu Mel lief, um ihr das Gesicht abzulecken.

Mit einem Stöhnen hievte sich Tom aus dem Wasser. Auch er musste einen Moment Atem schöpfen und blieb regungslos auf dem Rücken auf Deck liegen.

Ich zerrte Mel an der Rettungsweste weiter in die Mitte des Bootes. Ihre Augen waren geschlossen, sie war kreidebleich. Ihren Lippen waren blau, und unter den Augen lagen dunkle Schatten. Liesel sprang wie verrückt um uns herum und bellte noch immer.

»Komm, Mel, komm wach auf.« Ich schlug ihr leicht auf die Wange und versuchte, dass sie wieder zu sich kam.

»Atmet sie?«

Tom keuchte schwer und kam zu uns gekrochen.

Ich beugte mich über Mel, horchte nach dem Atem, fühlte mit zitternden Fingern ihren Puls. Vor Aufregung und Angst konnte ich nichts spüren.

Ich legte ihren Kopf in den Nacken, überdehnte ihn und fing an sie zu beatmen. Es musste eine halbe Ewigkeit her sein, dass ich die Notfallmaßnahmen in einem Erste-Hilfe-Kurs absolviert hatte, doch in diesem Moment erinnerte ich mich urplötzlich an alle Details, die der Rettungssanitäter an der Berufsschule uns Lehrlingen beigebracht hatte. Ich schloss ihren halb geöffneten Mund, atmete einmal tief ein und pumpte die lebensspendende Luft über die Nase in Mels Lunge. Eins-zwei-drei. Eins-zwei-drei.

Dann öffnete ich die Rettungsweste, suchte mit den Fingern das Brustbein unter ihrem nassen T-Shirt und begann mit der Herzmassage. Ein-zwei-drei-vier-fünf … bis ich bei dreißig angekommen wäre und wieder beatmen würde.

Ich spürte, dass Tom an meine Seite gekrochen war.

»Mel … Mel … komm schon, wach auf.«

Ein Husten und der kleine Schwall von Salzwasser aus ihrem Mund ließen mich innehalten. Mels Körper krümmte sich und stieß schließlich das restliche Wasser aus, das sie draußen auf der Ostsee geschluckt haben musste. Sie keuchte, hustete und erbrach sich. Erleichtert sah ich sie an.

»Mel! Mel!«

Sie blinzelte kurz.

»Mel … « Ich berührte sanft ihr Gesicht. Tom beugte sich ebenfalls über sie und strich ihr die nassen Strähnen aus der Stirn.

»Hey, Kleines, da bist du ja wieder.«

Sie wollte etwas sagen, bekam aber nur ein Krächzen heraus. Liesel sprang um sie herum und leckte ihr übers Gesicht.

»Du bist in Sicherheit, Mel, wir sind da, hörst du, alles wird gut.«

Sie schloss erschöpft die Augen, und in diesem Moment erkannte ich, dass mein Gesicht nass von Tränen war. Schluchzend hockte ich mich neben sie, während Tom sie im Arm hielt und beruhigend wiegte, als wäre sie ein kleines Kind.

Wir hatten sie gefunden. Wir hatten sie tatsächlich gefunden.

Kapitel 21

»Niki …?!«

Die Stimme riss mich aus einem unruhigen Traum, in dem Wassermassen ein Haus, das wohl meines sein musste, das mir aber nicht vertraut vorgekommen war, überfluteten. Blinzelnd öffnete ich die Augen, und in meinem Blickfeld erschien das vertraute Gesicht von Mike. Die Art, wie er mich anlächelte, vertrieb augenblicklich die dunklen Gedanken, die ich aus der Traumwelt mit in die Wirklichkeit gebracht hatte.

»Sie ist aufgewacht. Und sie würde dich gern sehen.«

Ich fuhr mir mit der Hand über die Augen, um den letzten Rest Schlaf zu vertreiben.

»Gut, das ist sehr gut.«

Einen Moment musste ich mich orientieren, und dann kam mir wieder in den Sinn, wo wir uns befanden.

Nachdem wir Mel in eine silbern und goldfarbene Rettungsdecke gewickelt hatten und ich ihren Kopf in meinem Schoß bettete, hatte Tom die Motoryacht direkt in den Hafen von Gager gesteuert, wo bereits ein Rettungswagen auf uns wartete. Sie fuhren Mel direkt in die Klinik nach Binz. Und uns nahmen sie auch gleich mit. Obwohl irgendeine Verordnung das Mitführen von Tieren jeglicher Art untersagte, durfte auch Liesel mitfahren, nachdem wir erklärt hatten, welche Heldentat der kleine Hund draußen auf der nächtlichen Ostsee vollbracht hatte. Sie hatte das schier Unmögliche getan und Mel in den Fluten gefunden. Auch Liesel wurde in eine Decke gepackt, und man behandelte sie wie eine kleine Heldin.

Die Untersuchung in der Notaufnahme ergab zum Glück keine Verletzungen bei Mel. Sie war unterkühlt und erschöpft und vor Angst fast wahnsinnig geworden. Aber sie lebte. Und sie würde keine weiteren Schäden davontragen.

Noch auf dem Boot hatte Tom Mike angerufen, und die freundliche Crew eines kleinen DLRG-Bootes hatte Benny und Mike von unserer kleinen Insel abgeholt und ebenfalls nach Binz verfrachtet. Erleichtert und ein wenig blass stürmten sie auf uns zu, als wir, in Decken gehüllt, vor der Notaufnahme saßen und auf die Untersuchungsergebnisse warteten.

Die Ärzte wollten Mel die Nacht über zur Beobachtung dabehalten und hatten ihr eine Infusion gegeben, um den Kreislauf zu stabilisieren, der durch die Unterkühlung kurz vor dem Kollaps gestanden hatte. Als wir das kleine Zimmer betraten, in das ihr Krankenbett geschoben worden war, schlief sie bereits wieder. Ihr Gesicht war noch immer blass und die Schatten unter ihren Augen noch dunkel. Doch die Lippen hatten wieder eine normale Farbe, und sie atmete regelmäßig in tiefen ruhigen Zügen mit leicht geöffnetem Mund.

Benny hatte sie ganz sanft umarmt und geküsst und war so glücklich, seine große Schwester wiederzuhaben, dass ich augenblicklich wieder anfing zu heulen. Doch diesmal vor Erleichterung und Glück. Ich spürte Mikes Arm um meine Schultern, der mich hielt und mich an sich drückte. Seine weichen Lippen küssten sanft die empfindliche Stelle an meiner Schläfe. Seine Erleichterung, dass das Drama dieser Nacht ein glückliches Ende gefunden hatte, war fast körperlich spürbar.

Wir waren die ganze Nacht im Krankenhaus geblieben. Irgendwann legte ich mich auf das kleine Sofa, das in dem Krankenzimmer stand und das für die Angehörigen der Patienten vorgesehen war. Anscheinend war das hier wohl die Privatstation. Ich hielt Benny im Arm, als er neben mir auf dem Sofa erschöpft einschlief, und war dann auch weggedämmert.

Tom und Mike mussten auf den Stühlen, die neben dem Bett standen, die Nacht verbracht haben. Und jetzt kniete Mike vor mir und lächelte mich an.

Auch Benny regte sich, und Mike begrüßte ihn mit einem Kuss auf den Kopf.

»Was meinst du, Kumpel, sollen wir mal schauen, ob wir was Tolles zum Frühstücken finden?«

Benny blinzelte verschlafen und schälte sich aus der Decke, die irgendjemand (vermutlich Mike) in der Nacht über uns gelegt hatte. Dann nahm er seine Hand.

»Na, komm.« Mike gab mir leicht einen Kuss auf den Mund. »Wir sind gleich wieder da.«

Dann war er mit Benny auch schon draußen. Ich blieb einen Moment sitzen und sah zu dem Bett, in dem Mel lag. Das Kopfteil war aufgestellt worden, sodass sie besser sehen konnte, und Tom hockte auf der Bettkante an ihrer Seite und hielt ihre Hand. Ich atmete tief durch. Dann stand ich auf.

»Hi, Mel.«

Ich lächelte sie zaghaft an, und sie hob den Blick. Unsere Blicke trafen sich, und für einen Moment spürte ich die irrationale Angst, dass sie mich noch immer so hassen würde wie in dem letzten Augenblick, in dem wir uns gesehen hatten. Dann lächelte sie schwach.

»Hi, Niki …«

Und dieses Lächeln ließ alle Dämme bei mir brechen. Ich hielt mir die Hand vor dem Mund, um ein Schluchzen zu unterdrücken, und die Tränen strömten ungehemmt aus meinen Augen.

»Ich hab solche Angst gehabt, Mel. Solche Angst …«

Sie lächelte noch immer schief und tauschte einen kurzen Blick mit Tom, der unmerklich nickte und aufstand.

»Komm, setz dich her, Niki. Ich gehe mal nach Mike und Benny schauen.«

Unsicher nahm ich seinen Platz ein, während er seiner Tochter zuzwinkerte. »Wer weiß, was die unter Frühstück verstehen. Ich besorge uns lieber etwas, das schmeckt und halbwegs gesund ist.«

Dann war er draußen, und ich war mit Mel allein. Nicht ganz, denn Liesel lag schlafend zu einem Knäuel zusammengerollt auf der Decke des kleinen Sofas und schnarchte geräuschvoll vor sich hin.

Über ihr Schnauben mussten wir beide kichern.

»Typisch. Liesel kriegt mal wieder nichts wach.«

Mels Stimme war noch ganz dünn, aber sie hatte bereits wieder den ironischen Unterton, den ich so gut von ihr kannte.

»Das hat sie sich verdient. Sie ist die Heldin der Nacht.«

Mel blickte stolz zu ihr und nickte.

»Ich weiß, Tom hat mir erzählt, was passiert ist und dass sie ins Wasser gesprungen ist.«

Ich atmete tief durch. »Keine Ahnung, wie sie es angestellt hat, aber sie muss gespürt haben, dass du in der Nähe bist.«

»Oder gerochen«, fügte Mel gewohnt altklug hinzu. »Hunde können eine Million Mal besser riechen als der Mensch, wusstest du das? Krass, oder?!«

Ich schüttelte den Kopf. »Eine Million?! Das ist eine Menge.«

Wir sahen uns einen Moment an, dann spürte ich, wie ihre Hand sich in meine legte.

»Ich bin froh, dass du da bist, Niki.«

Ich drückte ihre Hand und hatte einen Kloß im Hals, der das Sprechen unmöglich machte.

»Ich wollte eigentlich nur ein bisschen meine Ruhe haben und raus aufs Wasser paddeln. Und dann hab ich gemerkt, wie ich immer weiter abgetrieben bin und hab versucht ans Ufer zu kommen, aber die Strömung war viel zu stark.«

»Tom meint, das ist bei Ebbe hier so üblich.« Ich lächelte sie an. »Hab ich vorher auch nicht gewusst.«

Sie senkte den Blick, und ihre Stimme war ganz leise.

»Ich hab ziemlich Schiss bekommen da draußen. Ich hab gerufen und geschrien, aber niemand hat mich gehört oder gesehen. Und dann kamen diese riesigen Wellen.«

Ihre Augen füllten sich mit Tränen.

Ich strich ihr behutsam über das Gesicht und konnte erahnen, was sie in der Nacht da ganz alleine auf der Ostsee durchgestanden haben musste.

»Ich hab gedacht, ich muss jetzt auch sterben … und ich habe nach dir gerufen, Niki … ich hab so gehofft, dass du mich findest …«

Ich beugte mich über sie, und sie richtete sich auf und flog in meine Arme.

»Hey … alles gut … Mel … ich bin da … ich bin immer für dich da …«

Wir blieben eng umschlungen sitzen, bis sie sich beruhigt hatte und die Tränen versiegten. Schließlich löste sie sich von mir und wischte sich mit dem Handrücken über das Gesicht.

»Das gibt's echt nicht.« Sie deutete lächelnd auf Liesel. »Sie pennt immer noch.«

Ich musste ebenfalls lachen. »Der Schlaf der Gerechten.«

Mel wurde wieder ernst. »Das, was ich gestern zu dir gesagt habe, das hab ich auch gar nicht so gemeint. Verzeihst du mir?«

»Natürlich, Mel.«

Sie ließ sich erleichtert zurück in die Kissen sinken.

»Irgendwie sind wir ’ne ganz schön crazy family.«

Sie grinste schief. »Weißt du, was lustig ist?!«

Ich schüttelte den Kopf. Besonders lustig fand ich die Ereignisse der letzten Zeit eigentlich nicht.

»Ich hab’s gewusst.«

»Was denn?«

»Na, dass da was läuft. Zwischen dir und Mike.«

Meine Verblüffung musste mir ins Gesicht geschrieben sein. Denn im nächsten Moment verdrehte sie schon wieder die Augen und gab einen empörten Laut von sich, der wohl dem Umstand geschuldet war, dass ich einmal mehr etwas sehr Offensichtliches nicht kapierte.

»Mama hat immer gesagt, dass ihr euch entweder gegenseitig umbringen werdet oder irgendwann heiratet.«

»Das hat Suse gesagt? Wann denn?«

»Na, ständig, wenn ihr euch gestritten habt.«

Ich sah sie sprachlos an, und sie musste über meinen schockierten Gesichtsausdruck lachen.

»Hey.« Sie drückte meine Hand und tätschelte sie aufmunternd, so als wäre ich ein kleines Kind, dem man gerade eine große Wahrheit über das Leben erklärt hatte. »Das ist cool. Mama hätte das super gefunden, dass ihr es endlich geschnallt habt.«

Dann fing ich an zu kichern. Und aus dem Kichern wurde ein Lachen, und Mel konnte ebenfalls nicht mehr an sich halten. Liesel wurde nun doch wach, hob verdutzt den Kopf und betrachtete etwas ratlos diese beiden Menschen, die sich mal wieder höchst merkwürdig verhielten.

Nach einer gefühlten Ewigkeit hatten wir uns wieder beruhigt, und ich hing quer über Mels Bett und war ganz außer Atem vor lauter Lachen.

Als Mike, Tom und Benny den Raum betraten und uns sahen, machten sie einen so überraschten Gesichtsausdruck, dass uns sofort der nächste Lachflash überfiel und die drei noch ratloser dreinschauten.

Zwei Stunden später trat ich durch die gläserne Schiebetür des Haupteingangs in die morgendliche Sonne. Es war angenehm warm, nicht zu heiß. Eine kühle Brise vom Meer kühlte mein Gesicht. Ich schloss die Augen und hielt es in die Sonne.

Hinter mir spürte ich, wie Mike die Arme um mich legte, mich sanft festhielt und mir einen Kuss auf diese eine Stelle an meiner Schläfe gab, die ich so sehr mochte.

»Alles gut bei dir?« Seine Stimme war ganz nah an meinem Ohr.

»Alles gut«, flüsterte ich. Und das war es auch.

Ich drehte mich um, schlang ihm die Arme um die Hüften und zog ihn nah an mich heran. Dann hob ich den Kopf und meine Lippen suchten die seinen. Nach einem Moment lösten wir uns, und ich blickte in diese hellen Augen, die mich liebevoll betrachteten.

»Ich glaube, ich habe das noch nie jemandem gesagt.« Ich verzog meine Lippen zu einem Grinsen. »Na ja, zu Suse hab ich es gesagt. Manchmal.« Ich überlegte noch einen Moment. »Und zu Mel. Und zu Benny. Und ab und zu auch zu Liesel, fällt mir gerade ein.«

Er hob misstrauisch die Augenbrauen und hatte keine Ahnung, auf was ich hinauswollte.

Ich lächelte schüchtern.

»Ich liebe dich, Mike Broder.«

Ich spürte das Vibrieren seiner Brust ganz nah an meinem Körper, als er versuchte, ein Lachen zu unterdrücken.

»Super. Dann komme ich also direkt hinter Liesel. Das finde ich prima.«

Ich musste ebenfalls lachen und boxte ihn sanft auf die Brust.

»Blödmann.«

»Zicke.«

Wir küssten uns erneut, und es war mir ein Rätsel, was uns so lange davon abgehalten hatte, das zu tun, was sich so richtig anfühlte.

Dann lösten wir uns wieder voneinander, und ich lehnte den Kopf an seine Brust.

»Was ist heute eigentlich für ein Tag?«

Ich sah fragend zu ihm auf.

»Seit wir hier sind, hab ich überhaupt kein Zeitgefühl mehr. Ich hab komplett den Überblick verloren.«

Er sah sich suchend um und entdeckte vor der kleinen Bude, an der wir standen, eine Zeitung. Er deutete auf die Klatschpostille, die mit einer schrillen Schlagzeile Aufmerksamkeit erregen wollte, die zum Glück nichts mit Tom Hansen, seiner verpatzten Hochzeit und Mel zu tun hatte.

»Na, das passt ja.«

Er sah mich grinsend an. »Heute ist Sonntag«, sagte er und küsste mich frech auf die Nasenspitze.

»Ein Sonntag im August.«

Kapitel 22

Ein Jahr später …
September

Liebe Mum,
sorry, dass ich Dir in letzter Zeit so selten geschrieben habe. Du kannst Dir nicht vorstellen, wie es bei uns gerade abgeht.

Seit Tom das neue Restaurant im Frühjahr aufgemacht hat, haben wir fast den ganzen Sommer durchgearbeitet. Es läuft super, und er und Mike sind ziemlich zufrieden mit ihrem neuen Laden. Tom meint immer, Mike wäre der geborene Manager, und es wäre schade, dass er ihn nicht schon vor zehn Jahren kennengelernt hat. Dann wäre ihm viel erspart geblieben.

Ich denke mal, das stimmt. Ich kann mir kaum noch vorstellen, dass Mike mal bei Zeero an 'nem Computer gesessen hat und nicht mit den Fischern hier am Hafen in Gager über irgendwelche Fischpreise verhandelt.

Und da wir gerade bei Fischen sind – Benny hat endgültig dem Fußball abgeschworen und will jetzt lieber zur See fahren. Tom, Niki und Mike haben ihm eine kleine Jolle zum Geburtstag geschenkt, und sein Segellehrer meint, er sei ein Naturtalent. Aber mal sehen, was er im nächsten Jahr so für Ideen hat. Auf jeden Fall mag er unser neues Leben hier auf Rügen. Mir geht's genauso. Nur auf seine Jolle kriegt mich garantiert niemand.

Tom hab ich leider immer noch nicht rumgekriegt, mir endlich die Stelle als Lehrling in seiner Küche zu geben. Er will immer noch, dass ich erst das Abi mache. Obwohl das ja völliger Blödsinn ist. Glaubt der, ich will irgendwann noch Meeresbiologie studieren, oder was? Immerhin lässt er mich am Wochenende bei sich arbeiten. Da kann ich mir schon 'ne Menge von den anderen abschauen, und ich verdiene gar nicht mal so schlecht. Ich denke mal, er freut sich eigentlich darüber, dass ich auch Köchin werden will. Jedenfalls behauptet er, dass wir alle das Beste sind, was ihm passieren konnte. Seine tolle Verlobte war wohl doch nicht ganz so toll. Und dass ich die Hochzeit gecrasht habe, habe ihn vor einem großen Fehler bewahrt. Den größten nach der Tatsache, dass er nicht da war, als ich klein war. Und diese ganze Sterneküche ging ihm schon seit Jahren auf den Keks. Eine neue Freundin hat er noch nicht. Na ja, die Frauen hier stehen Schlange bei ihm. Ich glaube ja, er hat ein Auge auf unsere Souschefin geworfen. Die lässt sich von ihm nämlich nicht beeindrucken oder irgendetwas sagen, die zieht ihr eigenes Ding durch. Ich finde sie klasse. Tom gefällt das, auch wenn er so tut, als würde er genervt von ihr sein. Ich wette, in einem Jahr um diese Zeit sind sie bestimmt zusammen.

Niki hat übrigens immer noch ein schlechtes Gewissen, weil sie doch Schillers Locke aufgegeben hat. Ich sag ihr immer, dass das genau richtig war und Du Dich freuen würdest, wenn Du sie heute sehen könntest. Sie ist der Star auf der Insel, wenn's um Hairstyle geht, das kannst Du mir glauben. Jedes Wochenende ist sie unterwegs und macht irgendwelche total abgefahrenen Frisuren für irgendwelche Bräute auf irgendwelchen Hochzeiten. Du glaubst nicht, wie viele Leute hier auf der Insel heiraten wollen. Ist total angesagt. Ich fürchte mal, es wird nicht lange dauern und Mike macht ihr doch noch einen Antrag, obwohl sie das echt überflüssig findet. Sie streiten sich übrigens noch immer über den Namen vom Restaurant. Mike findet ihn einfach zu persönlich. Was an AN EINEM SONNTAG IM AUGUST persönlich sein soll, ist mir allerdings ein Rätsel. Niki muss dann immer grinsen, und die beiden kabbeln sich wie gewohnt.

Nächste Woche kommen uns wieder Oma Wagner und Bertie besuchen. Sie wollen sich so eine Senioren-WG anschauen und überlegen ernsthaft, auch nach Rügen zu ziehen. Niki freut sich schon und will Bertie überreden, bei ihrem mobilen Salon mitzumachen. Ich glaube, das fände er cool.

Ich weiß nicht, ob Du uns sehen kannst, da wo Du jetzt bist, Mum, aber ich hoffe, Du kriegst das alles mit. Manchmal ist es ganz schön anstrengend mit uns und manchmal einfach nur lustig, und wir versuchen, aus allem das Beste zu machen. Ich denke jeden Tag an Dich, Mum, und ich vermisse Dich noch immer. Ich schreibe Dir bald wieder.

Mel

P.S. Fast hätte ich es vergessen – ich war mit Tom in einer Talkshow. So als Gast. Tom ist irgendwie ja immer noch ein Promi und ich jetzt auch. Die wollten alles Mögliche wissen, wie das jetzt so ist als Vater und Tochter und so. War richtig cool. Und ich durfte sogar Liesel mitbringen. Die kriegt jetzt Fanpost. Kannst Du Dir das vorstellen? Irre oder?

Mel

P.P.S. Wir lieben Dich, Mum.

Nachwort und Dank

Jedes Mal, wenn ich ein Romanprojekt beendet habe und mich von den liebgewonnenen Protagonisten meiner Geschichte verabschieden muss, fällt es mir schwer, das Wörtchen ENDE unter die zahlreichen Manuskriptseiten zu setzen. Dann fällt mir jedoch wieder ein, dass damit unsere gemeinsame Reise in Wirklichkeit ja erst beginnt. Und das, liebe Leserin und lieber Leser, habe ich Ihnen zu verdanken. Jetzt können Niki und Mike, Mel und Benny und Tom und Liesel in Ihrer Fantasie weiterleben. Und das ist ein sehr schöner Gedanke. Ihre Begeisterung für meine Geschichten, die herzlichen und ermunternden Rezensionen und Kommentare, die Sie mir auf Amazon oder Facebook zukommen lassen, sind einfach wunderbar und geben mir jeden Tag die Energie und die Motivation, die ich brauche, um weiter an meinen Romanen zu arbeiten. Vielen Dank dafür und hören Sie bitte niemals damit auf.

Ein riesengroßes Dankeschön geht auch an meine Familie und meine Liebsten, ohne deren Unterstützung und Ermunterung ich vermutlich keinen meiner Romane beendet hätte. Auch diesen nicht. Ihr seid die Besten!

Und da zu jeder Reise auch Reisegefährten gehören, die von Anfang an mit dabei sind, geht mein großer Dank an die Kolleginnen und Kollegen meines Verlags Montlake Romance, ohne deren Unterstützung Sie diese Zeilen jetzt nicht lesen könnten. Besonders danke ich meiner wunderbaren Lektorin Lena Woitkowiak, die wie immer auch dieses Baby von Anfang an betreut und ihm ihre Begeisterung und Unterstützung geschenkt hat.

Ich hoffe, liebe Leserin und lieber Leser, ich habe Ihnen mit »An einem Sonntag im August« einmal mehr ein paar spannende, humorvolle und auch berührende Stunden Unterhaltung schenken können. Falls das der Fall war, lassen Sie es mich bitte wissen, auf die eine oder andere Art. Denn der direkte Austausch mit Ihnen erfreut mich immer wieder aufs Neue.

Ihre Elli C. Carlson

14495860R00181

Printed in Germany
by Amazon Distribution
GmbH, Leipzig